W0031094

CB | CULTURBOOKS

MEENA KANDASAMY

SCHLÄGE.
EIN PORTRÄT DER AUTORIN ALS JUNGE EHEFRAU

AUS DEM ENGLISCHEN VON KAREN GERWIG

Gärtnerstraße 122, 20253 Hamburg
Tel. +49 40 31 10 80 81
info@culturbooks.de
www.culturbooks.de

International Rights Management: Susanna Lea Associates
Titel der Originalausgabe:
When I Hit You: Or, A Portrait Of The Writer As A Young Wife

Die Übersetzung aus dem Englischen wurde
mit Mitteln des Auswärtigen Amts unterstützt
durch Litprom e.V. – Literaturen der Welt.

LITPROM
LITERATUREN
DER WELT

Übersetzung: Karen Gerwig
Redaktion: Zoë Beck, Jan Karsten
Herstellung: Klaus Schöffner
Satz: Dörte Karsten
Umschlag: Carla Nagel
Porträtfoto: © Teri Pengilley
Druck und Bindung: CPI – Clausen & Bosse, Leck
Printed in Germany
1. Auflage 2020
ISBN 978-3-95988-148-7

FÜR CEDRIC

UND AMMA, APPA UND THENRAL

I

Hier geht es um die Zukunft ihrer einzigen Tochter, eigentlich das einzig Wichtige in ihrem Leben, der einzige Grund für wenig Schlaf und viel Mühe, kurz gesagt: ihre einzige Hoffnung, ihr einziger Trost, und sie wird nicht tatenlos zusehen, wie sie ihr Leben wegwirft.

Pilar Quintana: »Coleccionistas de polvos raros«

Meine Mutter spricht immer noch davon.

Fünf Jahre sind vergangen, und mit jedem Jahr hat sich ihre Geschichte verwandelt, ist mutiert, die meisten Einzelheiten sind vergessen, die Abfolge der Ereignisse, der Monat, der Wochentag, die Jahreszeit, das Und-so-weiter-und-so-fort, bis nur noch die absurdesten Details übrig blieben.

Wenn sie nun also davon erzählt, wie ich aus meiner Ehe ausgebrochen bin, weil ich regelmäßig geschlagen wurde und es unerträglich und unmöglich geworden war, weiter die Rolle der guten indischen Ehefrau zu spielen, spricht sie nicht von dem Monster, mit dem ich verheiratet war, sie spricht nicht über die Gewalt, sie spricht nicht einmal über die Ereignisse, die dazu geführt haben, dass ich weggelaufen bin. Diese Art von Geschichte bekommt man aus meiner Mutter nicht heraus, denn meine Mutter ist Lehrerin, und eine Lehrerin weiß, dass es keinen Grund gibt, das Offensichtliche auszusprechen. Als Lehrerin weiß sie, dass es ein sicheres Anzeichen für Dummheit ist, Offensichtliches auszusprechen.

Wenn sie die Geschichte meiner Flucht erzählt, spricht sie von meinen Füßen. (Selbst wenn ich dabei bin. Selbst wenn ihr Publikum meine Füße sehen kann. Selbst wenn sich meine Zehen vor Scham kringeln. Selbst wenn meine Füße in Wahrheit bei meiner Flucht keine Rolle gespielt haben, außer mich gerade mal hundert Meter zur nächsten Autorikscha zu tragen. Meine Mutter scheint meine Verlegenheit nicht zu bemerken. Ehrlich gesagt, habe ich den Verdacht, sie genießt das Spektakel sogar.)

»Ihr hättet ihre Füße sehen sollen«, sagt sie. »Waren das überhaupt noch Füße? Waren es die Füße meiner Tochter? Nein! Ihre Fersen waren rissig und ihre Sohlen fünfundzwanzig Farbschattierungen dunkler als der Rest von ihr, und nach einem Blick auf den Zustand ihrer Pantoffeln war klar, dass sie die ganze Zeit mit nichts als Hausarbeit verbracht hatte. Es waren die Füße einer Sklavin.«

Und dann schlägt sie sich mit vier Fingern auf den gerundeten Mund und macht dieses Geräusch, das klingt wie O, O, O, O, O. Es soll ausdrücken, wie beklagenswert das alles ist – dass es eigentlich überhaupt nicht hätte passieren dürfen. Auf dieselbe Weise klopfen sich tamilische Mütter auch auf den Mund, wenn sie vom Unfalltod der Bekannten ihrer Cousine hören oder wenn die Tochter der Nachbarn durchgebrannt ist – es ist das Kundtun einer angemessenen Mischung aus Traurigkeit und Entsetzen und am wichtigsten: Missbilligung.

Manchmal, wenn sie besser gelaunt ist und sie eine Welle der Zärtlichkeit für ihren Ehemann, mit dem sie seit sechsunddreißig Jahren verheiratet ist, überkommt, sagt sie Sachen wie: »Er ist so ein hingebungsvoller Vater. Wisst ihr noch, als wir diese Scherereien hatten und meine Tochter zu uns zurückkam, mit Füßen, die aussahen wie die einer Gefangenen, ganz schwarz und rissig und vernarbt und mit zentimeterdickem Schmutz an allen Zehennägeln? Er hat ihr mit seinen eigenen Händen die Füße gewaschen, hat sie geschrubbt und geschrubbt und geschrubbt, mit heißem Wasser und Salz und Seife und einer alten Zahnbürste, und hat Creme aufgetragen und Babyöl, um sie weich zu machen. Hinterher hat er bei mir geweint. Wenn ihre Füße so aussahen, was muss sie dann in ihrem Inneren erlitten haben? Ihre zerbrochene Ehe brach auch meinen Ehemann.« Aber so etwas sagt sie nur zu engen Verwandten, zu Freunden der Familie und ein paar übrig gebliebenen Leuten, die immer noch freundlich zu ihr sind, trotz der durchgebrannten Tochter, die bei ihr zu Hause sitzt. Das sind in ganz Chennai ungefähr sechseinhalb Personen.

Sie hält sich nicht lange mit meinen Füßen auf, denn was lässt sich darüber noch groß sagen, vor allem zu einem Publikum aus mittelalten Leuten mit einer langen Liste *echter* Gesundheitsbeschwerden? Die Geschichte meiner Füße hat kurze Beine. Es sind nützliche, aber begrenzte Metaphern. Mehr Publicity bekommt eine weitere Geschichte, die Geschichte über das andere Ende meines Körpers – was mit meinen Haaren geschah, oder genauer: wie meine Mutter sie heldenhaft rettete. Auf diese Geschichte spielt sie in jedem Gespräch an, in der Hoffnung, die Außenstehenden werden auf mehr Einzelheiten drängen. Die wirkungsvolle Mischung aus medizinischem Rat, abschreckendem Beispiel und gelebter Erfahrung ist für ihre grenzhypochondrischen Freundinnen unwiderstehlich, und sie füllt diese Rolle stets stilvoll aus. Im Lauf der Jahre hat sie sich in ihrem Freundeskreis als eine Art Wunderheilerin etabliert, vor allem weil sie es geschafft hat, selbst mit über sechzig noch in mehr oder weniger makelloser Form zu sein.

»Stress. Stress kann alle möglichen Auswirkungen auf den Körper haben. Stress macht Schuppenflechte schlimmer. Haut und Haare. Das ist das erste Stadium, in dem sich Stress zeigt. Als es meiner Tochter schlecht ging, ja, in dieser Ehe – ihr könnt euch nicht vorstellen, was mit ihren Haaren passiert ist. Was soll ich sagen? Haltet euch von Stress fern. Macht Atemübungen. Lernt, euch zu entspannen.«

Oder:

»Das macht der Stress. Wenn man gestresst ist, verliert man komplett die Immunität. Dann sind die Abwehrmechanismen des Körpers kaputt. Dann kann alles rein. Wenn man gestresst ist, bekommt man dauernd Erkältungen. Lacht nicht! Als meine Tochter mit diesem Mistkerl zusammen war, verheiratet und weit weg, stand sie unter solchem Stress, dass ich nach ihrer Rückkehr Monate brauchte, bis sie wieder normal war. Sie war zerbrechlich, eine leere Hülle. Jede Krankheit hätte sie uns nehmen können. Für euch klingt das komisch, vor allem wenn ihr sie jetzt seht, aber ihr könnt es euch wirklich nicht vorstellen. Fragt mich mal! Nicht einmal ihre Haare blieben verschont. Es *wimmelte* nur so darin. Das allein war schon gewaltig.«

Oder:

»[Hier eine chronische Krankheit einfügen] ist doch gar nichts – nichts, was Fürsorge und Liebe nicht heilen könnten. Die Lösung liegt nicht einmal in der Medizin. Es ist die Geisteshaltung. Du musst aufhören, dir Sorgen zu machen. Danach ist jeder Tag ein Tag des Fortschritts. Sorgen fressen dich nur auf. Dann kann dich jede Krankheit erwischen. Das habe ich bei meiner Tochter gesehen. Gott, ihre Haare! Aber jedes Problem, jede Krankheit lässt sich bekämpfen und besiegen.«

Und im extrem unwahrscheinlichen Fall, dass diese ständigen, direkten Anspielungen noch nicht genug Interesse beim Zuhörer geweckt hatten, um ihr die Möglichkeit zu geben, sich über mein Follikel-»Leiden« auszubreiten, ging sie rasch und missbilligend zu anderen Themen über. In den meisten Fällen verfügte der Adressat ihrer wertvollen Ratschläge jedoch über eine gesunde Neugier, was sie sehr beglückte.

»Ich habe in meinem Leben noch nie so viele Läuse gesehen. So viele Läuse oder so viel Laus, wie sagt man? Ihre Haare waren voll davon. Sie saß neben mir, und ich konnte diese Kreaturen über ihren Kopf laufen sehen. Sie fielen ihr auf die Schulter. Ich habe sie zwölf Jahre lang zur Schule geschickt, sie hatte Haare bis zu den Knien, und kein einziges Mal hatte sie irgendwelche Probleme mit Kopfläusen. Nicht ein einziges Mal. Und dann kam sie nach nur vier Monaten Ehe nach Hause, und dieser Kriminelle hatte meiner Tochter die Haare kurz geschnitten, und sie waren to-tal verseucht. Die Läuse saugten sämtliche Energie aus meinem Mädchen heraus. Ich habe ihr ein weißes Laken über den Kopf gelegt und ihr die Haare gerubbelt, und dann war das Laken voller Läuse. Mindestens hundert. Sie alle einzeln zu töten war unmöglich, deshalb habe ich das Laken in kochendes Wasser getaucht. Ich habe Shampoo versucht, Shikakai, Nizoral und Neem-Blätter – nichts hat gewirkt.«

Mit jedem weiteren Erzählen wurden die Hunderte zu Tausenden, die Tausende steigerten sich ins Unendliche, die Läuse multiplizierten sich, wurden zu Siedlungen und dann zu Städten und dann zu Metropolen und dann zu Nationen. In der Version meiner Mutter lösten diese Läuse ein Verkehrschaos in meinen Haaren aus, sie machten Abendspaziergänge auf meinem schlanken Hals, sie führten Bürgerkriege um Hoheitsgebiete, sie rekrutierten eine riesige Zahl übereifriger Kindersoldaten – und begannen einen ausgemachten Krieg mit meiner Mutter. Sie leisteten organisierten Widerstand, schlugen im weichen Bereich der Kopfhaut über den Ohren und im Nacken, wo man schwerer hinkommt, Basislager auf – doch der unermüdliche Einsatz meiner Mutter dezimierte sie langsam, aber sicher. Sämtliche Kriegsstrategien wurden aufgeboten,

Sunzi wurde ins Feld geführt: Gib vor, schwach zu sein, wenn du stark bist, und gib vor, stark zu sein, wenn du schwach bist; wenn dein Gegner ein cholerisches Temperament hat, dann versuche, ihn mit mehr Chlorwäschen zu reizen, als er ertragen kann; greife ihn an, wo er unvorbereitet ist; zwinge deinen Gegner, sich Blößen zu geben; sei schnell wie der Wind, wenn du den *Paenseeppu* führst (den gnadenlosen Läusekamm mit den engen Zinken, der ebenso viele Haare wie Läuse und Läuseeier und Babyläuse tilgt); nutze die Sonne und das stärkste Shampoo; vor allem halte dich nicht mit Sorgen über Läuserechte, Völkermord und Gerichtshöfe auf, wenn du eine befreite Zone verteidigst.

So wurde meine Geschichte von der *Jungen Frau als durchgebrannte Tochter* faktisch zur *Großen Schlacht meiner Mutter gegen die Kopfläuse*. Und weil meine Mutter diesen Kampf gewonnen hatte, wurde die Geschichte unendlich oft erzählt und fand bald Einzug in den Kanon der Literatur über häusliche Gewalt. Die Amerikaner ließen Triggerwarnungen und Hinweise auf explizite Inhalte auf die Seminarunterlagen drucken, aber anderswo entwickelte sie ziemliche Zugkraft. Sie wurde in Gender-Studies-Kursen gelehrt, und Women of colour diskutierten sie in ihren Lesekreisen (für weiße Feministinnen war sie immer noch ein bisschen zu schmutzig und verwirrend; unter Ökofeministinnen galt sie vielleicht als eine Spur zu umweltunfreundlich; Postmodernistinnen übergingen sie stillschweigend, weil die Erzählung meiner Mutter den schwerwiegenden Aspekt des freien Willens meines Ehemannes, mich zu schlagen, ignorierte), und selbst diejenigen, die den ursprünglichen Kontext der Geschichte und den Handlungsrahmen, eine schlechte Ehe, vergaßen, behielten sie als Fabel über die unendliche, bedingungslose, aufgeschäumte Liebe einer Mutter in Erinnerung.

***

Ich hoffe natürlich, jeder kann verstehen, warum ich nur zögernd zulasse, dass die Geschichte meiner Mutter zur Lutherversion meines Unglücks in der Ehe wird.

Sosehr ich meine Mutter liebe: Inzwischen nehme ich Urheberschaft *sehr* ernst. Es nervt mich, dass sie die Geschichte meines Lebens klaut und ihre Anekdoten darum baut. Es ist schlicht und einfach ein Plagiat. Und es gehört schon eine ganze Menge Mut dazu, so etwas zu tun – schließlich klaut sie aus dem Leben einer Schriftstellerin – wie oft darf man solche Gräueltaten überhaupt zulassen? Die wichtigste Lektion, die ich als Autorin gelernt habe: Lass dich nicht von Leuten aus deiner eigenen Geschichte vertreiben. Sei gnadenlos, auch wenn es deine eigene Mutter ist.

Wenn ich nicht sofort etwas unternehme, fürchte ich, ihre fesselnde Schilderung könnte die Wahrheit überschreiben. Sie wird mich auf ewig ruinieren, denn jeder Verweis auf die traurige Geschichte meiner Ehe wird im Verzeichnis stehen unter: Kopflaus, Ektoparasit, *Pediculus humanus capitis*.

Ich muss es aufhalten, ich muss verhindern, dass meine Geschichte zur Fußnote einer Abhandlung über Läusebefall wird.

Ich muss die Verantwortung für mein Leben übernehmen.

Ich muss meine eigene Geschichte schreiben.

II

Leben im Handumdrehen.
Aufführung ohne Probe.
Körper ohne Bewährung.
Schädel ohne Bedacht.

Ich kenne die Rolle, die ich spiele, nicht.
Ich weiß nur, sie ist unauswechselbar, mein.

Was das Stück soll, werde ich erst auf der Bühne erraten.

Dürftig gerüstet für den Ruhm des Lebens, ertrage ich das mir aufgezwungene Tempo der Handlung mit Mühe.
Ich improvisiere, obwohl mich das Improvisieren ekelt.

Wisława Szymborska: Leben im Handumdrehen

Eine Frau kann nicht viel werden, wenn sie Hausfrau in einer fremden Stadt ist, in der keine ihrer Muttersprachen gesprochen wird. Nicht wenn sich ihr Leben um ihren Ehemann dreht. Nicht wenn sie seit zwei Monaten in drei Zimmern plus Veranda gefangen ist.

Primrose Villa mit seinem kleinen, ummauerten Garten, seinen zwei Seiteneingängen, hat etwas Idyllisches, Geheimnisvolles. So eine Kulisse schreit nach Drama. Die weißen und magentafarbenen Bougainvillea in ihrer üppigen Septemberblüte. An der Ostmauer die Papayabäume mit den zarten Stämmen und ihrem spiraligen Blätterdach, das aussieht wie ein Regenschirm. Eine in die Jahre gekommene Kokospalme, deren Blätter in der Nacht den einsamen Mond einrahmen und bei Regen Luftpiano spielen.

Fünfzig Yards entfernt kauert das Haus des nächsten Nachbarn, der für seinen Hausbesitzerbruder unsere Miete kassiert. Auf der anderen Seite öffnet sich eine zweite Tür zu einer kleinen Allee, die zu einem schmalen, gepflasterten Weg wird. Er führt zu einem Nonnenkloster und zu einem Friedhof. Inmitten all dessen steht das Haus selbst: klein und in sich geschlossen, seine klar umrissenen Grenzen bilden einen scharfen Kontrast zum offenen, vor Leben sprühenden Garten.

Es ist die perfekte Filmkulisse. Und in gewisser Weise sehe ich es auch so: Es ist einfacher, mir dieses Leben, in dem ich feststecke, als Film vorzustellen; es ist einfacher, mich als Filmfigur zu denken. So wirkt alles um mich herum, alles, was ich erlebe, weniger beängstigend, wie aus weiter Entfernung betrachtet. Weniger schmerzhaft, weniger bleibend. Lange bevor ich je vor einer Kamera stand, wurde ich hier bereits zur Schauspielerin.

Wenn man unser Haus betritt, muss man durch eine ächzende Holztür, die vor langer Zeit einmal blaugrün gestrichen war. Dahinter liegt ein trauriges Wohnzimmer mit zwei roten Plastiksesseln und einem Tisch, auf dem ich den Reiskocher, den Mixer, das Bügeleisen und auf einem Stapel die Zeitungen von heute arrangiert habe. An der Wand hinter dem Tisch hängt ein Kalender vom College meines Mannes. Von diesem Raum gehen alle anderen Zimmer im Haus ab. Links die Küchenplatte mit dem glänzenden Kochgeschirr und dem Gasherd, darunter die übliche rote Gaskartusche, darüber braun umrahmte Fenster, durch die man in den Garten sieht, Scheren und Teefilter hängen an Haken an der Wand, in der Ecke ein Spülbecken, an dem nur eine Person stehen kann, ein ganz neuer Kühlschrank, der deplatziert wirkt. Machen Sie zwei Schritte in den nächsten Raum, da liegt zur Straße raus unser Schlafzimmer, darin ein großes, knarzendes Furnierholzbett. Die Fenster sind mit dicken rostrot-ockerfarbenen Vorhängen verhängt, ich habe keine Lust, sie auszutauschen. Dann natürlich das Bad mit seinen weißen Fliesen und flitzenden Schaben und einem großen blauen Wassertank. Daneben ein Kerkerraum, der nach Muff und Grauen riecht, in dem wir unsere Kleider aufbewahren, unsere Bücher und verschiedene Möbelstücke, zurückgelassen von einem Besitzer, der entweder zu sentimental oder zu gleichgültig war, um Dinge wegzuwerfen. Was noch? Die Wände mit mehreren Schichten aus gelbem Kalkputz, der bei Regen anschwillt wie eine werdende Mutter. An diesen sonnengebleichten Wänden kräftig gefärbte Vierecke, wo einmal Bilder hingen. Jetzt umrahmen sie satte Leere. Rote Oxidböden, die jeden Abend gefegt und gewischt werden müssen. Echsen, so unbewegt und alt wie das Haus. Ratten, die ihre Anwesenheit nur nachts verraten. In diesem Bereich darf ich mich bewegen.

Alles hier muss jederzeit so unberührt aussehen wie möglich. Jeder Gegenstand muss genau dorthin zurückgestellt werden, wohin er gehört. Nicht nur weil mein Mann bei falscher Platzierung die Beherrschung verliert, sondern weil keiner, der einen Film schaut, damit rechnet, dass Gegenstände von einer Szene zur nächsten herumspringen. Gegenstände haben keine Beine, sie können nicht einfach aufstehen und gehen. Das ist leider so, deshalb ist es meine Schuld, wenn sie an der falschen Stelle liegen, und meine Verantwortung, sie an ihren jeweiligen Platz zurückzubringen.

Das ist nur eine der Erwartungen an mich in meiner Rolle als perfekte Ehefrau. Das Wichtigste für mich als Schauspieler*in* ist natürlich mein Aussehen.

Hier gibt es weniger zu tun als zu lassen. Ich fange an, meine Haare so zu tragen, wie er es will: gezähmt und zu einem Pferdeschwanz gebunden, geölt, glatt und streng und ohne das geringste Zeichen des Ungehorsams. Ich lasse den Kajal um meine Augen weg, denn er findet, den tragen nur Leinwandsirenen und Verführerinnen. Ich trage ein langweiliges T-Shirt und Pyjamahosen, denn er schätzt Schlichtheit. Oder ich wickle mich in einen alten Baumwollsari, um mich an meine Mutter zu erinnern. An manchen Tagen, wenn ich besonders Eindruck machen und Bestrafung entgehen möchte, schlüpfe ich in die formlose Monstrosität namens: *das Nachthemd.*

Dass ich mich den Wünschen meines Mannes füge, lässt mich wie eine Frau erscheinen, die aufgegeben hat. Aber ich weiß, dass es mir dieser Aufzug möglich macht, die Rolle der guten Hausfrau zu spielen. Nichts Lautes, nichts Auffälliges, nichts Schönes. Ich soll aussehen wie eine Frau, die niemand ansehen möchte, oder genauer, die niemand überhaupt sieht.

Ich soll so nichtssagend wie möglich sein. Alles, was meine Persönlichkeit widerspiegelt, muss verschwinden. Wie bei einem Haus nach einem Einbruch. Wie bei einer Schaufensterpuppe, der man das kleine Schwarze auszieht, die man aus dem Schaufenster zerrt, mit einem Betttuch umhüllt und ins Lager sperrt.

Das ist die Schlichtheit, die ihm gefällt. Eine Schlichtheit, die mein ganzes Wesen aushöhlt, eine Schlichtheit, die er kontrollieren und nach seinem Willen formen kann. Das ist die Schlichtheit, die ich heute tragen werde, diese leere Maske auf einem hübschen Gesicht, eine Schlichtheit, die mich selbst verbirgt, eine Schlichtheit, die Streit vorbeugt.

***

Schlichtheit ist ein Schutz an sich. Manchmal gehen diejenigen, die etwas schützen möchten, noch einen Schritt weiter und verwandeln die Schlichtheit in Hässlichkeit.

Als ich ein Baby war, puderte mich meine Mutter und malte mir mit Kajal einen großen schwarzen Punkt auf beide Wangen, um mich vor dem bösen Blick zu schützen. Das tat sie auch noch, als ich zur Grundschule ging. Ich glaube, der böse Blick hätte mir nicht so viel Leid zufügen können wie die Hänseleien meiner Mitschüler.

Mein Vater hat eine kleine schwarze Tätowierung, so groß wie ein Pfefferkorn, mitten auf der Stirn. Als meine Großmutter ihn nach vierzehn Jahren selbst auferlegter

Kinderlosigkeit zur Welt brachte, war der Knabe so schön, dass sie glaubte, die Götter würden in Versuchung kommen, ihn zurückzufordern. Deshalb beschädigte sie seine Vollkommenheit. Und er wurde verschont. Über die vergangenen sechzig Jahre ist dieses Gypsy-Tattoo zu einem bleichen Grün verblasst.

Ich muss nicht so weit gehen. Ich benutze die Maske der Schlichtheit, um allen Argwohn aus dem Kopf meines Mannes zu vertreiben. Die Schlichtheit beruhigt ihn sehr, denn sie macht mich unattraktiv für die Welt da draußen. Es ist noch nicht so schlimm, dass ich mich entstellen muss. Im Moment geht es noch so.

***

Licht, Kamera, Action.

Aufnahme läuft, die Schauspielerin kommt ins On.

Außen. Es ist früher Abend. Sie steht auf der Schwelle des Hauses und wartet auf ihn. Mit der rechten Schulter lehnt sie am Türrahmen. Der Blick geht in die Ferne. Die in ihrem linken Fuß gefangene Unruhe zeichnet Kreise auf den Boden. Aus einem Impuls heraus beschließt sie vorzutreten, geht durch den Garten und wartet auf der Straße auf ihn. An ihr ist eine aufgeregte Nervosität, die sogar ihre Schlichtheit kleidsam macht. Sie zögert. Sie bleibt stehen. Sie bewegt sich weiter, hat Angst, auf der Straße bemerkt zu werden, Angst hierzubleiben, sie geht eilig den Weg zurück, den sie gekommen ist, und wartet an der Tür auf ihn. Sie nimmt dieselbe Pose ein wie zuvor. Lehnt am Türrahmen. Schaut in den Garten. Als seine drahtige Gestalt mit zügigem Schritt am Horizont erscheint, läuft sie folgsam auf ihn zu. Kein richtiges Laufen, ein Halblaufen, das seine

Zustimmung finden wird. Am wichtigsten ist, dass es keine Bewegung ist, bei der ihre Brüste ruckeln und wackeln, als wollten sie ihr Dasein verkünden.

Sie stellt sich auf die Zehenspitzen, um ihn auf die Wange zu küssen, und sie gehen gemeinsam zurück ins Haus und schließen die Tür hinter sich.

Innen. Sie nimmt ihm die Tasche von den Schultern und stellt sie behutsam auf ein Regal. Sie sieht ihn an, lächelt, bleibt ein paar Sekunden in dieser Position, dann eilt sie zum Kühlschrank, um ein Glas Orangensaft einzugießen. Sie denkt daran, das Kondenswasser mit dem Saum ihres Oberteils vom Glas zu wischen. Sie küsst ihn, fast ehrfurchtsvoll, auf den Hals. Sie tritt zurück, lächelt. Was folgt, ist sein erwidernder Kuss, eine Umarmung, ein unbeholfenes Grapschen. Sie lächelt immer noch. Alles an ihr strahlt das Glück aus, den Ehemann, der nach einem langen Arbeitstag nach Hause gekommen ist, in Empfang nehmen zu dürfen.

Jetzt, wo die Handlung klar ist, wird es Zeit für einen Dialog, Zeit, ihre sorgfältig einstudierten Zeilen abzuspulen.

Sie fragt ihn, wie sein Tag am College war. Sie spricht weiter, während er sich auszieht, spricht weiter, während sie seine Kleider in den Wäschekorb stopft. Sie sagt ihm, dass sie ihn vermisst hat. Sie fragt ihn, ob er Arbeiten zu benoten habe. Sie spricht davon, dass sie Lenin gelesen hat oder Mao oder Samir Amin (oder irgendeinen anderen alten Würdenträger des Kommunismus) und dass sie versucht ist, das Buch zu holen und ihm eine Passage laut vorzulesen, damit er ihr sage, was er davon hält, um einen Zweifel auszuräumen, um zu erfahren, ob diese oder jene Theorie auch auf Indien anwendbar wäre. Sie arbeitet nach dem Prinzip, dass sich ein Mann wie ein König fühlt, wenn man ihn um

Rat bittet, und wie ein Gott, wenn man ihm Bericht erstattet. Sie erzählt ihm, dass sie seine Kleider gebügelt hat. Oder dass sie die Toilette geschrubbt hat. Immer weiter zählt sie ihre Liste auf, mit der nötigen Demut, bis auf seinem Gesicht Zufriedenheit aufblitzt.

Er erzählt ihr etwas, das während seines Tages passiert ist, doch seine Worte sind auf stumm gestellt. Die Kamera sieht nur, zeigt nur, wie aufmerksam sie zuhört. Was er sagt, kann eigentlich alles sein: wie er seinen Fachbereichsleiter gerettet hat, wie er es geschafft hat, ein Problem in der Studierendenschaft zu lösen, wie er in einem jungen Mann ein erstaunliches Talent entdeckt hat, wie er seine Kollegin davor bewahrt hat, einen groben Fehler in ihrer Forschungshypothese zu machen, wie er seiner Klasse in bewusstseinserweiternder Weise Die »Verdammten dieser Erde« nähergebracht hat. Egal welche Großtat mit milder falscher Bescheidenheit nacherzählt wird: Sie hängt an seinen Lippen, an der Grenze zur Verzückung.

Bald lässt er sich mit seinem Laptop nieder, beginnt Telefonate mit seinen Freunden. Sie bringt ihm eine Tasse Kaffee. Sie fragt ihn, was er essen möchte, und macht ihm in der Zwischenzeit *Dosas* mit Erdnuss-Chutney als kleinen Snack. Sie geht in die Küche, beginnt mit der Vorbereitung für ein aufwendiges Abendessen. Die Szene blendet mit der Aufnahme eines Schneidebretts ab, auf dem sich rote Scheibchen geschnittener Zwiebeln häufen. Im Hintergrund hören wir sie ein tamilisches Lied summen: *»Yaaro, yaarodi, unnoda purushan?«*

***

Und Schnitt! Ich bin die Ehefrau in der Rolle einer Schauspielerin in der Rolle einer pflichtbewussten Ehefrau, die ihren Ehemann dabei beobachtet, wie er den Helden des Alltags spielt. Ich spiele die Rolle mit Gefühl.

Je länger ich das Schauspiel des glücklich verheirateten Paares ausdehne, desto weiter schiebe ich seinen Zorn hinaus. Es ist mehr als eine Talentprobe. Mein Leben hängt davon ab.

***

Die Schauspielerei ist allerdings nicht das Einzige, worauf ich achten muss. Ich bin verantwortlich für den ganzen Film, zu dem mein Leben geworden ist. Ich denke über Kamerawinkel nach. Über die Feinheiten des Filmsets. Ich muss einfangen, was es für eine einstige Nomadin bedeutet, auf die vier Wände eines Hauses beschränkt zu sein. Ich muss mir eine Möglichkeit überlegen, wie ich es auf die Leinwand bringe, dass selbst ein kleiner, eingeschränkter Raum im Geist einer Frau, die ihn mit ihren Sorgen bewohnt, zu wachsen beginnt, wie der Gang vom Schlafzimmer zur Haustür zur herkulischen Aufgabe wird oder wie beim Lesen eines Buches schon der Gedanke, nach dem langsam garenden Chettinad-Curry mit Hühnchen zu sehen, eine unüberwindliche Hürde darstellt. Außerdem muss ich die Technik lernen, das genaue Gegenteil zu zeigen: wie sich die Räume um diese Frau langsam zusammenziehen, wenn sie vergewaltigt wird, wie die Wände sie in Ecken treiben, wie das Haus, sobald ihr Mann daheim ist, zu schrumpfen scheint, wie sie nirgendwohin fliehen, sich nirgendwo verstecken, seiner Gegenwart nirgendwo entkommen kann.

Ich bin unmusikalisch, doch als die Komponistin meines Films muss ich über stimmungsvolle Musik nachdenken. Kirchenglocken, die Geschäftigkeit am frühen Morgen, die tödliche Stille der Nachmittage, das Chaos der Abende, das Krächzen der Krähen, das das Schwinden des Tageslichts kennzeichnet, die Langsamkeit, mit der das schabende Geräusch der Grillen hereinsickert und die Nacht ankündigt, durchbrochen nur von den schweren Lastwagen auf den leeren Straßen. So schleicht sich die Welt da draußen an sie heran, so fühlt sie sich selbst nach draußen versetzt. Ich beschließe, dass neben anderen häuslichen Geräuschen das unablässige Plätschern des Regens für den Soundtrack entscheidend sein wird. Dieser Regensong muss jeder Szene angepasst werden, in der er verwendet wird. Donnergrollen in der Ferne betont eheliche Spannungen. Der allmähliche Showdown eines Nieselregens, der das Ende eines verzweifelten Moments anzeigt. Blitze, blau, rosa, lila oder blendend weiß, eine sensorische Warnung, die ihre schlafende Gestalt erleuchtet, bevor der polternde Himmel sie wachrüttelt. Elektrizität, die pflichtvergessen tut und das zankende Paar von einem Moment zum anderen in Dunkelheit taucht. Ich denke über die richtige Antwort auf jede Provokation nach, ich streiche Dialogzeilen, wenn mir klar wird, dass Schweigen eine bessere Wirkung entwickelt. Hier bin ich Schauspielerin, selbst ernannte Regisseurin, Kamerafrau und Drehbuchautorin. Jede Rolle, die sich außerhalb des Daseins als Ehefrau bewegt, bringt mir kreative Freiheit. Die Story ändert sich jeden Tag, jede Stunde, jedes einzelne Mal, wenn ich mich hinsetze und sie neu festlege. Die Schauspieler wechseln nicht, ich kann dem Set nicht entkommen, doch mit jeder Veränderung meiner Perspektive wird eine neue Geschichte geboren. Ich habe sogar schon das Material für die Öffentlichkeitsarbeit dieses Films vorbereitet, ein Film, der nie gedreht werden, der nie auf die Leinwand kommen wird.

Zwölf wütende Männer (im Bett)

Der Film handelt von einer jungen, unkonventionellen Schriftstellerin, die von ihrem verzweifelten Ehemann für eine Kampagne zur Unterstützung der kommunistischen Revolution angeworben wird. Er glaubt unbewusst, dass es bei Sex um mehr geht als um Körperflüssigkeiten, und überzeugt, wie er davon ist, Ideologie in seine verrückte Frau zu pumpen, bringt er jede Nacht elf wütende Männer mit ins Bett und setzt dabei ungewollt seine eigene Position als das Objekt ihrer Begierde aufs Spiel.

Die Gesellschaft von Hegel, Marx, Engels, Lenin, Stalin, Mao, Edward Said, Gramsci, Žižek, Fanon und des archetypischen Che Guevara ist manchmal fantastisch, manchmal mühsam, und sie erweist sich als schlechter Einfluss. Der Schriftstellerin wird schnell klar, je mehr sie selbst sich verändert, desto mehr Dinge bleiben gleich, deshalb versucht sie sich in der Rolle einer Intellektuellen, um ihre Ehe zu retten. Ob beim Vortäuschen orgastischer Verzückung, beim Diskutieren der Strenggläubigkeit der Zweiten Internationalen oder bei der Ablehnung postmoderner Vorstellungen von Dekonstruktion: Sie ist voller Souveränität mit dabei. In dieser Parodie einer unzüchtigen Bettgeschichte, in der prätentiöse intellektuelle Orgien und stumpfsinnige Häuslichkeit sich vereinen, sehen wir zwölf wütende Männer und eine betörende Schriftstellerin, die damit beschäftigt ist, ihre Flucht aus deren ideologischem Klammergriff zu planen.

Dank der mutigen Schauspielkunst und der gleichermaßen urkomischen wie erschreckenden Dialoge wird diese humoristische Lawine garantiert ein riesiger Publikumserfolg.

III

Männer sind wertlos. Um sie zu fangen
Nimm den billigsten Köder, doch niemals
Liebe, die bei einer Frau Tränen bedeuten muss
Und Schweigen im Blut.

Kamala Das: A Losing Battle

Wie viele Schriftstellerinnen sah auch ich mich als Linke. Ich wusste nicht, wo genau dieses Links war, aber ich wusste, ich war da. Ich war diejenige, die als Fünfzehnjährige einen Che-Guevara-Button gekauft hatte und mit Che geschlafen hätte, wäre ich nicht minderjährig gewesen und er schon lange tot. Auch Bob Marley liebte ich auf diese Weise. Ich hatte mich beim Hören von Fidel Castros »Die Geschichte wird mich freisprechen« in das rollende R des Spanischen verliebt. Ich gehörte zu der Generation indischer Kids der Achtziger, die mit sowjetischen Kinderbüchern und Zeitschriften großgezogen wurden. Ameisen und Astronauten und gezeichnete Füchse und Feuervögel und Sonnenstrahlenhäschen und bucklige Pferde und kleine Soldaten und magische Wesen mit flammenden Haaren, die alle für das Wohl aller arbeiteten und gegen die Übel Gier und Selbstsucht kämpften. Ich kannte diese Geschichten besser als irgendeine aus meinem eigenen Land. Ich liebte Russland und seine bittere Kälte, die die Nazis umbrachte, den sowjetischen Schnee, der die Welt gerettet hat.

Und dann sahen wir zu, wie alles wegschmolz. Meine Eltern trauerten eine Woche lang, als die UdSSR fiel, sie bedachten Gorbatschow mit jedem mörderischen tamilischen Schimpfwort, das ihnen einfiel, bis die Nachrichten sich neuen Themen widmeten und der sowjetische Traum zu einer Erinnerung verblasste. Doch ich gab die Hoffnung nicht so leicht auf. Mein Blut floss noch immer *rot*.

Ich nahm an einem Jugendcamp über Kuba teil und schaute einen Dokumentarfilm über seine jungen Ärzte. Ich füllte zwei komplette Regale mit allen Titeln von »Progress Publishers Moscow«, die ich in Chennai finden konnte. Ich las »Das Kommunistische Manifest«, sogar mehrmals. Ich lebte in einem Traum, der allgemein schon lange begraben war. Dieser Traum musste wiedererweckt werden. Der Kapitalismus zerstörte die Welt, das stand außer Frage. Wir brauchten eine alternative Lebensweise, eine andere Gesellschaftsorganisation. Ich war sechsundzwanzig, ich war überzeugt, alles zu tun, was ich konnte.

Und dann, bei der Organisation einer Onlinekampagne gegen die Todesstrafe, traf ich den Mann, der mein Ehemann werden würde. Ich war sofort verzaubert. Er war ein Collegedozent, aber so weit links, wie es nur ging, und so orthodox, wie man nur sein konnte. Er trug seine Outlaw-Pose mit Charme, seinen kommunistischen Stallgeruch ohne Arg. Er hatte zur Naxaliten-Guerilla gehört (»Maoisten«, korrigierte er mich). Ein Untergrundrevolutionär. Er hatte in weniger als drei Jahren mindestens zehn verschiedene Namen angenommen. Er sprach viele Sprachen, aber er wollte mir nicht verraten, welche, aus Angst, am Telefon zu viele Informationen preiszugeben. Er versprach, ich würde all die kleinen Details seines Lebens im Lauf unserer Kameradschaft erfahren. Dieser Beiklang von Gefahr verlieh ihm eine unwiderstehliche Aura. Ich liebte dieses Gefühl von Abenteuer. Ich liebte seinen Idealismus, ich fand seine dogmatische Besessenheit bezaubernd. Im Kampf gegen den Kapitalismus brauchten wir die standhaftesten Krieger. Er war einer, und er konnte auch aus mir eine Kriegerin machen.

In einem unserer frühesten Telefongespräche sagte er, wir sollten LPG bekämpfen. Ich kannte *Liquefied Petroleum*

Gas, die roten Vierzehn-Kilo-Kartuschen, die zweimal im Monat vor die Haustür geliefert wurden und mit denen wir zu Hause kochten. Ich stimmte ihm bereitwillig zu und sprach über die Wichtigkeit von Biobrennstoff. Es schien ihn nicht zu beeindrucken. Vielleicht nahm er an, ich sei ein Hippie. Sicher war es die Art, wie ich das Wort bio aussprach, wie ich jeden der Vokale betonte, als würde ich mir aus dem einen ein Baumhaus und dem anderen ein Floß bauen. Aber ich irrte mich. *Du weißt nicht, dass LPG für Liberalization-Privatization-Globalization steht? Wirklich?*

Man muss ihm zugutehalten: Er war ein Mann, der mir Chancen gab. Nach meiner dummen Antwort in der ersten Runde fragte er mich, ob ich wenigstens wisse, wofür MLM stehe. Der Mann war penibel mit seinen Abkürzungen, das war klar. Diesmal schummelte ich. Ich wollte nicht, dass meine Unwissenheit zwischen uns stand. Ich googelte. Und ich war überzeugt, Google hatte recht, denn es schien etwas mit kapitalistischer Wirtschaftslehre zu tun zu haben, und ich antwortete: »Multi-Level-Marketing«. Er lachte in den Hörer und sagte nach einem Schweigen, das mir wie eine Ewigkeit vorkam, er wünschte, er hätte den Mut, stattdessen zu weinen.

MLM oder Ma-Le-Ma stand für Marixmus-Leninismus-Maoismus, und es war die einzige Politik, die die Völker befreite. Er seufzte. Ich sei zu gefangen in meinem Mittelklasseleben, um etwas von den Problemen der Menschen zu verstehen, informierte er mich ernst. Ich müsse all das hinter mir lassen, wenn mein Schreiben eine Verbesserung für das Volk bringen sollte. Ich sei bereit zu lernen, sagte ich.

***

»Hast du ›Ein Glas Wasser und lieblose Küsse‹ gelesen?«, fragte er mich einmal in einer SMS. Wollte er mit mir flirten? Warum sonst würde er mitten in einer ernsten kommunistischen Diskussion ein Wort wie »Kuss« fallen lassen?

»Nein, habe ich nicht. Hast du es geschrieben?«

Eine Flut von LMAOs, ROFLs.

»NEIN. Auf keinen Fall. Das sind Lenin und Clara Zetkin.«

»Oh! Aber das ist doch einfach Lenin über die Frauenfrage. Seine Gespräche mit Zetkin, oder nicht? Natürlich habe ich das gelesen. Und ich hatte Einwände, Genosse.«

»Ach? Was hat die Feministin gefunden, das ihren Ärger erregt hat?«

»Ich finde, er hat in seiner ›Sex ist so trivial wie ein Glas Wasser trinken‹-Theorie ein paar unschöne Dinge über Frauen gesagt.«

»Und die wären?«

»Warte, ich suche dir das genaue Zitat heraus. Hier: ›Durst will befriedigt sein. Aber wird sich der normale Mensch unter normalen Bedingungen in den Straßenkot legen und aus einer Pfütze trinken? Oder auch nur aus einem Glas, dessen Rand fettig von vielen Lippen ist?‹ Also, ich finde das sehr beleidigend. Als Feministin würde ich mich selbst nie als Straßenkot sehen oder als ein von vielen Lippen fettiges Glas.«

»Hmm. Interessant.«

»Mehr hast du nicht zu sagen?«

»Na ja, Genosse Lenin beleidigt dich. Ich mag deine Sicht nicht teilen, aber ich kann sie anerkennen. Doch als ich dieses Buch zum ersten Mal gelesen habe, wurde mir klar, wie sehr meine Taten Lenin beleidigten und seine Theorie und den Kommunismus selbst. Dieses Buch hat mich zu einem besseren Mann gemacht, einem besseren Genossen.«

»Womit hast du den Genossen Lenin beleidigt?«

»Es gibt da eine Stelle, wo Lenin darüber spricht, dass Männer, auch sogenannte Marxisten, die Idee von der befreiten Liebe ausnutzen – die nichts weiter ist als die Emanzipation des Fleisches –, um eine Liebesaffäre nach der anderen zu haben. Und Lenin verurteilt solche Promiskuität in sexuellen Dingen als bourgeois. Deshalb habe ich mich schuldig gefühlt – ich fragte mich, ob der Grund für all mein Gerede von Emanzipation und Freiheit meinen Genossinnen gegenüber nur der war, dass sie sich in mich verlieben sollten. Redete ich nur über ihrer sexuelle Freiheit, damit ich mit ihnen schlafen konnte? Mir wurde klar, welche Freiheiten ich mir durch den Kommunismus herausgenommen hatte. Ich fühlte mich wie ein Schwindler, ein Hochstapler.«

Ich war verblüfft und beeindruckt. Was er fühlte, war nicht Wut auf Lenin, wie bei mir, sondern Wut auf sich selbst. In ihm brannte eine Kombination aus Selbstreflexion und Ehrlichkeit wie ein gewaltiges Feuer.

Dieses Gespräch war entscheidend.

Dieser Mann ist der richtige, dachte ich.

Er würde mir helfen, die Welt mit anderen Augen zu sehen.

***

Bald nach meiner Hochzeit wurde mir klar, dass mein Mann den indischen Staat und die Bill Gates', die Warren Buffets und die Ambani-Brüder dieser Welt nicht so sehr hasste wie kleinbürgerliche Schriftstellerinnen (also mich). Als selbst erklärter »wahrer Maoist« unterzog er mich einer gründlichen Klassenanalyse und beschloss aufgrund der enttäuschenden Ergebnisse, mich auf den rechten Weg zu führen. Die Ehe wurde zum Umerziehungslager. Er verwandelte sich in einen Dozenten und ich mich in seine studentische Ehefrau, die von diesem kommunistischen Kreuzfahrer lernte.

F: Wo geht die Sonne unter?
A: Über den herrschenden Klassen durch die Ausbeutung der arbeitenden Massen.

F: Was steht am Himmel?
A: Der rote Stern.

F: Und wer hält den Himmel?
A: Frauen halten die Hälfte des Himmels.

F: Wofür leben wir?
A: Die Revolution.

F: Was ist die Revolution?
A: Die Revolution ist keine Dinnerparty. Die Revolution schreibt keine Essays. Die Revolution malt keine Bilder. Die Revolution ist keine Stickarbeit. Eine Revolution kann niemals so kultiviert, so gemächlich und behutsam, so gemäßigt, nett und höflich, verhalten und großmütig sein. Mit der Revolution ist es wie mit einer Birne. Wenn du wissen willst, wie eine Birne schmeckt, musst du sie selbst essen. Wenn du die Theorie und Methoden der Revolution kennenlernen willst, musst du an der Revolution teilnehmen, denn wahres Wissen entspringt nur direkter Erfahrung.

F: Wo sammelt man direkte Erfahrungen?
A: Indem man von den Massen lernt und sie lehrt.

F: Was ist Liebe?
A: ...

F: Ich fragte, was ist Liebe?
A: Kommunismus?

F: Richtig! Und was ist Kommunismus?
A: Liebe?

A: Nein! Kommunismus ist nicht Liebe; er ist ein Hammer, mit dem wir unsere eigenen Fehler berichtigen und unsere Feinde zerschmettern.

Am Ende läuft es also darauf hinaus: Ich muss lernen, und ich muss mich ändern. Eine andere Möglichkeit gibt es nicht. Seine glühende Kritik, die er früher gegen sich selbst gerichtet hat und die ich so bewundert habe, hat jetzt ein neues Ziel gefunden. Während der Unterweisungsphase sagt mir mein Mann, es genüge nicht, bloß das geschriebene Wort zu kennen. Das unterscheidet Religionen, die sich auf die Dogmen heiliger Bücher stützen, vom Kommunismus. Ich muss von den Menschen um mich herum lernen, nicht nur die Worte der Mao-Bibel aufzusaugen. Ich muss lernen, dass die Leute die Stirn runzeln, wenn ich ohne *Dupatta* über meiner Tunika in den Supermarkt gehe, weil ich ihre Anstandsnormen nicht respektiere; ich muss lernen, dass mein Mann aus Respekt vor den gesellschaftlichen Sitten in der Öffentlichkeit nicht meine Hand hält; ich muss lernen, dass ein Kommunist immer den Bus nimmt, denn er ist das Transportmittel des Volkes (es sei denn, er kommt zu spät zu seinem Seminar, dann darf er auch die Autorikscha nehmen); ich muss mir merken, dass die Verantwortung für den weiblichen Körper mir obliegt und dass ich weder auf eine Weise gehen noch mich so bewegen darf, dass andere ihn für ein Objekt der Begierde oder des Vergnügens halten könnten (allerdings soll ich das Grapschen, die Pfiffe, die gezischelten Einladungen respektvoll tolerieren); ich muss lernen, dass eine kommunistische Frau von ihren Genossen in der Öffentlichkeit gleichberechtigt behandelt wird, hinter geschlossenen Türen aber geschlagen und eine Hure genannt werden darf. Das nennt man Dialektik.

***

Lange bevor ich mich für »Kommunismus für Anfänger« (den Ehekurs) einschrieb, führte ich ein ziemlich normales, ziemlich ereignisloses, ziemlich bürgerliches Leben mit sehr wenig Drama – kein Hunger, kein Waisenhaus, keine Flüchtlingskrise, keine Asylsuche, kein Inzest, kein Gefängnisaufenthalt, kein IS, kein Dschihadist als Freund, kein Tamil Tiger als Ehemann, keine halb garen Selbstmordversuche, keine verfrühten Erfolge, keine geschiedenen, arbeitslosen, ehebrechenden oder bankrotten Eltern. Inmitten all dieser Dramenlosigkeit beschäftigte mich als Teenager die Suche nach der Einen Wahren Liebe, der Liebe, die es nur in tamilischen Filmen gibt, wo der Mann ein Volksheld ist, der Underdog, der die Bösen bekämpft, der stotternde, schüchterne Waise, der im Angesicht der Ungerechtigkeit seine Wut nicht im Zaum halten kann, der Undercover-Cop mit Herz, der missverstandene studentische Aktivist, der stylische Ellbogentyp, dem scheißegal ist, was mit der Welt passiert, bis jemand sein Mädchen bedroht. Doch sosehr ich es versuchte, es würde für eine junge Frau wie mich keine leichte Aufgabe werden, so einen jungen Mann zu finden.

Allerdings ließ ich, selbst für eine, deren mangelndes gutes Aussehen mit vagen Komplimenten wie »heiß«, »glutvoll« und »glühend« kompensiert und abgemildert werden musste – die alle besser zu Chennais Wetter als zu einer seiner Frauen passten –, eine lange Reihe gebrochener Herzen, angeschlagener Egos, Devdas', Majnus, Romeos, Salims, Kattabommans und Atthai Payyans zurück. Männer opferten sich auf: erwartungsvoll blumenbekränzte Ziegenböcke, zur Hingabe bereit. Sie kamen mit kindischen Versen zu mir, mit lustigen Witzen, mit unglaubwürdigen Nachfragen zu Rechenaufgaben, mit den Busfahrscheinen eines Monats, die ich achtlos weggeworfen und die sie sorgfältig eingesammelt hatten, mit verlegenem Lächeln und einem Liebesbrief, den sie in einem von mir geliehenen Lehrbuch versteckten. Sie fragten mich nach meiner Telefonnummer, riefen zu Hause an und blieben stumm, wenn sie meinen Vater am anderen Ende hörten. Sie fügten mich beim Yahoo Messenger hinzu und starben ihre kleinen Tode, wenn sie sahen, dass der kleine runde User-Status neben meinem Pseudonym grün aufleuchtete, aber bis sie den Mut aufgebracht hatten, etwas zu schreiben, war ich schon wieder offline, dachte zerstreut über die fremden Männer überall auf der Welt nach, die mit mir flirteten, die mir ihre tiefsten Geheimnisse offenbarten, die mir vertrauten, weil sie glaubten, ich sei eine 80D mit rotem Spitzenhöschen.

Durch Diplomatie hielt ich mir den Großteil der männlichen Aufmerksamkeit vom Hals, doch sie half mir nicht bei der Suche nach der Einen Großen Liebe. Diesen Mann nicht gefunden zu haben war ein Fluch in sich – ich hatte männliche Bewunderung eher rücksichtslos behandelt, hatte Verehrer abgewehrt, ohne den armen Dingern auch nur die Chance auf einen gemeinsamen Kaffee zu geben, ganz zu schweigen von einem Vorstoß in meine Unterwäsche – und jetzt war ich eine junge Frau im heiratsfähigen Alter, deren Vergangenheit keinerlei romantische Verstrickungen aufwies, abgesehen von den Momenten, in denen ich mich um zwei Uhr morgens in meine Bettlaken gewickelt und in der bizarren Fantasie verloren hatte, von Rhett Butler überfallen zu werden. Ich war noch nie geküsst worden. Noch nicht mal ein tamilischer Kuss. Als ich also mit dem College fertig war, setzte ich mir in den Kopf, dass die Liebe nicht zu denen kommt, die nur an einem Ort kleben und Liebesromane lesen. Ich beschloss umzuziehen.

***

Von zu Hause wegzugehen erwies sich als schwierig. Es wäre einfacher gewesen, wenn ich eine ganz normale Ingenieurin gewesen wäre, die für den Master nach Amerika ging. Dann hätte mein Vater jeden Tag vor allen seinen Kollegen angeben können; das Lebensziel meiner Mutter wäre erfüllt gewesen, sie hätte sich ihren Nachbarn überlegen fühlen können und so endlich den lang ersehnten Sinn im Leben gefunden. Sie wären vor Stolz geplatzt, vielleicht gefährlicherweise sogar buchstäblich, durch eine gerissene Arterie hier oder eine geplatzte Krampfader dort. Stattdessen ging ihre einzige Tochter nur nach Kerala, in einen zweifelhaften Nachbarstaat, um dort einen dieser fünfjährigen integrierten Master-Abschlüsse zu machen, die keinerlei Reiz besaßen, für die keine besonderen intellektuellen Fähigkeiten notwendig waren und die einen nicht einmal arbeitsmarkttechnisch weiterbrachten. »Aus Kerala kommen alle hierher zum Studieren, aber unsere einzige Tochter beschließt, dorthin zu gehen. Was soll ich nur tun?«

Das sporadische Gebrummel meines Vaters wurde von meiner Mutter bestärkt, die pausenlos von Sexbanden, Ganja, Alkoholmissbrauch und ausländischen Touristen redete, wodurch Kerala – ein gesittetes Land der Lagunen und vierzig Flüsse – mehr und mehr nach Goa klang. Als ihr klar wurde, dass ich mich nicht so leicht einschüchtern ließ, versuchte sie sogar, mich eifersüchtig zu machen, indem sie mir von den legendären Reizen der Frauen der Malayalee erzählte und erwartete, dass ich meinen Plan in letzter Minute aus einem Anfall von Unsicherheit heraus fallen ließ. Sosehr mich ihre Unterstellungen auch ärgerten, ich fand die perfekte Erwiderung: »Ich gehe zum *Studieren* dorthin, Mom, nicht für einen Schönheitswettbewerb.« Sie tat so, als hätte sie mich nicht gehört.

Nachdem ihre gemeinschaftliche Kampagne gegen Kerala gescheitert war, gingen sie elegant zu einem neuen Angriffsplan über. Mom weinte tagelang, Dad weinte, weil sie weinte. Abwechselnd kamen sie in mein Zimmer, setzten sich auf einen Stuhl und weinten. Meine Mom gestand, sie wolle nicht jeden Tag mit ihrem Mann allein sein und flehte mich an, nicht zu gehen. Dad behauptete, ohne meine ausgleichende Gegenwart würde es nie wieder einen friedlichen Abend für ihn geben, denn meine Mutter sei wild entschlossen, ihn mit endlosen Streitereien vor der Zeit ins Grab zu bringen.

Ohne mich würde ihre Ehe zerbrechen; sie sagten eine Zukunft voraus, in der sie einsam dahinsiechten, und keine Tochter würde an ihrem Sterbebett sitzen; sie beschuldigten das Fernsehen, die Zeitungen, die Radiosender und meine beste Freundin, mir diese komische Idee in den Kopf gesetzt zu haben. Als auch das alles scheiterte, warfen sie mir rundheraus achtkantig und im Quadrat Undankbarkeit, Gedankenlosigkeit und Egoismus vor, doch am Ende vieler Wochen gescheiterter emotionaler Erpressung mussten sie aufgeben und sich mit der Tatsache anfreunden, dass ich wirklich auszog.

***

Ich gewöhnte mich schnell ans Unileben. Tagsüber studierte ich Sprache und Literatur, und nachts ließ ich mutig die Haare herab. Ich behandelte Männer wie Arbeitgeber, die Chancengleichheit fördern. Ich flirtete. Ich schmiedete Freundschaften.

Die Männer, die ich hier mochte, zitierten Neruda. Sie lasen Márquez auf Malayalam. Ein zu spät kommender Zug, ein Massenprotest am Prüfungstag, ausverkaufte Kinokarten, die unendlich langen Schlangen im Getränkeladen – das alles nannten sie kafkaesk. Sie sprachen von Theodorakis und Kakogiannis und baten mich, »Alexis Sorbas« mit ihnen anzusehen. Sie schrieben Gedichte. Sie würzten ihre Gespräche mit bekannten Filmdialogen, für die mir sämtliche Bezugsrahmen fehlten. Beim ersten Anzeichen von Monsunwolken sangen sie Rafi – *»aaj mausam bada beimaan hai«* –, sorgfältig ausgewählt, um ihre Verführungsversuche aufs Wetter zu schieben, auf den Himmel, auf den Duft der gierigen, frisch getränkten Erde. Sie imitierten Rajinikanth, und wenn sie mir nah genug waren, sangen sie tamilische Songs, um mir eine Freude zu machen. Sie waren Veteranen des Herzschmerzes, in ihren Bärten führten sie die Kriegswunden der Liebe mit sich. Sie trugen ihre *Mundus* mit Stil und so ungefähr überall. Sie tranken Rum, Whisky und Brandy, und aus Ergebenheit zu Russland brachten sie ihre Trinksprüche zu Wodka aus. Sie unternahmen plumpe Annäherungsversuche, erbaten Umarmungen mit der Hartnäckigkeit von Zweijährigen, die nach Süßigkeiten fragen, entschuldigten es am nächsten Morgen mit dem Alkohol, der sie ihre Grenzen überschreiten ließ, und taten bei nächster Gelegenheit wieder genau dasselbe. Und eines schönen Tages, völlig aus dem Nichts heraus, schworen sie, sich umzubringen, weil ich ihre Gefühle nicht erwiderte.

All diese Dramatik saugte ich auf wie ein Schwamm.

***

Da gab es Anish, der mich nie außerhalb des College traf, der damit zufrieden war, mir in die Augen zu schauen und meinen Namen auf seine Hefte zu kritzeln, er war erfüllt von einer ehrbaren Liebe, die keine Grenzen überschreitet, einer Liebe, die befruchtet, statt wie wahnsinnig zu vögeln, eine Liebe, bei der eine junge Frau bis zum Tag ihrer Hochzeit (beinahe) wie eine Schwester behandelt wird, es war die Liebe eines schüchternen und unsicheren Jünglings mit noch spärlich sprießendem Schnurrbart, eine Liebe, die als gescheiterte Mission begann, eine Liebe, die weiterzog.

Balakrishnan, der in mir die Urtümlichkeit von Ilayarajas Musik sah und behauptete, in mir Revathi in dem Film »Mouna Raagam« zu entdecken: großäugig, willensstark, schlagfertig und im Regen tanzend; die Art von Frau, von der die Männer der Generation meines Vaters fantasierten, die Frau, deren Berührung elektrisierte, deren Rede schneidend war wie Sicheln, die altweltliche Gerissenheit mit rustikaler Naivität verband, und je länger er dieses Bild auf mich projizierte, desto mehr entfernte ich mich von mir selbst und von ihm.

Chandran, dünn, groß, dunkel und bärtig, der mich zu seinen Proben mitnahm, den ich kennenlernte, als ich für ein Stück vorsprach, der »Die letzte Versuchung Christi« für die Bühne adaptierte, dessen Leben sich ums Theater drehte, für den das Drama auf der Bühne aber nicht ausreichte, für den verliebt sein bedeutete, lebendig zu sein, und das hieß, kein Gefühl so lange zu halten, dass es Moos ansetzen konnte, sondern Veränderung, Veränderung, Veränderung jederzeit, durch Schicksal, Zwang und Scheißebauen, damit sein Herz in jedem Moment seines Lebens als ausgefranste Wunde blutete und er fühlen und fühlen und fühlen konnte.

Dinesh, ein Freund von Azhar, der zu mir kam, um mich zu fragen, ob im Text auf der Website seines Start-ups Grammatikfehler seien, der mit mir redete und redete und redete, und alles drehte sich um ihn, aber zwischendurch hatte ich die Gelegenheit herauszufinden, dass er ein hervorragender Küsser war, und ich hätte zugelassen, dass sich meine Tage in seine Zunge verdrehen, nur fand ich, seine kilometerlangen Reden seien nicht der Weg, den ich gehen wollte, und so verließ ich ihn, nicht aus Abneigung, nicht aus Bosheit, sondern weil ich eine Pause von dem unaufhörlichen Gerede brauchte.

Edwin, der reiche Junge, der Kleine, der sich noch selbst ausprobierte, der in der einen Woche auf Jazz und Marihuana stand und am Wochenende auf Gedichte, Faiz und Pound, der Möchtegernmaler, der Songs für mich schrieb, der Impresario, der wollte, dass ich Monet und Cézanne würdigte, der mich anflehte, Susan Sontag zu lesen, der mich an verborgene Strände führte, um mich zu fotografieren, weil er wahnsinnig verliebt war in meine Unvollkommenheiten, doch ich kam mit seiner erratischen Jagd nach Kunst und Schönheit nicht klar und fürchtete plötzlich, die Welt, die er so fleißig um sich aufgebaut hatte, könnte jeden Moment zerschellen, und ich bewegte mich von ihm weg, wie ein Stern, der aus seiner Umlaufbahn schlingert, um sich ein bisschen von seinem eigenen Licht zu bewahren.

Faizal, der kurz in mein Leben flatterte, der Depressionswolken auf seinen schmalen, hängenden Schultern trug, der von Schatten sprach, die in seinem Kopf flüsterten, der von Schatten sprach, die an seinen Füßen hingen, der meine

Worte der Liebe als Tautropfen auf toten, verrottenden Blättern abtat, der im Vollrausch lebte, bis der ingwerhäutige Mond am Himmel stand, und dann kam er zu mir und hielt mich fest und atmete meinen Regenbaumduft, um sich sicher zu fühlen, und seine Nacht ging in meinen Armen zu Ende, bis ihn eines Tages die Dämonen in seinem Kopf ergriffen und er sich in seiner kleinen, traurigen Welt verfing, in die ich mich nicht hinein traute und er sich nicht heraus, und wir beließen es dabei, an diesem Ort, zu dem Worte nicht durchdrangen.

Girish, ein Collegedozent, dessen Radar meine Ruhelosigkeit schnell auffing, der mir noch schneller die Freundschaft anbot und der mir nach einer Woche Bekanntschaft eröffnete, seine Frau vollzöge ihre Ehe nicht, aber sosehr er sich auch bemühte, mir einen Mitleidsfick abzuquatschen, es führte nirgendwohin, es trübte nur unsere Freundschaft, also erzählte er dem ganzen College, ich hätte versucht, ihn zu verführen, und fast alle schienen ihm seine Geschichte abzukaufen, bis auf die Frauen, die er auf ähnliche Weise bequatscht hatte, die ihn sahen, wie er war.

A ist B ist C ist D ist E ist F ist G ist H ist I.

Und J ist K ist L ist M ist N ist O ist P ist Q.

Und R ist T ist V ist W ist irgendwie X-Y-Z.

Nicht alle ihre Geschichten müssen hier niedergeschrieben werden.

Sunil hätte Sudheer sein können hätte Satish sein können hätte Surya sein können hätte Sareesh sein können hätte Sunny sein können hätte Sandeep sein können.

Die Namen der Männer sind nicht wichtig. Ich kann sie beliebig auf der Seite herumschieben, meine Geschichte wird immer dieselbe bleiben. Sie alle waren Fremde, sie alle wurden irgendwie Freunde, und sosehr sie auch mein eingeschränktes Wissen darüber erweiterten, was es hieß, das Objekt der Zuneigung eines Mannes zu sein: Mein Herz verlor ich an keinen von ihnen. Ich hatte meinen Spaß und hoffte, dass mich irgendwann, vielleicht, die Liebe erwischen würde. Einige Grenzen wurden überschritten. Andere Grenzen neu gesteckt. Manche Grenzen wurden zu Stacheldrahtzäunen mit einer wachsamen Armee auf ganzer Länge. Ich verlor etwas, ich lernte etwas dazu.

***

So willkürlich meine Suche auch war, steuerte ich, trotz fehlender Landkarten und ohne das blasse Licht schnell sterbender Sterne, mein ruheloses Papierschiffchenherz eines Tages doch in den sicheren Hafen.

Er kam von der Küste, eine Meereskreatur. Seine Worte waren raue Winde und stürmische See – doch in all der Unruhe fand ich den Mann, nach dem ich mich immer gesehnt hatte. Meine Einzig Wahre Liebe. Sie fegte mich weg, ich verfiel ihm total, noch bevor mir klar wurde, dass er ein berühmter Politiker war, noch bevor mir klar wurde, dass alles dem Untergang geweiht war, noch bevor wir uns überhaupt zum ersten Mal küssten.

Ich will Ihnen von einem Traum erzählen. Weit weg von Meerespanoramen, tief in den weiten Wäldern von Kerala, begegnet mir ein Leopard. Ich bin wie versteinert von seinen Augen. Aber ich kann gut mit Katzen, ich streichle ihm über den Kopf, ich kraule ihm den Nacken, ich lasse mich von ihm beschnüffeln. Er spielt mit mir. Er lässt mich sogar seinen Bauch streicheln. Dann, plötzlich, von einem Augenblick zum nächsten, bohren sich seine Katzenzähne in meine Haut, meine Hand wird zerfleischt, mein Herz blutet. So endet der Traum. Die Wirklichkeit kommt später.

Diese Einzig Wahre Liebe – die zwei, drei Jahre blühte – hinterließ Wunden bei mir. Ich verbrachte Monate zusammengerollt im Bett und heulte mir das Herz heraus. Während ich lernte, ihn zu vergessen, musste ich aufsammeln, was von mir übrig blieb, kleine Stückchen Individualität, verstreut in den Kulissen unserer Liebe, wie gerissene Armbänder, Glasscherben, bunte Kiesel. Flitterkram, den Krähen so gern verschenken und kleine Kinder so gern sammeln.

Er war ein Liebhaber, der zur Landschaft wurde. Alles in Kerala erinnerte mich an ihn. Das unendliche Meer löste ein Gefühl der Verlassenheit in mir aus. Einsame Ufer brachten mich untröstlich zum Weinen. Die Morgendämmerung am rosa- und betonfarbenen Himmel stürzte mich in Verzweiflung. Politische Graffiti peinigten mich. Die Stadt wurde zu seiner schonungslosen Botschafterin. Ich musste dieses Leben hinter mir lassen und zu meinen Eltern zurückkehren.

Zurück in der Langeweile von Chennai und um den missbilligenden Blicken meiner Eltern zu entkommen, nahm ich jeden Freiberuflerjob an, den ich kriegen konnte, ich wurde in meiner Freizeit zur ehrenamtlichen Onlineaktivistin und füllte meinen Kalender in der Hoffnung, mich von meinem gebrochenen Herzen abzulenken. In diesem verletzlichen Moment traf ich den Mann, den ich heiraten würde.

Bei diesem Männerfang gab es kein dumpf sehnendes Verlangen. Ich suchte nach Sicherheit. Er wiederum schien zwei eingebaute Schutzmaßnahmen zu besitzen: Im Gegensatz zu dem Politiker war er in den Augen meiner Eltern als Collegedozent der perfekte Ehemann. Im Gegensatz zu dem Politiker glaubte er in seinem geheimen Leben als Guerilla an einen revolutionären Umsturz des indischen Staates, einen Boykott demokratischer Strukturen, und ich konnte mir sicher sein, dass keine Ambitionen auf ein politisches Amt ein gemeinsames Leben durchkreuzen würden.

Ich stürzte mich hinein.

Der Rest ist unschöne Geschichte.

IV

Zum Missbrauch gehören immer zwei.
Der Manipulator tanzt mit einer Partnerin,
die sich selbst belügt.
Manche Lügen leuchten so hell, dass wir mitmachen,
einen Finger reichen, dann einen Arm,
sie brennen lassen.
Ich war überwältigt von der Menge, in der jeder meinen Namen rief.
Jetzt stehe ich vor dem Ausgang des Gruselkabinetts,
die Rutsche runter, lese meinen Marx-Ratgeber auf Esperanto,
und wenn ich nicht mehr weiß, wo vorn ist,
dann ist unten dort, wo mein Kopf ist, bei meinen Füßen,
mit einer Tasche voll Wörter und Plastikchips.

Marge Piercy: Song of the Fucked Duck

Denken Sie daran, wie die Geschichte im »Ramayana« weiterging, nachdem das Paar wieder vereint war.

Der misstrauische königliche Ehemann befiehlt der geretteten königlichen Ehefrau, durchs Feuer zu gehen – wenn sie in der Zeit ihrer Trennung keusch war, wird sie unversehrt daraus hervorgehen, wenn nicht, wird sie zu Asche zerfallen. Alles oder nix. Sie kommt klar und rein wie Evian wieder hervor, doch empört über den Argwohn ihres Mannes, befiehlt sie Mutter Erde, sie zu verschlingen. Sie war die First Lady in Valmikis Epos, und gemäß den gesellschaftlichen Gepflogenheiten jener Zeit war so eine Prüfung ein öffentliches Spektakel.

Anders als für mich. Nicht in Primrose Villa.

Nicht mit einem Kommunisten als Ehemann. Scheiß auf die Monarchie. Scheiß auf den Feudalismus irgendwelcher Warlords. Hier zündet er sich selbst an und fügt der Jungfer in Nöten keinerlei Schaden zu. Hier findet die Prüfung statt, bevor sich die Gelegenheit zum Betrug ergibt, als vorsorgliche, vorweggenommene Maßnahme.

Wir trinken Kaffee in der Küche.

Er zündet ein Streichholz an, hält es an seinen nackten linken Ellbogen, drückt es an seiner Haut aus. Ich lächle nervös. Dann flammt ein neues Streichholz auf.

»Was für ein Partytrick ist das?«, frage ich.

»Hörst du zu?«

»Ja.«

Noch ein Streichholz. Noch eine selbst auferlegte Qual.

Ich kapiere den Witz nicht.

»Also habe ich deine Aufmerksamkeit.«

Den Kopf nach rechts geneigt. Er sieht mich eindringlich an.

Ja, Sir – bin ich versucht zu sagen, tu's aber nicht.

»Ja. Natürlich höre ich zu. Du musst dich nicht in Brand setzen, um Himmels willen.«

»Hör mit Facebook auf.«

»Was?«

»Hör mit Facebook auf.«

»Ich hab dich schon beim ersten Mal verstanden. Aber warum, zum Teufel?«

»Ich mache das hier, bis du verstehst, worum es mir geht.«

»Liebster, bitte beruhige dich. Was willst du mir sagen? Was hast du gegen Facebook?«

»Du hast keinen Grund, auf Facebook zu sein. Es ist Narzissmus. Es ist Exhibitionismus. Es ist Zeitverschwendung. Ich habe es dir tausendmal gesagt. Du gibst damit nur freiwillig deine Daten direkt an die CIA weiter, den Research & Analysis Wing, das Intelligence Bureau, allen, die mir das Leben schwermachen. Jeder Scheiß wird überwacht. Dein Leben mag eine Peepshow sein, aber ich bin ein Revolutionär. Du bringst mich in Gefahr, das geht nicht. Wir haben so oft darüber diskutiert, dass ich mit dem Zählen nicht mehr nachkomme. Ich werde das nicht alles noch mal wiederholen.«

Es roch nach Streichholzköpfen und verbrannten Haaren.

»Das ist reine Erpressung. Ich werde gar nichts tun, solange du mich erpresst.«

»Ich sollte dir nicht sagen müssen, was du zu tun hast. Du treibst mich in die Enge und zwingst mich dazu, dir zu sagen, was gut für dich ist und was nicht.«

»Wenn du die Streichhölzer weglegst, können wir über Facebook reden.«

»Wenn du mich liebst, überzeuge ich dich am schnellsten so.«

Einen kurzen Moment lang überlege ich, mir ebenfalls ein Streichholz zu nehmen und meine Haut zu verbrennen. Er will mich für seinen Schmerz leiden lassen; ich will nicht doppelt leiden, indem ich mir diese bizarre Strafe auch noch selbst auferlege. Ein weiteres Streichholz wird angezündet und ausgedrückt. Und noch eins und noch eins. Ich zähle nicht mit. Fast habe ich das Gefühl, er hat Spaß daran.

Sosehr es mich erschüttert: Ein Teil von mir möchte lachen. Wie geschickt er die Revolution mit eingeflochten hat! Die übliche Erwähnung der CIA und des einheimischen Geheimdienstes, um mir Angst zu machen. Wie aus dem Lehrbuch. Über meinen Ehemann zu lachen würde allerdings bedeuten, ihn zu demütigen, und die Konsequenzen wären schlimmer als die pyrotechnische Show mit den Streichhölzern. Vernünftig mit ihm reden zu wollen würde zu einem endlos langen Streit führen, einem Ermüdungskrieg, der mich bis zur Niederlage zermürben würde.

Ich sehe ihn an, überlege, was ich tun soll. Jetzt werden die Streichhölzer auf der Innenseite seines linken Unterarms ausgedrückt, jedes hinterlässt eine kleine rote Quaddel auf der Haut. Er schaut nicht auf, er sagt kein Wort, und das allein macht mir Angst. Er hat den trotzigen Blick eines Mannes, dem nicht nach Aufgeben ist. Ich weiß nicht, wo das enden wird.

Während der nächsten zehn Minuten deaktiviere ich meinen Facebook-Account.

Er ist meine Rettungsleine zur Welt da draußen. Seit meinem Umzug nach Mangalore ist Facebook zu meiner einzigen Möglichkeit geworden, meine beruflichen Verbindungen am Leben zu halten. Hier habe ich nicht mehr den Freundeskreis aus Künstlern, den ich in Kerala hatte, ich habe kein Familiennetzwerk wie in Chennai. In dieser Isolation hilft mir Facebook, für meine Arbeit zu werben, liefert mir Nachrichten, hält mich über Neuigkeiten aus der Literaturszene auf dem Laufenden, verleiht mir eine Onlinepräsenz, die lebenswichtig ist, wenn ich in einer Freiberuflerwelt nicht vergessen werden will. Dessen ist sich mein Mann durchaus bewusst. Er weiß, dass ich als Schriftstellerin anderen ausgeliefert bin, dass ich sichtbar sein muss, dass man sich im richtigen Moment an mich erinnern muss, damit mir jemand eine Chance gibt. Wenn er in dieser heiklen Situation von mir verlangt, mich von Facebook abzumelden, kommt das beruflichem Selbstmord gleich. Jetzt dagegenzuhalten, bringt mich nicht weiter. Ich schätze mich einfach glücklich, dass er mich nur bittet, meinen Facebook-Account zu deaktivieren und nicht ganz zu löschen.

Um mein Gesicht zu wahren und die plötzliche Abwesenheit zu erklären, schreibe ich eine letzte Statusmeldung und erkläre der Welt, ich sei mit einem Schreibprojekt beschäftigt, ich bräuchte Zeit für mich, ich nähme eine längere Auszeit.

***

Als ich mich in Chennai als Freelancerin anbot, nachdem ich Kerala und dem Herzschmerz entkommen war – und um nach der Rückkehr in mein Elternhaus der Langeweile zu entgehen –, machte ich ab und zu Übersetzungen als Subunternehmerin für einen alten Mann aus der Nachbarschaft, der für den »UNESCO Courier« übersetzte. Ich wurde gebeten, einen ziemlich langen Artikel über den Versuch der

Menschheit, mit Aliens zu kommunizieren, ins Tamilische zu übersetzen.

Von allem, was wir den Völkern anderer Planeten hätten sagen können, beschlossen wir, eine Kapsel in den Weltraum zu schießen, in der sich ein Modell der Doppelhelix, die Zusammensetzung der DNA und die Formel für ihre Nukleotide befand. Keine Botschaft, die erklärte: *Hier ist es sonnig aber es regnet auch oft wir lieben Farben und Dope wir singen und wir tanzen wir kochen die tollsten Sachen mit allem was wir finden können wir sind in zu vieler Hinsicht richtige Arschlöcher aber wir sind ein lustiger Haufen deshalb macht uns bitte die Freude und besucht uns*.

In einer Botschaft, die fünfundzwanzigtausend Jahre zum Versenden braucht und noch mal fünfundzwanzigtausend Jahre bis zur Antwort, zeigten wir nicht etwa einen Sinn für Demut oder unsere Gastfreundschaft. Wir waren einfach Angeber.

Meine Kommunikation mit der Welt da draußen folgt diesem Schema ebenfalls. Als ich gezwungen werde, Facebook zu verlassen, ist meine letzte Botschaft nicht: *Probleme in der zweiten Ehewoche: Arschlochehemann besteht auf meiner Isolation. Mr. Kontrollfreak hat mich erpresst, den Account zu deaktivieren. Autorin in Not! SOS!*

Stattdessen ist mein Schwanengesang ernst und formell. Ich schreibe über die verschlungene Doppelhelix von Projekten und dräuenden Deadlines. Ich zeichne das Porträt einer viel beschäftigten Frau und balanciere es sorgfältig aus. Ich befolge die typische Formel eines vorgetäuschten Schriftstellerlebens. Niemand hat auch nur den Hauch einer Ahnung, wie unsicher und allein ich mich fühle.

***

Mein plötzliches Verschwinden von Facebook ist die erste von mehreren Stufen. In derselben Woche schreibt er sein E-Mail-Passwort auf und gibt es mir.

»Das kannst du haben.«

»Ich brauche es nicht.«

»Ich vertraue dir.«

»Okay.«

»Vertraust du mir?«

»Ja. Und?«

»Vertraust du mir genug, dass du mir deine Passwörter gibst?«

»Ich habe meine Passwörter noch nie jemandem gegeben.«

»Also verbirgst du etwas?«

»Nein.«

»Woher soll ich das wissen?«

»Indem du mir glaubst.«

»Wie soll ich dir glauben, wenn du mir nicht vertraust?«

»Weil ich nichts zu verbergen habe.«

Dieser Streit dauert ewig, dreht sich im Kreis, eine Schlange, die sich selbst in den Schwanz beißt. In diesem Moment kann ich mich nur beweisen, indem ich all meine Passwörter aufschreibe. Heiße Tränen verbrennen meine Wangen, aber ich erkaufe mir entschlossen einen unsicheren Frieden. Ich schreibe meine Passwörter auf.

Und damit ist die Nase des Kamels im Zelt.

***

Im Gegensatz zu dem Araber und seinem Kamel sind wir miteinander verheiratet. Einen Monat nach der Hochzeit finde ich heraus, dass er ein paar meiner E-Mails beantwortet hat.

»Ich kann mich selbst um meine Post kümmern, ich habe dich nicht darum gebeten.«

Er verteidigt sich nicht. Er bestreitet es nicht. Er pfeift vor sich hin und macht weiter an seinem Computer herum.

»Komm her, meine Kleine, komm her«, sagt er dann. Der Hohn in seiner Stimme ist wie der Schleim in einem tiefen, alten Brunnen – glitzernd, schlüpfrig, tödlich.

Er öffnet seinen eigenen Posteingang, und ich sehe, dass er alle seine E-Mails in unser beider Namen unterschreibt. Ich finde meinen Namen als Mitunterschrift unter Mails an Studenten, unter Gruppenmails an seine Aktivistenfreunde, unter Buchempfehlungen an seine Kollegen, unter einer Anfrage für eine Konferenz über postkoloniale Studien, unter jedem Kleinscheiß. Mir wird schlecht. Ich fühle mich meiner Identität beraubt. Ich bin nicht mehr ich selbst, wenn ein anderer Mensch so einfach behaupten kann, ich zu sein, sich für mich ausgeben und mein Leben annehmen kann, während wir unter demselben Dach wohnen.

Ich beruhige mich genug, um fragen zu können: »Wie lange geht das schon so?«

»Seit wir geheiratet haben.« Seine Stimme ist ausdruckslos. Nüchtern. Klar und vernünftig wie eine gut geteerte sechsspurige Autobahn.

Unbeeindruckt versucht er mir zu erklären: »Die Welt soll wissen, dass wir ein Paar sind. Ich will, dass uns alle als Einheit betrachten.«

***

Meine Mutter am Telefon:

Hör mal, Schatz. Ich verstehe deine Aufregung. Atme einfach tief ein und aus. Gib ihm keinen Anlass, misstrauisch zu werden. Wir schauen erst mal, wie weit er geht. Misstrauen liegt in der Natur der Männer; es liegt in der Natur der Liebe. Er kreist ständig um die Frage: Was, wenn sie jemand anders liebt?

Solche Ängste denkt sich ein schwacher Geist, ein schwacher Mann aus. Sorge dafür, dass er sich nicht schwach fühlt. Wenn er will, dass sich deine Welt um ihn dreht, dann tu ihm den Gefallen. Er wird bald von deiner Aufmerksamkeit genug haben, dann gibt er dir Raum. Je mehr du versuchst, deine Privatsphäre zu bewahren, desto sicherer wird er sich sein, dass du etwas vor ihm verbirgst und ein geheimes Leben für dich selbst aufbaust. Und das macht ihn verrückt. Bleib offen. Wenn dieser Hund keine Witterung von all dem Mist aufnimmt, den er sich einbildet, wird er dich in Frieden lassen.

***

Langsam zeichnet sich ein Muster ab.

Als Erstes war mein Handy weg.

Kurz nach der Hochzeit, als ich gerade mit ihm nach Mangalore gezogen war, hörte es stundenlang nicht auf zu klingeln: Freunde, Gratulanten, entfernte Verwandte riefen mich an, um dem glücklichen Paar zu gratulieren, nach Einzelheiten zu fragen, mich zu rügen, weil alles so schnellschnell und überstürzt gehen musste. Dank Roaminggebühren, tamilischer Neugier und all ihrem herzlichen Jubel hatte ich am Abend weder Guthaben noch Nerven übrig. Wir luden es noch zwei Tage immer wieder auf, dann belehrte mich mein Ehegenosse über die wirtschaftlichen Aspekte des Ganzen, die exorbitanten Summen, die ich zahlen würde, wenn ich die Nummer eines anderen Bundesstaates behielt, und schlug vor, ich sollte mir eine örtliche Nummer besorgen. Diese Aufgabe nahm er höchstpersönlich auf sich – wir hätten zu irgendeinem kleinen Laden gehen können, eine Kopie seines Ausweises vorlegen, um unsere Adresse zu belegen, dazu ein Passfoto, dann hätten wir für fünfzig Rupien eine SIM-Karte bekommen, aber für ihn war das nicht so einfach. Er lebte in ständiger Angst vor dem Staat, um seine Sicherheit, dass er überwacht werden könnte. Er hielt es für das Beste, wenn er die SIM-Karte im Namen einer Person aus dem entfernten Freundeskreis eines seiner Studenten besorgen würde, jemand, der keine offensichtliche Verbindung zu ihm hatte, jemand, der unter dem Radar der Polizei flog.

Diese versprochene Karte materialisierte sich nach zehn Tagen frommen Wartens, und als sie schließlich bei mir ankam, wies mein Mann mich an, die Nummer nicht wahllos weiterzugeben und warnte mich, wenn jemand aus meinem Freundeskreis bei der Presse, bei den Medien oder in der Verlagswelt die Nummer in die Finger bekäme, sei es das Gleiche, als hätte ich sie in diesem Moment für alle sichtbar online hochgeladen.

»Auf meinen Kopf ist eine Belohnung ausgesetzt. Zweihunderttausend, wie ich zuletzt gehört habe. Sie sind so kurz davor, mein Schatz, so verdammt kurz davor, mich zu finden. Was schirmt mich ab? Sie wissen nicht, dass der sogenannte bewaffnete und gefährliche Untergrundkämpfer, den sie suchen, jetzt ein glücklich verheirateter College-dozent ist. Spiel nicht mit dem Feuer. Sonst bringst du uns noch ins Gefängnis. Folter. Ein inszenierter ›Zusammenstoß‹. Die Polizei wird mich zu einer Vernehmung von zu Hause wegholen und dann wiederkommen, um mit dir zu sprechen. Sie werden furchtbar höflich sein, sie werden sogar den Tee trinken, den du ihnen kochst, und zwei Tage später wirst du in den Zeitungen lesen, dass ein gesuchter, bewaffneter zweiunddreißigjähriger Mann mit Kriegsneurose in irgendeinem abgelegenen Wald von den Paramilitärs erschossen worden ist. Dieselben höflichen Polizisten werden wieder in unserem Haus auftauchen und dich bitten, mit ihnen zu kommen und meinen Leichnam zu identifizieren. Du wirst über Nacht zur Witwe. Willst du das? Habe ich mich klar ausgedrückt?«

Ich nicke. Daran hatte ich noch gar nicht gedacht. Ich möchte ihm sagen, dass ich ihn niemals je verraten werde, aber ich weiß nicht, ob er das hören will. Außer meinen Eltern gebe ich meine Telefonnummer niemandem. Selbst meinen Eltern gegenüber sage ich kein Wort über seine Paranoia – über seine Angst, wegen Kriegsführung gegen den Staat verhaftet zu werden, und auch nicht über die gefährliche Seite des Mannes, den ich geheiratet habe und wie sehr mich das alles einschränkt. Falls morgen der Ärger an die Tür klopft, möchte ich nicht, dass noch jemand dafür bezahlen muss.

***

Der Verlust meiner telefonischen Kommunikationsmöglichkeit tut mir nicht allzu weh. Aber woran ich mich nicht gewöhnen kann, ist, dass ich jetzt in meiner Onlinefreiheit beschnitten bin. Ich hätte nie gedacht, dass sie mir so wichtig wäre. Bis sie weg war.

Seine Stimme übertönt alle meine Argumente mit einem Satz: *Du bist süchtig. Du bist süchtig. Du bist süchtig. Du bist süchtig.*

In einem Akt der Gnade gesteht er mir drei Stunden die Woche zu: Rationiert werden sie zu einer sehr kurzen halben Stunde am Tag. Der Internetzugang selbst ist nur in seiner Gegenwart möglich, denn er trägt den Huawei-USB-Dongle immer bei sich – er sagt, er brauche das Internet, um sich auf seinen Unterricht vorzubereiten oder für seine Recherchen. Ich erzähle meinen Eltern von diesem Problem und hoffe, dass sie den absoluten Irrsinn dieses Verbots erkennen. Mom, das ist so scheiße. Dad, das ist so scheiße. Mom und Dad, das ist mein Tod als Autorin. Mom und Dad, ich werde noch verrückt.

Sie kapieren es nicht.

Drei Stunden sind eine lange Zeit, antwortet meine Mutter, drei Stunden die Woche genügen. Ich brauche nur zehn Minuten am Tag, um meine E-Mails zu checken, sagt sie.

An manchen Tagen checken meine Schüler meine E-Mails für mich, fügt sie hinzu.

Mein Vater besitzt nicht einmal eine E-Mail-Adresse. Das hindert ihn nicht daran, eine Meinung zu haben. Er glaubt, die ganze Welt des Internets sei ein riesiges Dreckloch, das nur darauf wartet, seine Tochter für immer zu verschlucken.

Wir haben dich ohne Fernseher großgezogen, und es ist trotzdem was aus dir geworden, sagt er. Stirbst du daran, wenn du kein Internet hast?, fragt er mich.

Ich bejahe.

Das Internet ist deine Droge, sagt er.

Dein Mann tut das nur zu deinem Besten, stimmen sie überein.

»Das ist nur zu deinem Besten« war das Mantra meiner Mutter, als ich klein war – es rechtfertigte Zwangsernährung mit Abführmitteln alle drei Monate, in der Schule nicht meine Geburtstage zu feiern, Hausarrest, damit ich nicht allein unterwegs war, das Verbot, zu Picknicks zu gehen. »Mein Bestes« war die Begründung meiner Englischlehrerin, als sie mich am Ohr aus dem Klassenzimmer zerrte und schrie: *ungezogenes Mädchen ungezogenes Mädchen ungezogenes Mädchen das ist nur zu deinem Besten* und mich mit einem Holzlineal schlug. »Mein Bestes« rechtfertigte, dass mein Teenager-Nachbar mir seine Finger in die achtjährige Vagina steckte, um sie nach Waldinsekten, Bettwanzen und bösen Kobolden abzusuchen. Wenn ich »zu deinem Besten« höre, werde ich wieder zum Kind. Ich widerspreche nicht mehr. Ich verstumme.

***

Hau ab. Hau ab.

Diese ständig wiederkehrende Stimme, die dir im Hals stecken bleibt. Durch sie weißt du, dass du weglaufen musst. Durch sie weißt du, dass jetzt nicht der richtige Zeitpunkt ist. Durch sie weißt du, dass es nie einen richtigen Zeitpunkt geben wird. Durch sie weißt du, dass nicht das Wie zählt, sondern das Wann. Durch sie weißt du, dass die Welt dich für eine vierwöchige Ehe auslachen wird. Selbst das wäre nicht so grausam wie der Anblick der traurigen Gesichter deiner Eltern. Blamiert. Nichts als Enttäuschung hast du ihnen gebracht. Eine Schande, die sie für den Rest ihrer Tage in ihrem Blick tragen werden. Nie wieder der alte Stolz. Nie wieder das unschuldige Vertrauen. Nie wieder werden sie deinen Namen auf dieselbe Art aussprechen. Nie wieder werden sie ihre Träume auf deine Schultern legen.

Aber da sind nicht nur sie und ihr schweres, gemeinsames Leid. Da ist ein Mensch, mit dem du dein ganzes Leben verbringen musst: du selbst. Das Ich, das heute gehen will, könnte das Ich sein, das morgen glaubt, es hätte bleiben sollen. Die Angst, dass du dir, wenn du dich in zehn Jahren im Spiegel betrachtest, deine Hast vorwerfen wirst, deine Heißblütigkeit, deine scharfe Zunge, dass du zu schnell aufgegeben hast. Die Frage in dir kommt aus deinem eigenen

Gerechtigkeitsempfinden: Was, wenn er eine Chance bekäme, seine Fehler wiedergutzumachen, sich zu ändern, neu anzufangen? Die nächste Frage, gleich nach der Werbung: Warst du bereit, ihm zu vergeben? Und dann natürlich die vorprogrammierte, die unausweichliche, die absolut entscheidende: Hast du genug für das gekämpft, woran du glaubst?

Kampf oder Flucht.

Wieder das alte Muster. Ich gebe den Kampf nicht auf, noch nicht.

Die Flucht kommt erst, wenn der Kampf verloren ist.

V

Manchmal schafft [die Kunst] allerdings das Leid erst herbei.

Elfriede Jelinek: »Die Klavierspielerin«

Was hindert eine Frau daran, eine Missbrauchsbeziehung zu verlassen?

Feministinnen der alten Schule werden von wirtschaftlicher Unabhängigkeit sprechen. Eine Frau ist frei, wenn sie das Geld hat, sich selbst zu finanzieren. Wenn sie Arbeit hat, wird sie Fuß fassen. Wenn sie einen Job hat, sind auf wundersame Weise alle ihre Probleme gelöst. Ein Arbeitsplatz schenkt ihr Gemeinschaft. Eines Tages wird sie ins Büro kommen, und sie werden sie nach der Prellung über ihrer Augenbraue fragen, und sie wird sagen, sie sei gegen eine Wand gelaufen, aber sie werden wissen, dass ihr Mann sie schlägt, und sie werden sie schützend unter ihre Fittiche nehmen. An ihrem Arbeitsplatz wird die Frau diese eine Freundin finden, die mit ihr durch dick und dünn geht. An ihrem Arbeitsplatz wird sie eine Unterstützergruppe finden, Leute, die es ihr ermöglichen, zur Polizei zu gehen, Anwälte zu finden, Richter.

Im Büro wird es mindestens einen Mann geben – einen guten, ehrlichen, vernünftigen Mann –, der sie attraktiv findet, der ihr bei wöchentlichen Meetings Liebesbriefe zusteckt, der sie so liebt, wie sie ist, bei dem sie sich schön fühlen kann, der sie zum Lachen bringt. Wenn es so einen Mann nicht gibt, wird sie eine lesbische Liebhaberin finden. Manchmal entsteht die lesbische Liebe unabhängig von der An- oder Abwesenheit von Männern, dann wendet die Frau einem ganzen Geschlecht den Rücken zu und lebt glücklich und in Sicherheit bis an ihr Lebensende.

Abstraktionen lassen es einfach erscheinen, aber meine Geschichte ist, wie die Geschichte aller Frauen, eine andere.

***

Niemand kennt die einzigartigen Umstände meiner Lage.

Wie ziehst du einen Job an Land, wenn:

- du mitten im Semester irgendwo strandest?
- du in einer fremden Stadt keine Kontakte hast?
- dich dein Ehemann von den sozialen Medien abgeschnitten hat?
- du kein eigenes Telefon besitzt?
- dein Ehemann alle Nachrichten überprüft und beantwortet, die du bekommst?
- du die Sprache der Gegend nicht sprichst?
- du die ehefrauliche Pflicht hast, zuerst einmal Kinder zu produzieren?

Das ist schon eine lange Liste. Das sind nicht die Probleme eines arbeitslosen Menschen. Das sind die Klagen einer gefangenen Ehefrau.

***

Sagen wir mal, ich dürfte sogar einen Job annehmen. Würde die tägliche Flucht aus dem Haus, die mir ein Vollzeitjob böte, mein Problem lösen? Oder wäre diese Freiheit nur die Entschädigung für den Pakt mit dem Teufel, den ich anscheinend mit meiner Ehe eingegangen bin? Würde ich ein paar Stunden frei atmen und dann gern wieder nach Hause in das hasserfüllte Klima zurückkommen, das mich dort erwartet? Würde ich mich daran gewöhnen, wäre das die neue Normalität? Oder würde die Welt da draußen einschreiten? Darauf habe ich keine Antworten. In meinem kurzen Leben als Ehefrau in dieser Stadt habe ich bisher immer am selben verbalen kleinen Tanz teilgenommen, der jedes Mal zur Aufführung kommt, wenn ich das Haus verlasse und den Nachbarn begegne, oder an den seltenen Tagen, wenn ich meinen Mann an seinem College besuche, um ihm sein Mittagessen zu bringen, und seinen Studenten und Freunden über den Weg laufe.

Wie geht's?

Essen Sie genug?

Mögen Sie Mangalore?

Mögen Sie das Wetter?

Mögen Sie den Regen?

Mögen Sie das Essen in Mangalore?

Wie war das letzte Wochenende?

Was haben Sie für dieses Wochenende geplant?

Die Gespräche folgen immer demselben Muster. Ein endloses Hin und Her absoluter Sinnlosigkeiten. Auf keine Frage wird eine ehrliche Antwort erwartet. Es sind Fragen als Höflichkeitsübungen.

Fragen als Grüße. Fragen als Platzhalter. Fragen, die peinliche Gesprächspausen füllen. Fragen, die ein Interesse vortäuschen, das nicht da ist. Fragen, die nur vorgeben zuzuhören.

Niemals auch nur eine einzige Frage, die nach einer echten Antwort verlangt.

Es ist die Gesprächsebene, die Art von Ansprache, die man für die frisch getraute Ehefrau reserviert, die Neue in der Stadt, die Fremde, die man gerade erst kennengelernt hat; während dieser kollegialen Gespräche gibt es keine Gelegenheit, die Wahrheit zu sagen.

***

Das ist etwas, das man uns damals am College beibrachte. Ich habe diese Besonderheit der sozialen Interaktion immer bewundert – überrascht, dass es dafür sogar einen eigenen Begriff gibt, das »Höflichkeitsphänomen« – und hielt es für eine große Errungenschaft unserer Kultur. Ich glaubte, wir hätten den Zenit der Kultiviertheit erreicht, wenn wir diesen nervösen Foxtrott mit Fremden tanzten, niemals verletzend, niemals dazu zwingend, Verletzung zugeben zu müssen. Alles perfekt geprobt und choreografiert.

Die Soziolinguisten Penelope Brown und Stephen Levinson, über die ich keinen verlässlichen Klatsch kenne, außer dass sie miteinander verheiratet sind, haben diese Theorie entwickelt. Ihre Hypothese: Menschen benutzen die Höflichkeit als einen Weg der legalen gegenseitigen Täuschung, der es allen Parteien erlaubt, ihr Gesicht zu wahren. Übersetzung: Anders als in Prüfungen wird einem kein Fremder eine Frage stellen, deren Antwort unbequem wäre.

Wir haben es im Studium behandelt, weil es ein universelles linguistisches Phänomen ist, das in jeder Sprache der Welt stattfindet. Damals war das beruhigend.

Was auch immer der Vorteil für den Rest der Menschheit sein mag: Inzwischen sehe ich es als Webfehler im Sprachkonstrukt. Es gibt in der Struktur der Sprache keine Möglichkeit, Alarmzeichen in diesem höflichen verbalen Hin und Her unterzubringen, keine Möglichkeit, diese inszenierte Freundlichkeit durch einen heimlichen Hilfeschrei zu durchbrechen.

***

Wenn ich versuche, mich an das erste Mal zu erinnern, als ich von meinem Mann geschlagen wurde, sind da nur heiße, gläserne Tränen und die anhaltende Angst davor, wie oft es passiert ist. Die Ereignisse zu rekonstruieren hilft nicht. Es beginnt immer mit einer dummen Anschuldigung, meinem Leugnen, einem Streit, und irgendwann türmt sich die verbale Auseinandersetzung zu einer Flut von Schlägen auf. Die Anschuldigungen fallen durch ihre Banalität auf – Warum nennt dich der Mann »meine Liebe«? Warum hast du den Papierkorb deines Mailprogramms geleert? Warum sind da nur neun Anrufe in der Anrufliste deines Handys, wessen Nummer hast du gelöscht? Warum hast du das Spülbecken nicht geputzt? Warum versalzt du mein Essen, willst du mich umbringen? Warum kannst du nicht unter Pseudonym schreiben? Warum hast du die Konferenzeinladung nicht sofort abgelehnt, wenn du doch verdammt noch mal weißt, dass ich dich nicht allein werde reisen lassen? – manchmal sind seine Gründe so fadenscheinig, dass ich mich frage, ob die Vorwürfe nur ein Trick sind, ein Vorwand, um mich zu schlagen.

Ich kann mit niemandem darüber reden, was hinter unseren verschlossenen Türen geschieht. Im Moment bin ich nicht einmal sicher, ob ich mit jemandem darüber reden möchte.

An einem langweiligen Nachmittag kann ich die Waffen der Misshandlung auflisten, die sich im Haus angesammelt haben. Das Kabel meines MacBook, das dünne rote Striemen auf meinen Armen hinterlassen hat. Der Besenstiel, der mich der Länge nach am Rücken getroffen hat. Der Schreibblock, dessen Kanten meine Fingerknöchel gefunden haben. Sein brauner Ledergürtel. Zerbrochene Keramikteller nach einer kurzen Reise als fliegende Untertassen. Der Abwasserschlauch der Waschmaschine.

Ich wusste nicht, dass dies das typische Leben war, das auf eine frisch verheiratete Frau wartete.

***

Vor unserer Hochzeit hatten wir über unsere Pläne gesprochen. Rosarot weichgezeichnet. Nichts war genau definiert; ich mochte es so. Unentschieden, unvorbereitet, spontan. Ich wusste nur, dass wir nach Mangalore ziehen würden, wo er eine Stelle als Dozent für Englische Literatur hatte. Ich würde einen Lehrauftrag annehmen, hoffentlich an seinem College. Bis dahin würde ich versuchen zu schreiben. Später würden wir darüber nachdenken, ob uns der Ort gefiel und ob wir vielleicht umziehen wollten. Wir wären ziellos. Wir wären frei. Wir würden uns treiben lassen, verankert nur aneinander. Es war ein Sprung ins kalte Wasser. Hand in Hand, bereit zu schwimmen oder unterzugehen. Um es noch aufregender zu machen, hatten wir Scheuklappen auf. Oder zumindest ich hatte Scheuklappen auf.

Es kommt mir vor, als wäre das sehr, sehr lange her.

***

»Wie wäre es, wenn du mal einen Tag lang meine Klasse unterrichten würdest? Ich kann das in die Wege leiten. Dann hast du etwas zu tun.«

Es war als eine Geste gegenseitiger Zuneigung, eine Wertschätzung meiner Bemühungen gemeint.

Wir haben uns eingerichtet: Im Kühlschrank sind Milch, Eier und *Idli*-Teig; das unregelmäßige Knattern des Deckenventilators weckt uns nachts nicht mehr auf; die Kakerlakenplage in der Küche ist unter Kontrolle. Der Alltag ist eingekehrt.

Sein Angebot kommt nach längerem, sanftem Bohren, ob es nicht irgendwelche Möglichkeiten für mich gäbe.

Kann ich hier unterrichten? Kannst du für mich herumfragen? Brauchst du meinen Lebenslauf? Ob ich wohl etwas

Befristetes finde? Findest du nicht, es wäre schön, wenn ich ab und zu aus dem Haus käme?

»Man sieht es am St. Alfonso nicht gern, wenn Ehepaare am selben Institut arbeiten, es gibt da Richtlinien für die Angestellten«, informiert er mich eines Abends, als ich nachfrage, ob es etwas Neues gibt. »Das Schwestercollege wäre eine Möglichkeit, aber das Problem ist, dass du bis zum nächsten Semester warten musst, um dich zu bewerben.« Sein Vorschlag, seinen Studenten einen Gastvortrag zu halten, ist ein großes Zugeständnis. Sogar sein Abteilungsleiter ist einverstanden mit dieser Idee.

Eine Woche später stehe ich vor seiner Klasse, nur eine Stunde.

Mitten in meiner Vorlesung über postkoloniale Literatur merke ich, wie ein Student einen Zettel weiterreicht. Ich ignoriere es, mache weiter, doch als der Zettel Kreise zieht, muss ich reagieren. Ich trete vor ihre Pulte und nehme den Zettel an mich. *Kann bitte jeder 50p spenden und wir kaufen Kokosöl und einen Kamm für Sirs Frau? Mit ihrem offenen Haar sieht sie aus wie eine Bettlerin.*

Meine Wangen brennen, aber ich knülle den Zettel zusammen und beende den Unterricht so würdevoll wie möglich. Vor einem Raum mit fünfzig Männern und Frauen zu stehen, die über mein Aussehen urteilen, während ich versuche, ihnen etwas beizubringen, ist nicht unbedingt meine Vorstellung von einem Traumjob.

Am Nachmittag erzähle ich es meinem Mann, der zerknüllte Zettel steckt immer noch in meiner Tasche. Er setzt zu einem Vortrag darüber an, wie oft er mich gebeten hat, von den Leuten zu lernen: Kleide und verhalte dich so, dass sie dich respektieren. Mein erster Tag mit Ausgang geht nach hinten los.

***

Zwei Tage später habe ich lange genug über den Vorfall nachgedacht, um eine passende Antwort für den Studenten parat zu haben. Nur bin ich zwei Tage später leider schon wieder in der Bedeutungslosigkeit verschwunden. Die Klasse, vor der ich über Postkolonialismus gesprochen hatte, hat durchaus verstanden, mich zu lesen. Haare sind in den vielen Subkulturen Indiens ein leidiges Thema: Im »Kamasutra« wird eine Frau, die im Hof ihres Hauses steht und sich die offenen Haare kämmt, als Symbol einer wollüstigen Frau gesehen; das wilde, nicht zu bändigende Haar besessener Frauen wird als Zeichen des Teufels höchstpersönlich betrachtet; die verfilzten Haare weiblicher Heiliger und die geschorenen Köpfe der Witwen: ein Symbol dafür, dass sie alle Ansprüche auf eine aktive Sexualität aufgegeben haben. Ganz bestimmt kein schönes Bild. Wo und wie schiebt sich der Kolonialismus in diese Darstellungen und posiert für ein Foto?

Der oberflächliche Hintergrund ist leicht zu erkennen: kürzere, offene Haare wurden als Einfluss der europäischen Frauen betrachtet – eine Zersetzung des einheimischen Ideals, eine Symbolik ungezügelten, schamlosen Verlangens, ein Bemühen um Modernität auf Kosten der Tradition, ein Verrat am Staat durch die Bindung an den weißen Mann, indem das Styling der weißen Frau repliziert wird. Es gibt da eine unbelegte Geschichte, die diesem Denken oft zugrunde liegt. Die britische Armee führte ein Gefolge einheimischer Sexarbeiterinnen mit sich, das immer in der Nähe der Unterkünfte blieb. Im Gegensatz zu den *Nautch*-Mädchen und den *Devadasis* waren diese Sexarbeiterinnen der Armee alle bei der Kolonialregierung registriert. Gegen Unterkunft und Zugang zu einer zahlungskräftigen Soldatenklientel mussten sie regelmäßigen Untersuchungen auf Geschlechtskrankheiten zustimmen. Es war die Blütezeit der Syphilis, die mehr Männer dahinraffte als die gnadenlosen indischen Sommer, deshalb war es diesen Frauen aus deplatzierten Ängsten heraus strengstens verboten, mit den Einheimischen zu schlafen.

Man erzählt sich, die dunklen langen Zöpfe dieser Frauen seien regelmäßig abgeschnitten worden – damit die Gesetzeshüter und Gesundheitskontrolleure die Frauen auf dem Marktplatz leicht erkennen konnten, sollten sie sich je einheimischen Männern anbieten, um sie dann ins Regiment zurückzuschleppen. Es war eine praktische Kontrollmaßnahme zum Wohle des Empire, doch in den Augen der Laien wurde eine Frau mit kurzen, offenen Haaren zum Synonym einer Prostituierten des weißen Mannes. Sie war eine, die mit dem Feind schlief, die dem Unterdrücker sexuell zu Diensten war, und sie verdiente tiefste Verachtung.

In den sechs Jahrzehnten seit dem Abzug der Briten scheint sich manche Wahrnehmung nicht geändert zu haben. In unseren Kursen über Postkolonialismus sprechen wir davon, dass das Empire zurückschreibt, über Theorie und Praxis in postkolonialer Literatur, über Bill Ashcroft, Gareth Griffiths und Helen Tiffin. Doch in diesen Klassenräumen sind wir immer noch Produkte ebenjenes Empire – mit all unserer Scham und Sünde.

***

Als ich versuche, meine Interpretation des Kursdebakels bei meinem Mann loszuwerden, wird er herablassend.

Er hämmert mit der Faust auf den Tisch und lacht laut auf. »Endlich hast du eine Rechtfertigung gefunden. Aber was ist das für eine Rechtfertigung? Kolonialismus? Du schreibst auf Englisch – und es passt dir gut in den Kram, dass du die Meinung meiner Studenten über dich auf den Kolonialismus schieben kannst. Erzähl mir nichts. Weißt du was? Die Hure war damals die Verbindung, die Brücke zwischen den Kolonisatoren und den Kolonisierten. Heute ist die Verbindung die Autorin, die auf Englisch schreibt – und diese Brücke, sie ist die Hure.«

***

Dass ich Autorin bin, bringt mir den permanenten Spott meines Mannes ein. Am Ende eines langen Tages kommt er nach Hause und fragt mich, was ich den ganzen Tag über getan habe. Ich habe geschrieben, sage ich. Öfter halte ich mich aber an die bescheidenere Version: Ich habe versucht zu schreiben. In den kurzen Pausen zwischen den Aufgaben im Haushalt bin ich auf leeren Seiten, auf dem blanken Bildschirm meines Laptops der Inspiration nachgejagt. Für ihn ist das keine Arbeit. Für ihn ist das jemand, der nichts tut.

Ein klein wenig Respekt erfahre ich aber, wenn ich gebeten werde, etwas für eine Zeitschrift zu schreiben. Auch wenn die Zeitschrift selbst von meinem Mann infrage gestellt wird, erkennt er doch an, dass diese Bestätigung bedeuten könnte, dass er mich ernster nehmen sollte. Normalerweise entscheidet er sich aber dagegen.

Zum Beispiel, als »Outlook« für ihr Jahresspecial über Erhebungen zum Thema Sex einen Essay von mir haben möchte und mich der Redakteur per E-Mail bittet anzurufen, um die Einzelheiten zu besprechen. Mein Mann und ich packen gerade, weil wir übers Wochenende mit dem Zug ins Dorf seiner Familie fahren wollen, aber ich schaffe es, mich davonzustehlen und den Anruf zu machen.

Als ich meinem Mann davon erzähle, sagt er, man habe mich gebeten, über Sexualität zu schreiben, weil ich aus einem breit gefächerten Erfahrungsschatz schöpfen könne, schließlich hätte ich mit zwanzigjährigen Männern gefickt, mit dreißigjährigen, vierzigjährigen, fünfzigjährigen, sechzigjährigen, siebzigjährigen.

Er lacht dabei, aber nur, um seine Wut zu verbergen.

Ich kann niemandem von diesem Vorwurf erzählen. Von der Scham, die ich aushalten muss, während ich versuche, den Artikel zu schreiben, werden die Leser nie erfahren.

»Warum hast du den Auftrag angenommen?«, fragt er. »Du bist eine Sklavin der kommerziellen Medien. Du verkaufst deinen Körper. Das ist Eliteprostitution, die Männer dürfen dich zwar nicht anfassen, aber sie masturbieren zu dem Bild der Frau, das du darstellst. Das ist keine Freiheit. Das ist sexuelle Anarchie. Das ist nicht revolutionär. Das ist die Begünstigung einer vulgären, imperialistischen Kultur.«

Und in der folgenden Stunde muss ich mir Andeutungen anhören, ich hätte mit dem gesamten Redaktionsteam bei »Outlook« geschlafen. Dabei war das Intimste, was ich je mit einem von ihnen hatte, dieses eine Telefonat.

***

»Wie willst du denn deinen Sexartikel überhaupt schreiben?« In letzter Minute zieht er meinen Laptop aus der Reisetasche und legt ihn auf den Tisch. »Der bleibt jedenfalls hier«, sagt er. »Diese Reise machen wir nur zu zweit. Wir fahren in mein Dorf, besuchen Verwandte, gehen auf eine Hochzeit, wohnen bei meiner Mutter. Ich will nicht, dass du dort sitzt und die ganze Zeit an deinem Essay herumtippst, wenn es Wichtigeres zu tun gibt. *Oder muss ich die erlauchte Schriftstellerin daran erinnern, dass sie auch Ehefrau ist?«*

Im Dorf gibt es keine Computer, Internet auch nicht, und ohne ihn oder ohne seine Erlaubnis kann ich nicht in das Internetcafé in der nächstgelegenen Stadt gehen.

In den folgenden zwei Tagen nutze ich jede freie Sekunde. Ich tippe, während ich Wasser hole, um die Töpfe im Haus zu füllen, wenn ich ins Bad gehe, um mir die Haare zu waschen, wenn ich gebeten werde, die Moringablätter für eine Suppe zu putzen, wenn ich den Ziegeneintopf auf dem Feuer beaufsichtige und vom Rauch husten muss, wenn ich meine Nichte und meinen Neffen hüte. Ich lerne, mir im Kopf ganze Sätze und Abschnitte am Stück zurechtzulegen. Ich tippe den Artikel komplett in mein Handy, ein klobiges Nokia E63. Meine neue SIM-Karte für Mangalore, die mein Mann mir besorgt hat, hat keinen Datentarif, und ich habe keine Möglichkeit, meinen Essay zu verschicken. Am liebsten möchte ich den Redakteur von »Outlook« anrufen und laut vorlesen, was ich geschrieben habe, damit es jemand aus seinem Team aufschreiben kann. Aus Angst, mitten im Telefonat erwischt zu werden, tue ich es nicht. Ich suche verzweifelt nach der richtigen Gelegenheit. Vielleicht, wenn mein Mann mit einem seiner Cousins zu einer Besorgung aufbricht, einen missmutigen Gast abholt oder ein Missverständnis klärt, das es in letzter Minute mit dem Catering gab – eines von tausend Dingen, die bei einer Hochzeit schiefgehen können und die männliche Autorität erfordern. Alles, was ich brauche, ist eine halbe Stunde für mich, und ich lauere auf den Moment, in dem sich so eine Chance auftut.

Meine Angst vor ihm weicht meiner Angst, die Deadline zu verpassen. Verzweifelt denke ich mir die riskantesten Strategien aus. Mir fällt ein, dass sich mein Mann nie von dem USB-Dongle trennt, mit dem wir ins Internet können. Was den Dongle zum internetfähigen Gerät macht, ist die SIM-Karte darin. Als er weg ist, um sein abendliches Bad zu nehmen, durchwühle ich seine Taschen und finde den Dongle. Eilig nehme ich die SIM-Karte heraus, verstecke sie in den Seitennähten meiner *Kurta* und lasse alles so unberührt aussehen wie zuvor. Als ich im Bad dran bin, eile ich hinein, mein Handy sorgfältig in ein Handtuch gewickelt, tausche die SIM-Karte aus und schicke den Artikel über einen sehr langsamen Opera-Browser, ohne Formatierung, ohne Kursivierungen, an die Redaktion. Als ich an diesem Abend bade und dabei durchs Fenster den schwarzen Sternenhimmel betrachte, bin ich die glücklichste Frau, die ich je gekannt habe. Ich strahle, als ich herauskomme. Ich stecke die SIM-Karte schnell wieder in den Dongle, damit mein Verbrechen verborgen bleibt. Mein Mann ruft mich ins Bett, und ich antworte ihm liebevoll. Jetzt ist nicht der Moment für Groll.

Als ich nach Mangalore zurückkomme, schaue ich in meine Mails. Ich habe eine Nachricht von meinem Redakteur bei »Outlook«. Drei Wörter: *Ist angekommen. Genial.*

***

Innerhalb unserer Ehe übernimmt mein Mann die Rolle des Volkskommissars für Arbeit. (Im Moment trägt er ein rotes T-Shirt und Jeans. Für die Kunstfilmversion, die ich in meinem Kopf inszeniere, habe ich vor, ihn in die passende stalinistische Kleidung zu stecken.) Sonntags schlafen wir lange und bleiben im Bett. In meinen Fantasien von der Ehe war das ein planloser Vormittag, an dem wir miteinander schlafen und dann zu einem endlosen, faulen Brunch ausgehen. In Wirklichkeit geht mein Mann die Ereignisse der vergangenen Woche durch, um nach einer ausführlichen Analyse zu dem Schluss zu kommen, dass ich praktisch überhaupt nichts getan habe, und schlägt eine Unmenge von Tätigkeiten vor, die ich mal ausprobieren sollte. Normalerweise stellt er sich selbst als leuchtendes Beispiel hin.

»Als ich frisch in die Partei eingetreten war, schickten sie mich zum Arbeiten in eine Stofffabrik. Sechs Monate in einem Ausbeutungsbetrieb in Tirupur. Das hat mir den bourgeoisen Lebensstil gründlich ausgetrieben. Du brauchst eine Arbeit, die dich gründlich deklassiert.«

In der Folgewoche ist es eine Arbeit an der Druckerpresse in Mangalore. In der nächsten eine Arbeit als Verkäuferin in einem Geschäft in der City Centre Mall. Die Auswahl, die er mir bietet, ändert sich täglich: Kerzenfabrik, Cashew-Verpackungs-Lagerhaus.

»Du wirst die Sprache der Menschen lernen. Du wirst lernen, wie die Frauen der Arbeiterklasse zu leben. Dann wirst du aus Erfahrung schreiben. Das wird dich lehren, wie aufgesetzt dein Feminismus ist. Du wirst kein Kapital aus deiner Möse ziehen, du wirst mit den Händen arbeiten.«

Ich glaube, die Arbeit einer Ehefrau besteht aus beidem: mit der Möse arbeiten und mit den Händen arbeiten. Wie die Dinge gerade liegen, weiß ich nicht, ob ich noch einen zusätzlichen Job annehmen kann.

***

Natürlich meint er all seine Vorschläge nicht ernst. Er ist der Typ ängstlicher Ehemann, der in einem Bahnwaggon vor der Toilettentür stehen bleibt, aus Angst, dass ich die Gelegenheit ergreifen und ihm entwischen, mich in irgendeinem Abteil weit hinten verstecken, an irgendeinem Bahnhof aussteigen und spurlos verschwinden könnte. Er wird mich nicht unbeaufsichtigt zu einer Arbeitsstelle gehen lassen und das Risiko eingehen, mich zu verlieren. Diese »deklassierenden Jobs« wirft er nur in den Raum, um mich in die Falle zu locken. Morgen wird er meine Abneigung gegen das Verpacken von Cashews als Beweis meines Mittelklasselebens anführen, als Beleg, dass ich nicht von körperlicher Arbeit leben möchte. Kommunistische Ideen sind eine Tarnung für seinen Sadismus.

Ich habe aufgehört, ihn um Hilfe bei der Jobsuche zu bitten. Nehme mir selbst das halbherzige Versprechen ab, mich trotzdem für eine Dozentenstelle zu bewerben, wenn das neue Semester beginnt, aber ich weiß nicht, ob ich überhaupt noch an mich glaube. Einen Job zu haben wird eine von vielen vagen Vorstellungen, die ich für mein Leben habe, ohne viel Hoffnung, sie je zu verwirklichen.

Autorin zu sein wird jetzt zu einer Frage der Selbstachtung. Es ist die Berufsbezeichnung, die ich mir selbst gebe. Mir ist klar, dass mein Mann nichts in diesem Universum so sehr hasst wie das, wofür eine Autorin steht (eine kleinbürgerliche Autorin noch dazu), also baue ich ein Gefühl der Hochachtung vor dem Schreiben auf.

Aber es geht nicht nur um den Widerstand gegen ihn. Zu allem, wofür eine Autorin steht, gehört in den Gedanken meines Mannes immer auch etwas widerwärtig Unbändiges. Eine Ichbezogenheit des Schreibens, die nicht zu seinem Bild eines Revolutionärs passt. Es trägt die knappe Tätigkeitsbeschreibung: Ungehorsam. In meinem ganzen Leben habe ich noch nie eine gefährlichere Anziehungskraft verspürt.

***

Damals, als alles um mich herum einstürzte, als mir meine Einzig Wahre Liebe das Herz brach, gab ich eine Vollzeitstelle als Dozentin auf, um zu schreiben, schreiben, schreiben. Nichts sonst wollte ich tun. Jetzt kann ich nichts anderes tun.

Autorin. Nur das, nur für mich, nur vor dem Spiegel.

Ich spiele die Ehefrau, doch sobald mein Mann das Haus verlässt, schreie ich in Gedanken *ja, ja, ja, ja, ja, ja* und denke fieberhaft darüber nach, was ich schreiben muss. Meine häuslichen Pflichten erlauben es mir nicht, Deadlines zu setzen. Was mich vorantreibt, ist der unbedingte Drang, eine Geschichte zu erzählen.

Es ist ein Roman über militanten Widerstand gegen Feudalismus und das Kastensystem. Die Figuren in meinem Buch – noch halb ausgearbeitet und bislang ohne Namen – stellen sich gegen die brachiale Gewalt der Staatsmaschinerie, gegen die Bedrohung durch die Landlords. Sie marschieren durch mich hindurch. Sie schwören auf die rote Fahne des Kommunismus, sie bezahlen mit ihrem Leben.

Das Thema ist Widerstand und Ungehorsam.

Kann ich diesen Roman schreiben? Wird sich die Angst, die auf meiner Seele liegt, in mein Schreiben hineinfressen? Werden mich die Wörter, die ich wähle, im Stich lassen? Wie viele Wörter kann man schreiben, bevor sie zu Verrätern werden?

Ich schaffe es nicht, auch nur ein einziges Wort zu schreiben.

Die Frauen in dem Buch, das ich schreiben möchte, sind so stark.

Ich bin überhaupt nicht wie sie. Mein Leben beschämt mich schon, bevor meine Prosa die Chance dazu bekommt.

***

Poesie fällt mir leichter. Ich versuche, meine Wut unter Wörtern zu vergraben. Während ich an meinem Laptop sitze und tippe und mir die Tränen übers Gesicht laufen, merke ich, wie er mich eindringlich beobachtet. Etwas daran, wie ich ein Gedicht schreibe, verunsichert ihn zutiefst. Er spioniert die unregelmäßigen Zeilen aus, die Absatzumbrüche, die ausgefransten Zeilen, die nur zu einem Gedicht gehören können. Die zerklüftete Seite erschüttert ihn. Er kommt dicht heran und fleht: »Nein. Tu das nicht. Tu das nicht – um unseretwillen, um unserer Zukunft willen. Wir können unsere Differenzen überwinden. Wenn du all das in ein Gedicht packst, bleibt es auf ewig dort gefangen. Es wird ein Gift, das uns für immer daran hindert, uns weiterzuentwickeln, es wird niemals zulassen, dass wir vergeben und vergessen.«

Ich kann ihm nicht zustimmen. Für mich klingt es seltsam, fast schon fremd, mir vorzustellen, dass mein Gedicht die Quelle zukünftiger Probleme sein könnte, dass ein Gedicht verhindern könnte, unsere Wunden zu heilen. Das Gedicht *ist* die Heilung, erkläre ich ihm. Indem ich es aufschreibe, kann ich darüber hinwegkommen.

Er ist vehement dagegen, dass ich meinen Schmerz in Poesie verpacke. »Nein, nein, so funktioniert das nicht.« Er schreit mich an. »Du verstehst kein bisschen, worum es beim Materialismus geht. Du glaubst, Materialismus bedeutet, einfach nur an die Dinge zu glauben, die existieren. Für dich ist Materialismus einer deiner Wege, deinen Atheismus zu verteidigen. Das ist eine sehr oberflächliche Ansicht. Ich dagegen nehme ihn ernst. Ich glaube, solange es eine materielle Grundlage gibt, die uns an unsere Streitereien und Missverständnisse erinnert, können wir diese Probleme niemals ganz überwinden. Wir werden gegen unseren Willen festgehalten. Mach das Vorübergehende nicht zu etwas Bleibendem. Verwandele ein flüchtiges Gefühl nicht in eine objektive Wahrheit.«

Und so trat sie in Kraft. Die Unterlassungsanordnung gegen meine Poesie.

***

Solche Vorträge über Materialismus bleiben aus, wenn er derjenige ist, der die Gedichte schreibt. Als ich ihn darauf hinweise, stellt er die Argumente auf ihre hübschen Köpfe.

»Ja, ich weiß, es handelt sich um eine materielle Basis. Ja, ich weiß, dass es noch lange existieren wird, nachdem du und ich über dieses Stadium des Streitens hinaus sind. Aber ich möchte, dass dieses Material bleibt, um mich daran zu erinnern, wie grausam ich gewesen bin, damit ich nie vergesse, dass ich dir unrecht getan habe, damit ich mich ehrlich schuldig fühle, nicht nur dafür, dass ich dir wehgetan habe, sondern auch weil ich meine Ideale verraten und mich nicht wie ein Kommunist verhalten habe.«

Und wie rechtfertigst du, dass deine Gedichte geschrieben werden dürfen, aber ich keine Gedichte über meine Ehe schreiben darf?

Wieder folgten schöne Worte, um das zweierlei Maß zu rechtfertigen: »Deine Gedichte klagen mich an. Meine Gedichte klagen mich an. Es gibt einen Unterschied zwischen dem Hass, der deine Gedichte antreibt und der Selbstkritik, die das Rückgrat meiner Gedichte bildet. Deine Gedichte stempeln mich ab und stecken mich in eine Schublade, meine Gedichte ringen darum, meine Schwächen zu überwinden.«

Und das war's. In dieser Ehe, in der ich geschlagen werde, ist er der Dichter. Und eine seiner Eröffnungszeilen geht so:

Wenn ich dich schlage
Weint Genosse Lenin.

Ich vergieße Tränen, er schreibt sie auf. Die Institution Ehe schafft ihre eigene Arbeitsteilung.

VI

Ich habe die Kleidung gefaltet,
sie in den Schrank geordnet,
das Licht gedämpft,
das Bettlaken glatt gestrichen,
die Kissen nebeneinander arrangiert
und trage das Nachthemd.

Vor meinem Durst liegt
der verbotene Schlummertrunk;
mit Träumen, die viele Fantasien auskosten
trödelt mein Schlaf vor der Zimmertür herum.

Anar: Sleep loitering outside the room

Die allgemein verbreitete Meinung ist, dass Autoren in den Ruinen graben, die Vergangenheit durchforsten, sich selbst mitten hineinversetzen. Ja. Aber manchmal, wenn die Zeiten sonderbar sind, muss man sich seiner direkten Umgebung aussetzen. Mein Mann beschimpft mich, schlägt mich, wirft meinen Laptop durch die kleine Küche, zwingt mich, ein Manuskript zu löschen, ein Sachbuch, an dem ich gerade arbeite, weil irgendwo im Text das Wort »Liebhaber« vorkommt. Er beschuldigt mich, meine Vergangenheit in unsere Gegenwart zu tragen, und dieser Verrat ist Beweis genug, dass es keine Hoffnung und keinen Raum gibt, in der die Zukunft blühen könnte. Ab diesem Punkt höre ich ihm nicht mehr zu. Ich habe nicht vor zu antworten. Ich denke mich an einen Punkt in der Zukunft, an dem ich über diesen Moment schreiben werde, über diesen Streit, über die brennenden Schläge, die Abdrücke auf meinen Wangen hinterlassen und erst aufhören, wenn ich lösche, was ich geschrieben habe, darüber, wie ich gezwungen bin, mit dem Mann, den ich geheiratet habe, über Meinungsfreiheit zu streiten, wenn ich über den Mann schreibe, den ich geheiratet habe, mit dem es zu diesem Streit über Meinungsfreiheit gekommen ist. Ich denke daran, wie ich das alles eines Tages ausformulieren werde, und mir ist bewusst, dass ich eben daran denke und nicht ans Jetzt, und mir ist klar, dass ich der Gegenwart schon entkommen bin, und das gibt mir Hoffnung, ich muss nur warten, bis das hier vorbei ist und ich wieder schreiben kann, und ich weiß, dass das enden wird, weil ich weiß, dass ich darüber schreiben werde.

***

Was weiß mein Mann über Liebe? Wenn ich eine E-Mail lösche, ein Buch, an dem ich arbeite, einen beliebigen, von irgendwem auf Wikipedia eingetragenen Verweis, die Liste der Bluetooth-Geräte, mit denen sich mein Handy verbunden hat, wird dann auch gelöscht, was ich für jemanden gefühlt habe? Wenn das Material nicht mehr existiert, verschwindet dann auch die Erinnerung?

***

Ich schreibe Briefe an Liebhaber, die ich nie gesehen oder gehört habe, an Liebhaber, die nicht existieren, an Liebhaber, die ich an einem einsamen Morgen erfinde. Eine Datei öffnen, einen Absatz oder eine Seite schreiben, vor dem Mittagessen wieder löschen. Die reine Freude, etwas schreiben zu können, auf das mein Mann nie wird zugreifen können. Die Rache, die darin besteht, das Wort Liebhaber wieder und wieder und wieder zu schreiben. Das Wissen, dass ich es kann, dass ich nicht dabei erwischt werde. Der Ungehorsam, die Boshaftigkeit. Die Lust daran, Salz in seinen verwundeten Stolz zu reiben, mir meinen Raum zurückzuerobern, das Recht zu schreiben.

***

Brief an einen Liebhaber

Dies ist kein typischer Liebesbrief. Ich erzähle Dir nichts von den Spatzen, die ich vor meinem Fenster sehe, keine

Anekdoten vom bösen Streit zwischen zwei Nonnen, den ich mitgehört habe, als sie an meinem Haus vorbeigingen. Wenn ich heute meinen Brief an Dich beginne, möchte ich das voller Ernsthaftigkeit tun und über Dinge schreiben, die mir unbegreiflich erscheinen – und Dir auch.

Ich frage mich, wie es ein Opportunist wie mein Mann geschafft hat, in einer politischen Partei voranzukommen, die ich immer respektiert habe: wie er bei jedem Schritt erfolgreich die Leitungsebene getäuscht hat, bis er zu dem wurde, was er heute ist. So, wie sie Innenschau und Selbstkritik zelebrieren, hätten sie ihn doch sehen müssen, wie er ist, oder nicht? Haben sie gelassen betrachtet, was sie sahen, taten sie alles als patriarchale, feudale Neigungen ab, die bei jemandem aus einem kleinen Dorf unvermeidlich sind? Ist ihnen seine Haltung gegenüber Frauen nicht aufgefallen – war es ihnen recht, rügten sie ihn erfolglos, oder teilten sie seine Nervosität und Verachtung gegenüber Feministinnen? Waren Respekt und Liebe etwas, das die Radikalen nur für die Frauen reservierten, die bewaffnete Rebellinnen waren, für Frauen, die an jedem Parteitreffen teilnahmen und applaudierten, Frauen, die Flugblätter verteilten und Plakate entwarfen? Wie schützten sich diese Frauen vor den brutalen, aggressiven Männern in ihren Rängen? Gingen sie? Kämpften sie? Ließen sie ihre Sexualität hinter sich, oder tauschten sie sie ein, um sich das Leben in der Organisation zu erleichtern?

Ich habe mich in den Mann verliebt, den ich geheiratet habe, weil es mir, wenn er über die Revolution sprach, tiefgründiger vorkam als Poesie, bewegender als alles Schöne. Jetzt bin ich davon nicht mehr so überzeugt. Auf jeden wahren Revolutionär in den Rängen kommt ein Karrierist, ein Frauenschläger, ein Opportunist, ein Manipulator, ein Eindringling, ein Ellbogentyp, ein Arschkriecher, ein Alkoholiker und ein Junkie. Wann immer ein streitbarer Kämpfer an der Front stirbt, erscheint ein Hochstapler und beansprucht die Bedeutung des gefallenen Mannes für sich. Für jeden originellen Denker ein Papagei, der die Weisheit als seine eigene verkauft. Parteien wachsen auf den Schultern wahrer Helden, nähren sich von ihrem Blutvergießen, während die Blender fröhlich feiern.

Deshalb sehne ich mich nach Dir.

Du: ohne jede Maskerade. Du: ohne irgendeinen glorreichen Kampf, der vor Dir liegt. Du: einfach durch Dein eigenes Licht leuchtend, in Deiner eigenen Dunkelheit wohnend, Du: ohne erhabenen Eifer. Du: nur mit Deinen eigenen Worten und ohne hochtrabende Theorie. Du, der mir an einem regnerischen Morgen sagte, nach Deinem Tod wollest Du in meinen Haaren begraben sein. Derselbe, der drei Jahre später eine andere Frau heiratete. Du mit all Deinen Widersprüchen, Du, der Du nichts versprichst, Du, der Du nicht wertest. Du bist echt, und gerade jetzt brauche ich Deine Echtheit.

***

Brief an einen Liebhaber

Ich schreibe Dir, weil ich es kann. Ich habe nichts Konkretes zu sagen. Heute ist einer dieser Tage ohne einen einzigen neuen Gedanken. Alles, worüber ich nachdenke, führt am Ende irgendwie zu meiner Ehe zurück. Die drückende Hitze, das Auf und Ab der Straßen, das Zuckerrohr, das wie lange, brechende Knochen zerdrückt wird, um den süßesten Saft abzugeben, Geschichten, die man hört, von der Moralpolizei, die Teenager in der Stadt schikaniert, das trügerische Orange der einheimischen Currys. Das alles wird zur Metapher.

Ich nehme mir vor, Dir von etwas zu schreiben, das weit entfernt ist von dem, was mir geschieht. Ich scheitere. Ich glaube, mein Zustand ist eine Falle wie aus dem Lehrbuch: Wenn du in der Falle sitzt, befreit es dich, an andere Dinge zu denken. Gleichzeitig erinnert dich alles, woran du denkst, daran, dass du in der Falle sitzt.

Ist etwas zu offensichtlich, dann ist meiner Meinung nach die beste Vorgehensweise, so zu tun, als würde man es überhaupt nicht bemerken.

***

Brief an einen Liebhaber

Du weißt so gut wie ich, mein Liebster, dass es schwierig ist, im Bezugsrahmen der Sprache zu bleiben und kein Verlangen zu spüren. In alten Sprachen ist sexuelles Spiel endlos. Immerzu werden Wörter nach ihren Bedeutungen abgewogen.

Sind Gespräche mit Liebhabern deshalb nicht ein ständiges leichtes Necken? Flirten bedeutet, jedem Wort einen frischen Dreh zu geben. Ich mache Dich zu meinem Eigentum, indem ich in jedem Wort, das Du benutzt, eine kleine Hütte baue und mit Dir dort einziehe, um die Sonnenuntergänge zu betrachten. Wenn Du davon sprichst, Deinen Dreitagebart zu rasieren, flüstere ich Dir zu, wie meine Haut bei dem plötzlichen kratzenden Gefühl brennt. Ich färbe das Wort Kuss mit der Vorstellung von Heimlichkeit; ich schmuggle den Gedanken an mich in das Wort Liebkosung. Du kannst mich nicht von den Wörtern trennen, die ich so sorgfältig besetzt habe.

Die Ehe hat meine Romantik ruiniert, indem sie mich lehrte, dass man diese schöne Sache zu etwas Grobem machen kann. Miststück. Hure. Schlampe. Und doch behält die Sprache bei jeder Beleidigung, die mir ins Gesicht geschleudert wird, trotzdem ihren Charme.

Englisch macht mich zu einer Liebhaberin, einer Geliebten, einer Dichterin. Tamilisch macht mich zu einer Wortjägerin, einer Liebesgöttin.

Es gibt eine sprachwissenschaftliche Theorie, nach der die Strukturen von Sprachen die Art des Denkens und Verhaltens der Kulturen bestimmen, in denen sie gesprochen werden. Im Versuch, mein momentanes Leben zu verstehen, habe ich mir eine weit hergeholte Konsequenz ausgedacht, die entfernte Cousine dieser Theorie: Ich glaube, was du in einer Sprache kennst, zeigt, wer du in Bezug auf diese Sprache bist. Kein Beispiel dafür, wie die Sprache deine Weltsicht formt, sondern die stumpfe Umkehrung, in der deine Weltsicht bestimmt, welche Teile der Sprache du annimmst. Nicht nur: Deine Sprache formt dich, deine Sprache hält dich in einer bestimmten Art, die Welt zu betrachten, gefangen. Sondern auch: Wer du bist, bestimmt, welche Sprache du bewohnst, das Gefängniszuhause deiner Existenz erlaubt dir nur den Zugang und Gebrauch einiger Teile einer Sprache.

Jetzt in Mangalore kenne ich die Kannadawörter: *eshtu*, wie viel; *haalu*, Milch; *anda*, Eier; *namaskaram*, Grüße; *neerulli*, Zwiebel; *hendathi*, Ehefrau; *illi*, hier, *ahdu*, das da; *illa*, nein; *saaku*, genug; *naanu nandigudda hogabekku*, ich möchte nach Nandigudda.

Ich kann jedes einzelne Wort hervorholen, das ich auf Kannada von mir gegeben habe. In dieser Sprache bin ich nichts anderes als eine Hausfrau.

***

Brief an einen Liebhaber

Nachmittage sind die unerträglichste Zeit in meinem Leben als Ehefrau. Sie ziehen sich in die Länge und erfüllen mich mit Grauen. Ich muss mich auf sein Nachhausekommen vorbereiten. Ich muss ihm eindeutige Beweise liefern, dass ich fleißig war. Ich bin verloren in Ruhelosigkeit, verloren in Zeit, die ich nicht vergehen lassen kann, die ich nicht nutzen kann. Die Minuten blähen sich zu formlosen Monstern auf.

Die Nachmittage mischen unter ihr Schweigen und ihre Stille ein zunehmendes Geflüster von Selbstmord. *Tu es jetzt. Es wird nicht wehtun. Es wird vorbei sein, bevor du es merkst.* Ein Teil von mir ist überrascht, dass ich bereits nach einer Handvoll Monate mit diesem Gedanken spielen muss, um dann den Rest der Zeit damit zu verbringen, dagegen anzukämpfen. Ich schwinge wie an einem Pendel zwischen den Möglichkeiten. Lebendig. Tot. Tot. Lebendig. Lebendig. Tot. Tot. Tot. Ich weiß nicht, ob ich überhaupt noch lebe. Es ist die Art von lebendig, die sich tot anfühlt.

Andererseits sind da die Toten, die sich lebendig fühlen.

Knapp hundert Meter von da, wo ich wohne, liegt der Friedhof von Nandigudda. Wenn die Geister sich erheben und beschließen, am ersten Haus, an dem sie vorbeikommen, auf ein Glas Wasser Halt zu machen, klopfen sie an meine Tür. Anfangs verwehrte ich ihnen den Zugang, doch jetzt habe ich sie hereingelassen.

Die regelmäßigsten Besucher sind die schwermütigen vier, die alle zu verschiedenen Zeiten Mrs. »Zyanid« Mohan waren. Wenn sie erscheinen, weisen sie keinerlei Eigenschaften auf. Jede von ihnen ist mit demselben Mann durchgebrannt, weil er ihr die Ehe versprochen hat. Jede von ihnen hat ein besonderes Pulver zur Verhütung bekommen. Jede von ihnen wurde tot in den Toiletten öffentlicher Bushaltestellen oder Hotels gefunden. Keine ihrer Leichen wurde von den Eltern abgeholt, weil sie keine Ahnung hatten, wohin ihre Tochter verschwunden war. Zwanzig oder sogar noch mehr Frauen erlagen Mohans Charme, bevor die Polizei langsam ein Muster erkannte. Vier von ihnen wurden, nachdem sie einsam in der Leichenhalle von Mangalore lagen, hier in Nandigudda zur letzten Ruhe gebettet. Jetzt besuchen sie mich, eine Frischverheiratete wie sie. Die genau wie sie übereilt geheiratet hat. Einen anderen Mann, einen anderen Schrecken, und doch führt sie etwas her. Zu mir. Neugier vielleicht. Obwohl sie alle das gleiche Ende gefunden haben, sind sie eifersüchtige Ehefrauen, sie reden nicht miteinander. Das weiß ich ganz genau.

***

Brief an einen Liebhaber

Wenn ich mit meinem Mann im Bett bin, habe ich gelernt, still und ruhig zu sein. Fast schon meditativ. Beherrsch dich, sagt er zu mir, nicht mit der Stimme eines Liebhabers, der seine Nachbarn nicht wecken möchte, sondern mit der Stimme eines zornigen Lehrers. Ich werde die Frau im indischen Kino: Auf der Leinwand wird dieser heilige Akt der ehelichen Sexualität durch meine mit Armreifen behängte Hand dargestellt, die sich am Laken festkrallt, und dieses Festkrallen wird plötzlich geschehen, um dem Zuschauer zu signalisieren, dass er mich mit einem einzigen Stoß genommen hat.

Der Tarantino unter den tamilischen Filmemachern kann beschließen, es stattdessen durch eine Nahaufnahme meiner Zehen zu zeigen, die sich verkrampfen und still halten. Ansonsten ruft der Sex bei der Frau keinen Laut, keine weitere Bewegung hervor.

So viel am Sex ist, was es ist, weil du sein darfst, wer du bist. Diese Individualität – die bei einem Liebhaber alles sein kann: Wildheit, Unbeholfenheit, Schüchternheit – macht den Sex jedes Mal anders, das ändert das Wesen der Lust von einem Akt zum nächsten, von einem Liebhaber zum anderen. Wenn eine Frau Tag für Tag die Rolle der stillen, passiven und unterwürfigen Frau spielen muss, hat sie am Ende eine Beziehung mit der Zimmerdecke, nicht mit ihrem Mann. Meinem Ehemann fehlt dieses Grundlagenwissen, denn Marx, Lenin und Mao haben es nicht explizit niedergeschrieben, und die klassenlosen Klassen sprechen das sexuelle Vergnügen der Genossen nicht an.

Ich denke an Dich und mich. Einer dieser lauten Tage, Hotelpersonal im Korridor, und unser erstes Mal zusammen. Du, der Mann, der mich nicht zum Schweigen bringt, der mir nicht den Mund verbietet, der mich schreien lässt. Eine Sekunde lang wird das alles sein, was ich von dieser Welt will. In gewisser Weise eine Mondlandung. Als hätte ich endlich die Erlaubnis, ich selbst zu sein. Wie wenn jemand meinen Pass stempelt und sagt: Ja, du darfst dieses Land besuchen, so viel schreien wie du kannst, alles, was du willst. Ich bin mir nicht sicher, ob wir uns kennen. Ich glaube, Du weißt nicht, dass es mich gibt.

Glaub mir, Liebster, das wird sich ändern.

***

Während ich meinen unsichtbaren, da noch unentdeckten Liebhabern schreibe, kommen mir die Worte meiner Einzig Wahren Liebe in den Sinn. Seine Worte, im Rhythmus seiner mitreißenden öffentlichen Reden, schmuggeln mich zurück in seine Arme.

> Mein Herz ist heute im Streik: kein Verkehr, alles ist ausgesetzt, alle Rollläden sind zu, die Leute bleiben zu Hause. Nur du hast die formlose Erlaubnis, durch meine

Straßen zu schlendern, du kannst tanzen, wenn du magst, und singen, wenn es dir Spaß macht, aber Liebster, du öffnest nicht einmal dein Fenster, um mich anzusehen. Irgendwo inmitten all dessen werden Busse angezündet, Schaufenster eingeworfen, die Polizei muss eingreifen, es gibt Parolen, Spruchbänder und Aufmärsche, aber nichts bringt dich aus der Ruhe. Ich mache allen Lärm der Welt, doch ich bin allein.

Du schickst mir keine Botschaften, nicht einmal Fragmente von Gedichten, du fragst nicht, ob ich noch lebe. Ich vermisse dich. Im Versuch, deinen Duft aufzufangen oder eine Silhouette zu entdecken, die mich an dich erinnert, öffne ich ein Fenster. Von hier aus sehe ich keine Menschen, ich sehe den Himmel und schaue den Wolken zu, wie sie Brücken miteinander bauen – sie sind riesig, sie bewegen sich langsam in diesem schwerfälligen Sommer –, aber sie schaffen es, schneller zusammenzukommen als wir. Ich schließe enttäuscht das Fenster, ich schalte die Lichter aus, aber du kommst nicht zu mir. Du überlässt mich meiner Einsamkeit. Du bist grausam. Ich lauere auf dich. Hier ist nur Schweigen, eine Stille, nur unterbrochen von der Musik, die ich ab und zu einschalte. Ich bin geduldig, ich halte nach dem kleinsten Zeichen von dir Ausschau. Stattdessen werde ich alt, während ich auf dich warte. Du, der du mir sagtest, Liebe sei wie Adoption, hast mich verlassen.

Ich könnte mir das Leben nehmen, und du würdest es nur aus den Abendnachrichten erfahren oder aus der Zeitung von morgen. Ich könnte mich selbst verstümmeln und ausbluten, und du würdest es nicht einmal erfahren, du wirst nicht weinen, denn du weißt es nicht, du wirst mich nicht anflehen, damit aufzuhören, denn du weißt es nicht, du wirst nicht meine Hand mit deinen nervösen Fingern festhalten, du wirst mich nicht mit deinen Küssen trösten, du wirst nicht in Tränen ausbrechen, wenn du siehst, wie ich leide; nichts wird passieren, denn du bist woanders, mein Liebster.

So sündige ich zu Hause, in meinem Ehebett. Die Erinnerung schreibt die Worte einer Liebe nieder, die lange zurückliegt. In den Augen meines Mannes ist es ein Gedankenverbrechen. Aber ich fühle mich nicht schuldig. Ich glaube nicht, dass mich seine Schläge oder seine Gürtelprügel dazu bringen werden, mich schuldig zu fühlen. Allein mit mir genieße ich jetzt nur die Rebellion, den Trost lange vergessener Worte, durch die ich mich in diesem Moment sicher fühle, geliebt.

***

Brief an einen Liebhaber

Wie möchte ich in Deiner Vorstellung aussehen, während ich Dir das schreibe? Nicht wie eine Frau mit leuchtenden Augen, die wild etwas auf einem Laptop tippt, etwas, das sie löschen wird, wenn der Abend sich an ihre Türschwelle schleicht. Das ist das Bild einer Ehefrau als Autorin, doch ich bin keine Autorin, außer auf diesen kurzen Inseln der Zeit. Also setz die Szene mit mir jetzt noch einmal neu zusammen. Aber bitte wähle nicht die mit der misshandelten Ehefrau – dieses Bild wird sich in Deinen Kopf einbrennen, und je länger Du daran denkst, desto unmöglicher wird es für Dich, eine Beziehung zu mir aufzubauen, mich auf natürliche Weise zu lieben. Dann wirst Du mich lieben, wie eine Narbe eine Wunde liebt, und ich habe mehr verdient.

Stell Dir mich für den Moment in dieser Küche vor. Die Küche ist der winzigste Raum in unserem Haus, aber sie ist ein Ort des Friedens. Während alles an mir ihn zur Raserei treibt, schafft es mein Essen, ihn zu besänftigen. Das ist in seinen Augen das einzig Gute an mir. Darauf kann ich versuchen aufzubauen, mir vielleicht eine glückliche Ehe vorgaukeln. In der Küche finde ich ein Senfkorn der Hoffnung. Die einzige Waffenruhe kommt aus dem Essen, das ich koche. Die einzigen Gespräche, in denen er nicht anfängt, mich zu verdächtigen, sind Gespräche über Essen. Müsstest Du diese Geschichte erzählen, dann verfilme sie als einen kulinarischen Bildungsroman. Füge Rückblenden auf Piniewälder und Orangenbaumplantagen ein. Wähle einen großen, schlaksigen Dreißigjährigen für die Rolle des Naxaliten-Guerillakämpfers, der Schwierigkeiten hat, eine vernünftige Mahlzeit zu sich zu nehmen, wenn er im Untergrund lebt, Teil eines bewaffneten Trupps von zwölf Mann, die unter unwirtlichen Bedingungen überleben. Nach so einer Erfahrung ist es verständlich, warum er eigen ist, was geschmackliche Vorlieben angeht. Deshalb liebt er mein Essen. Obwohl er sich einmischt und mir Vorträge über Müllvermeidung und Zeitersparnis beim Kochen hält, ist die Küche der einzige Ort, wo er sich mir fügt. Es ist der einzige Bereich unserer Ehe, in dem ich die Oberhand habe.

Denk daran, Liebster, wenn Du je den Film über mein Leben drehst, das Essen muss die häuslichen Akteure in den Schatten stellen. Der Angriff auf Feine Sinne wird das Bildmaterial von roten Tomaten sein, die mit grünen Chilis und weiß-rosa Zwiebeln einkochen. Die Tamarinde verleiht dem Hähnchencurry einen intensiven Geschmack und einen satten braunen Farbton. Das intensive Grün der Bohnenschoten, unterbrochen vom Braunschwarz der Senfsaat und dem Weiß des gerösteten Reismehls. Das fein geschnittene weiße Innere der Bananenstaude, in Buttermilch eingeweicht, abgetropft und dann mit Kreuzkümmel, Kokosraspel, einer

Prise Kurkuma und roten Chiliflocken angebraten, bringt den üppigen Reichtum einer weit entfernten Heimatstadt auf Deinen Teller. Das Geräusch von brutzelndem Öl, wenn süß riechende Nelken, Zimtstangen, Bockshornklee und Sternanis nacheinander in die Pfanne geworfen werden. An einem Monsunabend gefangene fliegende Termiten werden zu einem überraschenden Abendsnack. Und hier, wo all diese aufwendigen Festessen inszeniert werden, siehst Fu das Bild des häuslichen Glücks, das mein Mann so unbedingt aufbauen möchte. Du wirst sehen, wie eifrig ich mir die Schuhe der guten Hausfrau anziehe.

Aber ich habe gelernt, dass Essen meine Geheimnisse verraten könnte. Ich koche für meinen Mann nur das Essen, das ich von meinem Vater gelernt habe. Ich experimentiere nicht. Ich mache nicht nach, was ich mit meinen Liebhabern gemacht habe oder was ich mit dir tun möchte. Jeden Tag serviere ich ihm Essen, als wäre es eine Keuschheitserklärung.

***

Brief an einen Liebhaber

Gestern dachte ich an alle möglichen Männer: die dünnen, die großen, die blonden, die dunklen, die lebhaften, die selbstbeherrschten und was man sonst meiner schmutzigen Fantasie überlassen kann. Drei Stunden lang wurde ich gestern Nacht von meinem Mann als Geisel gehalten, während er mir Vorträge über die Rolle von Kleidung hielt. »Wenn die Klasse verschwindet, verschwinden auch das Maskuline und das Feminine. Die Klassengesellschaft fördert das Prinzip der Scham. Wenn es keine Scham mehr gibt, werden wir alle nackt sein.«

Anfangs war die Parade der Männer, die durch meinen Kopf zog, nur eine Ablenkung von meinem lästig langatmigen Ehemann. Aber je länger er schwadronierte – »Eine klassenlose Gesellschaft wird eine nackte Gesellschaft sein. Die Sexualisierung des nackten Körpers ist ein Resultat der Kräfte des Marktes« –, desto mehr perverses Vergnügen verschaffte es mir, mich voll und ganz auf die Männer in meinem Kopf einzulassen.

Diese ganze hochtrabende Theorie über Nacktheit war destillierte Heuchelei. Ich wusste, wie sehr mein Mann meine Kleidung kontrollierte. Ich hatte den Fehler gemacht, es meiner Mutter zu erzählen. Liebe äußert sich in den kleinen Dingen, sagte sie am Telefon. Trag, was ihm gefällt. Wehr dich nicht dagegen und mach dir wegen solcher Kleinigkeiten keine Gedanken. Männer sind unsicher gegenüber Schönheit. Bei dir wollen sie sie verstecken, und dann ziehen sie los mit ihren kranken Hirnen und vögeln mit ihren Blicken jedes Mädchen, das sie sehen.

Es tut mir leid, liebe Mutter, aber ich muss dir widersprechen. Kleidung sollte kein Schlachtfeld sein. Es sollte bei Kleidung nicht um Kontrolle und Demütigung gehen. Für mich geht es dabei um die Art, wie Männer sich ausziehen – es ist immer eine Freude, die Unbeholfenheit eines Liebhabers zu beobachten, wenn er eilig sein Hemd auszieht, erst den linken Ärmel und dann den Rest am Kragen über den Kopf. Und dann die ungezwungene Art, wie Frauen sich voreinander an- und ausziehen. Unsere Kleidung ist für die Hände unserer Freundinnen gemacht, der Reißverschluss, der über die ganze Länge des Kleides geht, der Haken des BHs, die Sarifalten am Rücken, als wären wir erst vollständig, wenn wir uns gegenseitig beim Anziehen helfen. Mich wirst Du über Kleidung nur als Dinge sprechen hören, die wir von uns werfen wollten, Kleider, die uns an die Zeit erinnern, als wir ein Liebespaar waren. Der Schal, den Du mir auf einer Reise in den Nahen Osten gekauft hast: Ich habe

Dich nicht gebeten, ihn mir zu zeigen, weil ich fürchtete, es würde bedeuten, mir wären Deine Gefühle für mich wichtig, ich habe ihn nicht angenommen, weil ich fürchtete, Du könntest Dich später schlecht deswegen fühlen, der Schal als Beweis der Liebe und gleichzeitig eine falsche Hoffnung auf Verbindlichkeit. Das weinrote Rückenfreie, das ich in Deiner Wohnung mit ihrem kleinen Balkon und einem Schlafzimmer mit kobaltblauer Bettwäsche und weißen Vorhängen hinterlassen habe, als hoffte ich, indem ich etwas zurücklasse, würde ich wieder zu Dir kommen müssen, und dann würde dieser Schal daliegen und auf mich warten, und wir würden unsere Nächte in Poesie und Politik und allen schlechten Witzen dieser Welt auflösen.

***

Brief an einen Liebhaber

Ich schreibe diesen Brief an Dich in dem Wissen, dass Du höchst verärgert sein wirst, wenn Dir Derridas Name begegnet. Du wirst ihn einen »wanker« nennen – die britischste Beleidigung, die Du mit Deinem französischen Akzent finden kannst. Um mir zu beweisen, dass Du besser bist im Obskurantismus, wirst Du Stift und Papier nehmen und sieben Sätze hinwerfen, die nicht einmal die klügsten Köpfe der Welt entziffern können. Nein, darum geht es nicht. Das soll keine Falle sein. Es geht um eine andere Autorin, Derrida nennt sie die beste französischsprachige Autorin, und allein aus diesem Grund muss es Dich interessieren.

Ich habe »Hypertraum« von Hélène Cixous gelesen. Es gibt da einen Satz, den ich ständig höre, einen Satz, der sich um eine Tat legt, einen Satz, der sich durch das Leben einer Frau zieht und durch ihr Nachdenken über Schmerz und Überleben, sogar während diese Frau irgendeine Salbe auf die Haut ihrer Mutter aufträgt, und ich weiß, auf diese Art dringen die Worte ein, in Kreisen, sanft in den Körper einmassiert, in die wunden Stellen, bis in den Blutkreislauf. Darüber kann ich eine fünfundvierzigseitige Analyse schreiben; dieser eine mäandernde Satz kann mir beim Finden eines Beispiels für das weibliche Schreiben helfen, bei einem Vortrag auf einer Konferenz, aber vor allem hat mich dieser Satz schon jetzt verändert, er lässt mich die dunkle Haut meiner Mutter in einem neuen Licht betrachten. Ich stelle mir diese Haut, die Du siehst, über die geschrieben wird, als rosig gefärbtes Weiß mit einem strohgelben Stich vor.

In Cixous' Roman gibt es ein Hautproblem. In meiner Welt ist die Haut das Problem. Kein Jacques Derrida würde je Werbung für mich machen, nicht um alle intimen Telefonate dieser Welt und egal, was Frauen so mit Frauen machen. Unsere Haut lässt kein Licht herein, es gibt kein Durchscheinen widergespiegelter Herrlichkeit, und dunkle Frauen wie ich haben es schwer, in intellektuelle, feministische Szenen einzudringen. Es sei denn, wir werden zu den sanften Vorzeigefrauen, die handverlesen werden, um ein rein weißes Publikum zu unterhalten, das bezaubert werden möchte. Ich kann mich nicht mit ihr messen, jetzt nicht, noch nicht, niemals.

Ich liebe Cixous, fast möchte ich sie in meiner Fantasiedoktorarbeit bei ihrem Vornamen Hélène nennen, aber ich lehne diesen Roman, diesen Hypertraum ab. Das Französisch, das in die Übersetzung gesickert ist, ist vielleicht die Rettung. Die kursiv gedruckten Wörter in dieser Sprache einer Macht, die mein Land nicht kolonisiert hat, obwohl sie andere verwüstete, sind vielleicht der Schlüssel. Wenn sie die Chance bekommen, sind es diese französischen Wörter – unzweideutig, anders als zum Beispiel das Adverb *encore* –, die meine unglaubliche Wut auf die Sprache, die Literatur und alles, was fehlerhaft und verzerrt ist, erklären und auffangen müssen.

Und dann, nach einer endlosen Zahl an Seiten, finde ich etwas.

Dieu n'a pas d'yeux.

Gott hat keine Augen.

Diese Zeile ist ein Tritt in die Magengrube. Es stimmt, Gott hat wirklich nicht das Lächeln auf dem Gesicht eines kleinen Mädchens gesehen, wenn es mit seinen Handflächen zum ersten Mal die Sonne verdunkelt, noch die Tränen einer geprügelten Frau, die an ihre ungeborenen Kinder denkt.

***

Brief an einen Liebhaber

Dies ist der Brief, an dem ich schon seit Tagen schreibe. Ich lebe in Mangalore, wo der Regen in jeden privaten Raum eindringt: Wie soll ich da den Regen für Dich drosseln?

Die vergessenen Wäscheklammern werden nass, an ihren Spitzen hängen Ohrläppchen aus Wasser. Fuchsia. Aquamarin. Fuchsia. Aquamarin. Wieder Fuchsia. Als Kind habe ich sie geliebt, habe eine Wäscheklammer an die nächste geklammert, bis die Schlange lang genug war, dass ich sie hinter mir durchs Haus ziehen konnte, eine Karawane von Wäscheklammern, und um mich zu schmücken, eine Kette aus Büroklammern, die Farben immer genau in derselben Reihenfolge. In einer Ehe ist kein Platz für solche Albernheiten. Alles hat Form und Funktion. Alles gehört an seinen Platz. Die Wäscheklammern an die Leine, die Büroklammern auf den Tisch, der Kleiderbügel in den Schrank, die Frau in die Küche, die Unterwürfige zwischen die Laken.

Ich öffne die Tür, um nach draußen zu gehen und die unendlichen Regenschnüre zu betrachten. Ich suche Linderung und eine Pause von der Schwüle des Eingesperrtseins. Der Regen kommt zu mir und trägt den Duft längst verflossener Liebhaber mit sich. Im Regen verstecke ich meine Erinnerungen an glücklichere Tage. Im Regen rufe ich die Namen von Männern, die ich begehre. Im Regen reagiert mein Körper auf mich, löst seine Beherrschung, vergisst den Anstand, der von einer guten Frau erwartet wird. Im Regen verstecke ich die Scham über die unbegründete Nässe zwischen meinen Beinen. Im Regen übertöne ich das Schweigen in meinem Blut. Im Regen spreche ich mich von der Schuld frei: Ich bin eine Ehefrau, ich bin an dieses Schicksal gekettet, ich habe Frieden mit dem Leben geschlossen. Der Regen sagt mir, ich solle weglaufen, egal wie, der Regen versteht mein Elend, der Regen erfüllt mich mit Traurigkeit und Sehnsucht, der Regen sät die Saat der Zwietracht, der Regen treibt mich in unwiderrufliches Schweigen, der Regen durchdringt diesen Brief.

***

Jeden meiner Briefe lösche ich, nachdem ich ihn fertig getippt habe. Jede Zeile, die ich Dir geschrieben habe, ist ein Gedankenverbrechen, ein Verbrechen, das keine Spuren hinterlässt, ein Verbrechen, das gar kein Verbrechen ist. Sollte mich mein Mann je danach fragen, habe ich vor, seine eigene Argumentation gegen ihn zu verwenden: Es gibt für nichts davon eine materielle Grundlage, also, was willst du von mir?

VII

Verflossene Liebhaber gehen denselben Weg wie alte Fotografien, sie bleichen allmählich aus, wie in einem langsamen Säurebad: zuerst die Leberflecken und Pickel, dann die Schattierungen, dann die Gesichter selbst, bis nichts bleibt außer den allgemeinen Konturen.

Margaret Atwood: »Katzenauge«

Es gibt immer ein unbeholfenes erstes Mal, das aus der Geschichtsschreibung oft entfernt, aber aus Nostalgiegründen erinnert und unter Nötigung durch fordernde Ehemänner nacherzählt wird.

Es ist vor langer Zeit passiert. Es ist passiert, bevor mir so etwas wie Erinnern und Vergessen bewusst war. Es ist unter Umständen passiert, unter denen ich nicht darüber sprechen konnte, obwohl ich der Mittelpunkt war.

***

Ich bin irgendwo jenseits der zwanzig, er an die vierzig. Ich bin Studentin, eine Migrantin, ich habe nichts. Ich spreche bruchstückhaft Malayalam, in jedem Wort, das ich ausspreche, scheint meine tamilische Muttersprache auf; die örtlichen Medien in Kerala nennen ihn den größten Redner seiner Generation. Er ist der charismatischste Politiker im Staat, der Enkel eines Revolutionärs, der Liebling der Regionalpresse, der einsame Kreuzfahrer, der Insider, der ein korruptes System zerlegt, der engagierte junge Mann, der das Land verändern wird.

Dieser Mann ist all die Männer, nach denen ich gesucht hatte.

***

Wir trafen uns fast immer heimlich.

Das Glück darüber, einander zu sehen, überschattet durch unsere Traurigkeit, uns so treffen zu müssen. Wir hielten die Zeit in unseren hohlen Händen, als wollten wir nichts verschütten. Angst, loszulassen, Angst vor Hast. Angst, dass ein bisschen weniger Ungeduld zu Anfang, ein bisschen zu viel Eile zum Ende hin der Anfang vom Ende sein könnte. Atemlos vor Erwartung. Schwer atmend, belastet von der Bürde unseres Geheimnisses, von den Jahren, die uns in den Augen der Welt trennen. Und jede Gesprächspause gefüllt durch halb erinnerte, halb vergessene Gedichtzeilen. Lachen über die Witze des anderen. Sprechen in kunstvollen Rätseln. Umkämpfte Liebe, verwegene Umarmungen, gepaart mit der Schamlosigkeit vollkommen Fremder.

An manchen Tagen die Unbeholfenheit, unseren körperlichen Hunger auszudrücken.

In manchen Nächten Intimitäten, verteilt mit der Frische der ersten Liebe.

Im Hintergrund die vielen unentwegten Markenzeichen eines Streits unter Liebenden.

Streit darüber, wer wen mehr liebt.

Streit über unser Streiten.

Einander Kosenamen geben.

Vögeln, als gäbe es kein Morgen.

Es wurde viel geküsst. Es gab Kämpfe bis aufs Blut, den Geruch nach Sex und Aftershave, die Schönheit, die uns antrieb. Es gab, was man nur als eines bezeichnen konnte: Liebe.

***

Doch alles verändert sich schnell. Bevor es mir bewusst wird, tue ich kleine Dinge für ihn. In einem Moment organisiere ich sein Interview mit einer ausländischen Journalistin, im nächsten lese ich den Entwurf einer Presseerklärung Korrektur, die er mir eilig gemailt hat. Eine Woche später recherchiere ich für eine Rede, die er an einer Universität in einem anderen Bundesstaat halten soll. Eine Eröffnungsrede zur Rolle der Staatsmaschinerie bei kommunalen Unruhen. Ich laufe mit Omar Khalidis schmalem neuem Buch herum, lade eine Menge PDFs herunter, schneide Leitartikel aus, finde Berichte von polizeilichen Untersuchungsausschüssen, die die Truppe wegen mangelnder Neutralität anklagen. Ich versuche, eine Rede zusammenzuschreiben, und weiß, dass er sie nicht vorlesen wird, dass er wahrscheinlich frei sprechen wird, dass seine Redebegabung besser sein wird als jedes Wort, das ich für ihn schreibe.

Ich kenne ihn, er wird viel über die tödlichen Schüsse durch Polizisten in Beemapalli sprechen, denn die Polizei hatte kein Recht, in diese Kleinstadt am Meer zu gehen und fünf muslimische Männer zu erschießen. Es ist eine Geschichte darüber, wie der Staat Minderheiten zur leichten Beute seiner eigenen Exzesse macht. Die Leitmedien und die Zivilgesellschaft haben weggesehen, aber mein Liebhaber ist einer der wenigen, die ihre Stimme erheben und das Schweigen brechen. Seine Pressekonferenzen, seine Medieninterviews, seine Memoranden, seine Demonstrationen haben sich in den vergangenen drei Monaten alle um dieses Problem gedreht. Ich mache die Recherchen, weil er darum gebeten hat, obwohl ich weiß, dass er für solche Arbeiten eine Armee von Leuten hat: Professoren im Ruhestand, ehemalige Mitschüler, aufstrebende Journalisten, junge Männer mit Dokumentationsjobs in NGOs, junge Frauen in der akademischen Welt mit Abschlüssen in Politikwissenschaften, die typischen Leute, die sich glücklich schätzen, wenn sie ihm zu Diensten sein dürfen. Manchmal kommt es mir vor, als täte ich das alles, um die Konkurrenz auszuschalten. Ich habe keine Rolle, keinen Posten, keine Verbindung zu dieser Partei. All mein Engagement fußt darauf, dass ich in ihn verliebt bin. In Romantik versunken, genieße ich jeden seiner Aufträge.

Vor mir selbst rechtfertige ich mich damit, dass diese Aufgaben seine Art sind, Gelegenheiten zu schaffen, Zeit mit mir zu verbringen: SMS, lange Telefonate, ein unangekündigter heimlicher Besuch in meinem Büro. Ich weiß, dass seine Arbeit mehr ist als nur Arbeit, mehr als Politik, mehr als Deadlines und Wörterzählen. Wenn ich eine Aufgabe von ihm übertragen bekomme, stelle ich mir vor, dass sich unsere Liebe erneuert, indem wir ständig dieselbe Wellenlänge suchen, Gemeinsamkeiten haben. So wie er jedes Mal am Ende eines Telefonats sagt: »Wir sprechen uns später«, »Wir sprechen uns heute Abend«, »Ich rufe dich gleich morgen früh an«, als führten wir ein einziges, unaufhörliches Gespräch, und wenn wir unterbrochen werden, ist das nur eine Gesprächspause, und wir können kaum erwarten, es dort fortzusetzen, wo wir aufgehört haben.

***

In manchen Nächten werden unsere Telefonate zu einem endlosen Katalog seiner gesundheitlichen Probleme. Es bedrückt mich, dass ich nicht bei ihm bin; dass ich nichts tun kann, um ihn zu trösten. Wenn ich mit ihm telefoniere, habe ich nichts als den Nachthimmel, der seine tausend Augen trägt. Und dort den Mond mit Bauchschmerzen, den Mond mit Rückenschmerzen, den Mond mit blutendem Herzen, den Mond, in den ich all seine Stimmungslagen hineinlege.

Von dieser ganzen Reiserei habe ich permanent Rückenschmerzen.

Hotelessen, unregelmäßiges Essen, überhaupt nichts essen – das alles verschlimmert mein Magengeschwür.

Heute Nachmittag war meine Stirn glühend heiß, und jetzt habe ich mich in eine Decke gewickelt, weil ich so friere; ich glaube, von den Mücken in Kochi habe ich schon wieder Malaria. Ja, morgen gehe ich zum Arzt.

Meine Füße sind geschwollen, mein großer Zeh ist taub, könnte das vielleicht ein ernster Nervenschaden sein? Das MRT diesen Januar hat nichts Ungewöhnliches gezeigt. Vielleicht sollte ich eine zweite Meinung einholen?

Ich habe meine Stimme verloren, das kommt von der Wahlkampftour. Seit drei Tagen habe ich nicht geschlafen, außerplanmäßige Termine bringen mich um. Ich habe kein Leben mehr, nichts verläuft mehr nach Plan.

Der Junge, der die Massagen macht, ist diese Woche nicht aufgetaucht.

Ich überlege, ob ich einen allgemeinen Gesundheitscheck machen lassen sollte.

Die Idee mit dem Glas grünen Tee jede Stunde ist gut, aber das verdirbt mir den Appetit.

Es ist der Stress, sonst nichts.

Ich verstehe überhaupt nichts von Medizin, aber ich höre zu. Er ist kein Hypochonder, aber er scheint mehr gesundheitliche Probleme zu haben als meine Mutter und alle ihre Freundinnen zusammen. Das Gerede von Krankheiten gerät so sehr in den Mittelpunkt seines Alltags, dass ich es inzwischen, fast aus Gewohnheit, in unsere Gespräche einbaue; ich erkundige mich jedes Mal, wenn wir telefonieren, nach seiner Gesundheit. Ich weiß nicht, wie oder warum es dazu kommen konnte. Ich glaube, in einer meiner fantasievollen Theorien, die alles um mich herum erklären und bewahren wollen, halte ich das für seine Art, mir sein Vertrauen zu zeigen: indem er sich schwach zeigt, seine Hinfälligkeit preisgibt, die Sorgen um seinen nachtragenden Körper mit mir teilt, mich vielleicht warnt, dass das Leben mit einem älteren Mann nicht ohne Komplikationen ist, mich vielleicht auf ein Leben mit ihm vorbereitet.

Für die Außenwelt mag er der starke, unbesiegbare Mann sein, aber bei mir ist er jemand, der Zärtlichkeit braucht. Manchmal lese ich das als ein Flehen um Mitgefühl: als würde ich ihn mehr lieben, wenn ich ihn bemitleide, und als würde ihn meine erbitterte Liebe infolgedessen vor den Qualen der Müdigkeit und der regelmäßigen Krankheiten schützen.

Vielleicht hegt er nicht dieselben romantischen Illusionen. Für ihn ist das eine Intimität, die er sich leicht leisten kann – eine Intimität, die keine Verbindlichkeit verspricht, eine Intimität, über die nicht geurteilt wird.

Gesundheitliche Probleme sind vielleicht einfach die andere, unglamouröse, nüchterne Seite seines Lebens – an irgendeinem Bahnhof aussteigen, zum nächstbesten Arzt gehen, vor einer schüchternen Krankenschwester den Hintern für eine Diclofenac-Spritze entblößen, einen Medikamentencocktail schlucken, um weitermachen, um an zugesagten Tagen pünktlich zu Veranstaltungen in Kleinstädten erscheinen zu können.

***

Vollkommen verliebt, bewohne ich einen imaginären Untergrund; ich existiere, und gleichzeitig existiere ich nicht. Ich werde ins Dasein gerufen, wenn mein Geliebter mich braucht; ich werde entlassen und wie ein Geist in seine Flasche zurückgeschickt, wenn er mit mir fertig ist.

Ich habe vorübergehend Frieden mit diesem Arrangement geschlossen, denn die Welt weiß nichts von unserer anspruchslosen, nicht betitelten Liebe.

Manche wissen, dass ich eine Freundin von ihm bin, aber niemand weiß sicher, ob ich seine Geliebte bin. Sie erzählen mir schlüpfrige Geschichten über ihn und beobachten meine Reaktion. Ein Zusammenzucken. Ein Erröten. Ein verräterisches Zeichen. Ich bleibe ungerührt. Ich unterdrücke den Drang, ihre Neugier zu füttern.

Die Momente, die ich mit ihm teile, behalte ich für mich. Aber die Geschichten, die ich höre, kann ich nicht immer in den Wind schlagen. Sie bleiben an mir haften, sie verfolgen mich. Diese Geschichten säen Zweifel. Ich fange an, mit ihnen zu leben. Ich suche nach Beweisen, um sie zu glauben. Als es schwierig wird, sie als unbegründeten Tratsch abzutun, spreche ich ihn darauf an. Es ist unangenehm und schmerzhaft. Wie mir mit einem Messer ins eigene Fleisch zu schneiden. Wie jemanden gefangen zu nehmen. Es bricht den trägen Charme unserer Beziehung – den Raum ohne Streit, ohne erhobene Stimmen, diese Kuschelzone, die wir uns gebaut haben, zu der Verletzungen keinen Zutritt haben, in der sie nicht existieren.

Ab jetzt ist es eine unbehagliche Zone. Wenn der Zweifel seine vielen Köpfe erhebt, wanken die Bestandteile der Liebe. Einen Mann zu fragen, ob ein Gerücht über ihn wahr ist, hat ganz eigene Konsequenzen: »Du bist misstrauisch. Du vertraust mir nicht. Ohne Vertrauen gibt es keine Liebe.«

Ich verrate ihm, dass ich von seinem Techtelmechtel mit einer Schauspielerin gehört habe. Ich berichte ihm in quälenden Einzelheiten, dass mich ein Journalist angerufen hat, um mich darüber zu informieren, dass hinter dem Zwischenstopp meines Geliebten in Singapur noch etwas anderes steckte. Einer meiner Freunde behauptet, er unterstütze eine aufstrebende Wissenschaftlerin, weil sie nicht nur die politische Leidenschaft, sondern auch das Bett teilen, und an dem Tag, an dem ich ihr in seinem Büro über den Weg laufe, erstarre ich, finde keine Worte, kann nicht lächeln, kann nicht in ihrer Gegenwart bleiben. Ich glaube nicht jede Geschichte, die ich höre, ich weiß, dass manches davon fragwürdig ist. Aber manchmal kann ich mich nicht zurückhalten, obwohl ich mir die größte Mühe gebe: Ich spreche es an. Diese Gerüchte, die mir weitererzählt werden, verbarrikadieren sich in den Schützengräben meines Gehirns, sturmbereit, wenn ich mich vernachlässigt fühle. Ihn bringt das nicht aus dem Gleichgewicht. Er tut es als das Werk seiner Gegner ab – das Berufsrisiko eines Politikers.

Ich glaube ihm. Ich bringe mich dazu, zu glauben, dass es Rauch ohne Feuer geben kann, selbst wenn mich dieser Rauch blind macht und meine Augen tränen.

In Wahrheit ist es eine ganz einfache Geschichte.

Ich war angetreten, einen Mann zu lieben, der Menschen liebte. Stattdessen fand ich mich mit einem Mann wieder, der Frauen liebte.

***

Ein Rat an junge Frauen, die auf Heldenverehrung stehen: Die Welt ist voller Frauen, die in dieselben Männer verliebt sind wie ihr.

Lernt, damit zu leben.

***

Immer wenn ich in sein Büro komme, ob mit einem Journalisten oder mit einem Studenten oder mit einer Frau, deren Vergewaltigungsanzeige von der Polizei ignoriert wurde, oder mit einem Bauarbeiter, der vom örtlichen Kredithai gejagt wird, oder nur weil ich einen heimlichen Blick auf ihn werfen will, legt sich Schweigen auf die Männer um ihn herum. Eine gezwungene Herzlichkeit kaschiert ihr Unbehagen. Sie spielen mir falsche Freundlichkeit vor – grüßen mich, erkundigen sich nach meiner Gesundheit, wie die Arbeit läuft und ob ich einen Job gefunden habe. Die Übermütigen unter ihnen necken mich natürlich – scherzen, dass ich vorhabe, irgendwann selbst zu kandidieren, dass ich es auf den Posten der Pressereferentin der Partei abgesehen hätte oder auf den Frauenflügel oder den studentischen Flügel, was immer ihnen in dem Moment in den Sinn kommt. Einschätzen, abschätzen, niedermachen: Dieses Schicksal ereilt diejenigen unter uns, die keine Posten erben.

Ich bin nicht wie die bedeutenden Frauen in der Politik: die Schwiegertochter eines ehemaligen Ministerpräsidenten, die jüngere Schwester eines Innenministers, die Ehefrau eines politischen Schwergewichts, das wegen eines schulischen Personalskandals verurteilt wurde, die Ehefrau eines ehemaligen Parteipräsidenten, die Witwe des brutal ermordeten Sprechers des studentischen Flügels, die Tochter eines Kastenführers, der vor Kurzem die Partei gewechselt hat. Sie haben, was mir fehlt – die Familie mit politischer Tradition. Väter, die mich aufbauen, Brüder, die mich stützen, Onkel, die mich in ihren Medienimperien unterbringen. Es ist glasklar, dass der einzige Weg, wie ich ein rechtmäßiger Teil des Politzirkus werden kann, die Heirat ist.

Und so verabscheue ich allein aus diesem Grund die Vorstellung der Ehe, die Vorstellung, dass sie als Mittel zum Zweck gesehen werden könnte, die Vorstellung, Ehefrau zu werden, würde als Ehrgeiz und nicht als Liebe ausgelegt. Doch die Politik ist primitiv, und ich weiß, es handelt sich um die übliche Praxis, durch die ein Außenseiter vielleicht in den Stamm aufgenommen wird.

Ich wurde noch nicht zur Ehefrau auserwählt. Und auch wenn die Gerüchte ins Kraut schießen, hat keiner eine Ahnung von der Natur unserer Beziehung und meinen Absichten. Dem Kader, der Witze über meine Ambitionen macht, erwidere ich schroff: »Das ist also der Posten, den du gern hättest, *chetta?* Ich lege ein gutes Wort für dich ein.« Und denen, die eine Liebesaffäre andeuten, entkomme ich, indem ich sage: »Oh nein. Ich liebe ihn, wie man einen Anführer liebt. Meine Liebe zu ihm ist nichts anderes als deine Liebe zu ihm, *chetta.*« Diese Schlagfertigkeit ändert niemandes Meinung. Es wird nur leichter für mich, ein tapferes, gleichgültiges Gesicht aufzusetzen. Für diese Zweckjäger der Liebe wird keine Antwort je gut genug sein.

***

Heiraten ist nicht der erste Punkt auf meiner To-do-Liste. Es ist nicht das Ende des Weges, die Krönung der Liebe. Das mache ich deutlich, ich nehme kein Blatt vor den Mund.

»Ich bitte dich nicht, mich zu heiraten, weil ich dich liebe und du mich liebst. Ich bitte dich nicht, mich zu heiraten, weil verliebte Leute das nun mal tun. Ich bitte dich nicht, mich zu heiraten, weil ich an die Ehe glaube oder weil ich an diese Gesellschaft glaube. Ich bitte dich nicht, mich zu heiraten, damit wir Tag und Nacht zusammenleben können oder weil ich sterben würde, wenn ich deine Unterwäsche nicht mit meinen eigenen zarten Händen waschen dürfte. Ich bitte dich nicht, mich zu heiraten, weil ich deine umwerfende Vorzeigefrau sein möchte oder damit ich die Goldgräberin bin, die weit, weit über ihrem Stand geheiratet hat.

Ich möchte, dass du mich heiratest, weil ich die Gründe ansprechen will, warum du dich weigerst, mich zu heiraten. Wenn du noch nicht einmal einen winzigen Schritt in Richtung Ehe machst, möchte ich wissen, warum diese Vorstellung in deiner Welt nicht vorkommt. Ich möchte wissen, warum ich zurückgewiesen werde, auch wenn du das nie aussprichst. Ich möchte wissen, warum ich es nicht wert bin, deine Frau zu werden.

Ich möchte wissen, ob ich den Zulassungsstempel bekommen würde, wenn ich eine andere Frau wäre – reicher, blonder, weniger gebildet oder vollbusiger, die Tochter eines Fabrikanten, die Schwester eines Ministers.«

»Genau solcher Feminismus zerstört die Liebe«, antwortet er. »So, wie du es formulierst, wie du die Ehe als ein Recht einforderst, statt sie als den nächsten logischen Ort zu sehen, an den uns unsere Liebe trägt. Diese Art von Feminismus ist berechnend«, sagt er, »ein Feminismus, der verhandelt, ein Feminismus mit Bilanzaufstellung. Das ist keine Liebe, die wartet. Das ist keine Liebe, die sich in Vertrauen gehüllt hat und deshalb niemals je Zweifel verspüren kann.

Das Problem ist dein Feminismus, dein Feminismus, der dich zu einem Individuum macht, ein Feminismus, der vorsätzlich nicht erkennt, dass wir ein Paar sind, ein Feminismus, durch den du eine Mauer um dich baust, ein Feminismus, der die Saat des Misstrauens mir gegenüber in deine Gedanken sät, weil er mich nicht als etwas anderes als einen Mann sehen kann und Männer nicht als etwas anderes als egoistische Mistkerle.

Wenn du eine verliebte Frau bist und ich der Mann, den du liebst, sind wir dann nicht eine Einheit, ein Miteinander, ein Wesen mit zwei Leben? Läge mir nicht dein Wohl am Herzen? Würde ich dich nicht sehen, wie ich mich sehe? Wie kannst du mich als einen anderen behandeln? Wie kommst du überhaupt auf die Idee, ich könnte dich betrügen? Warum stellst du dich außerhalb unserer Partnerschaft und machst mich zum Feind? Warum belästigst du mich ständig mit diesen Fragen? Dein Feminismus tötet unsere Liebe. Und nur damit du es weißt: Ich bin nicht das Problem. Ich bin nicht das Problem, und das weißt du. Du bist auch nicht das Problem. Dein Feminismus ist das Problem.«

Ich höre schweigend zu.

»Dein Feminismus wird alle Männer vertreiben, denen du begegnest. Kein Mann hat eine Chance.«

***

Ich sehe zu, wie sich die Liebe verändert. Wenn wir in seinem Büro allein sind, finden seine Hände meine Brüste, er zerdrückt mich in einer hastigen Umarmung, er küsst meine Wangen, meine Augenlider, er senkt sich auf meine Lippen, und in einem Moment gestohlener Intimität beendet er es mit einer Umarmung, bei der mir sein Ständer an meinem Schenkel Bescheid gibt. Dann bringt uns der Rhythmus sich nähernder Schritte dazu, unsere alten, vertrauten Positionen einzunehmen – er auf seinem Thron hinter dem Schreibtisch, ich davor wie eine Bittstellerin. Da wirkt er kühl, mit schmalen Augen, die Lippen nachdenklich geschürzt, fährt sich mit den Fingern über den Schnurrbart. Er macht eine sarkastische Bemerkung. Im Beisein einer dritten Person ist seine Liebe auf Selbstzerstörung programmiert.

Ich kann es meinem Politiker nicht gleichtun. Ich sitze da, mit klopfendem Herzen, mit unruhigen Fingern, mit einem Leuchten in den Augen, das ich nicht dämpfen möchte, mit einer Erregung, die nicht nachlässt.

***

Ich möchte Ihnen etwas sagen, das dem Allgemeinwissen widerspricht.

Liebe ist nicht blind; sie sucht nur an den falschen Stellen.

***

Die erste Liebe macht eine andere Frau aus mir. Sie ermüdet mich durch Verantwortung. Während ich darum kämpfe, dass meine Liebe sich selbst erhält, dass sie einen Namen bekommt, ein passendes Gesicht und die notwendige öffentliche Geschichte, werde ich mit einem Ruck aus meiner Traumlandschaft der Liebenden gerissen. Wenn Liebe ein Ort ist, an dem es keine Fragen gibt, dann bin ich nicht mehr länger dort. Ich bin mit Fragen gegangen. Ich bleibe mit Fragen zurück.

Weil es in ihrer Natur liegt, können Fragen zwischen Liebenden zu Vorwürfen verkommen.

Es heißt nicht mehr: Was wird aus mir werden?

Oder: Was hält die Zukunft für uns bereit?

Oder: Was sollen wir mit unserem Leben anfangen?

Es ist das Ende der offenen Fragen. Ein Fragewort wird zur Aussage. Ein Gefühl wird zur Anklageschrift. Eine Feststellung wird zum Urteil.

»Du hast mich benutzt.«

Ein anderer Mann an seiner Stelle hätte noch einmal seine Liebe beteuert, Frieden geschlossen und mir die Ehe versprochen. Er jedoch wird zum Feministen.

»Wie kommst du darauf, ich hätte dich ›benutzt‹? Darauf reduzierst du unsere Liebe: auf eine Einbahnstraße? Hattest du keine Rolle, kein Mitspracherecht? Das ist einfach schmutzig. Dein Denken ist billig und problematisch. Ich habe dich nicht ›benutzt‹. Nicht mehr als du mich ›benutzt‹ hast. Wenn du glaubst, du hättest etwas ›verloren‹, indem du mit mir geschlafen hast, dann denk daran, dass ich dasselbe verloren habe, indem ich mit dir geschlafen habe. Aber ich glaube, du sagst das im Zorn. Du meinst das nicht so, mein Schatz. Du kannst keine so schlechte Meinung von mir haben oder eine so schlechte Meinung von Sex. Sieh es nicht so, dass ich dich ›benutzt‹ habe; nein, wir, wir beide, wir haben etwas ›geteilt‹.«

Ich weiß nicht, was ich sagen soll. Ich bin etwa halb so alt wie er, aber selbst ich erkenne, dass er diese bequeme feministische Dialektik nur anwendet, weil er sich niemals zu mir bekennen wird. Ich merke, wie wir durch diese leidenschaftslosen Argumente die Poesie verlieren, die uns zusammenhält.

***

Es schien, als hätten die Menschen in unserem Land beschlossen – oder als wäre im Namen der Menschen unseres

Landes beschlossen worden –, dass dem politischen Narrativ der »Dynastie« nur das gegenteilige Narrativ des »Junggesellentums« entgegenzusetzen sei. Ein Mann ohne sichtbare Frau wäre ohne sichtbare Nachkommen, die Anspruch auf sein Erbe erheben könnten. Vielleicht sollte es signalisieren, dass diese Männer, da sie keine Erben hatten, keinen Impuls besäßen, korrupt zu sein, Reichtümer anzuhäufen, Dynastien aufzubauen. Vielleicht sollte es bedeuten, dass diese Männer, da sie keine häuslichen Pflichten hatten, ihre ganze Zeit in den Dienst der Gemeinschaft stellen würden. Diese ungebundenen Politiker tauchten in jedem winzigen Dorf auf und in jeder winzigen Bezirksratswahl – und stellten das Nichtvorhandensein einer Familie zur Schau.

Der erste und beliebteste ungebundene Politiker war natürlich Gandhi, der ziegenmilchtrinkende, erdnussessende Gandhi, der Vater-der-Nation-Gandhi. Gandhi war ein verheirateter Mann, der das Wunder zustande brachte, ein ungebundener Politiker zu werden. Er machte seine Enthaltsamkeit publik. Das verlieh ihm Heiligkeit, während er überall sonst auf der Welt gescholten oder verspottet worden wäre, weil er seiner Frau das Vergnügen verweigerte und seine ehelichen Pflichten nicht ernst nahm. Er streute außerdem das Gerücht, Samenverlust sei gleichzusetzen mit Energieverlust, was das ganze Land in eine orgiastische Abstinenz trieb. Ejakulieren bedeutete entmannen. Kein Mann wollte seine Macht und seine Potenz verlieren, indem er Sex hatte. Wer eine Frau an seiner Seite zeigte, war nicht maskulin genug, nicht Manns genug, das Volk zu führen. Wenn sie also die Gelegenheit hatten, beschlossen die Männer, die (im Gegensatz zu Gandhi) nicht zölibatär leben konnten, die Frauen, mit denen sie zusammen waren, zu verstecken, um weiterhin ungebundene Politiker bleiben zu können.

Atal Bihari Vajpayee – mit einer adoptierten Tochter und einer Lebensgefährtin, Mrs. Kaul – war ein ungebundener Politiker. Narendra Modi – mit einer Ehefrau, die er verließ und erfolgreich aus unserem kollektiven Gedächtnis strich, während er alle Hände voll damit zu tun hatte, ein antimuslimisches Pogrom auf den Weg zu bringen – war ein anderer.

Und so ist auch der Mann, mit dem ich zusammen bin: ungebunden. Politiker.

Dieses Etikett verleiht ihm Profil. Dieses Etikett transportiert das Versprechen, dass sein Leben dem Dienst an den Menschen gewidmet ist. Dieses Etikett besagt, dass er seinen Samen ernst nimmt. Wie kann ich Ansprüche anmelden, ohne dass er dieses Etikett verliert? Wie kann ich ihn zur Ehe drängen, wenn er ständig erklärt, es könnte ihm Nachteile in seinem politischen Leben einbringen? Wie kann ich aus dem Schatten treten und unsere Liebe ans Licht bringen, wenn ich schon vorher weiß, dass es katastrophale Folgen für seine Karriere hätte?

Ich kann diese Liebe nur bewahren, wenn ich sie geheim halte, ich muss mich selbst zum Geheimnis degradieren. Wenn ich kein Geheimnis mehr bin, bin ich vielleicht auch nicht mehr seine Geliebte.

***

In gewisser Weise ist er auch mein Geheimnis.

Er ist der Grund, warum ich nach meinem Masterabschluss in Kerala bleibe, warum ich mich mit einer befristeten Anstellung als Lehrkraft mit einem mickrigen Gehalt an einem gemeinnützigen christlichen College begnüge und warum ich sämtliche Nachbarssöhne und Brüder von Freundinnen, die mir meine eifrige Familie als potenzielle Ehemänner vorschlägt, entschieden ablehne.

Sie wissen nicht, dass es einen Liebhaber in meinem Leben gibt. Meine Mutter denkt, ich sei eine von diesen Frauen, die sich so sehr in die englische Literatur vertiefen, dass meine einzige wahre Liebe für immer Shakespeare gelten und mich Leidenschaft und Lust für immer nur beim Rhythmus des fünfhebigen Jambus überkommen wird. Mein Vater mit seiner ewig ambitionierten Lebensauffassung stellt sich vor, dass ich in Kerala geblieben bin, weil es mir die Tür zu Lehrtätigkeiten im Nahen Osten öffnen wird und ich bald stattliche Summen in Dirhams, Dinaren und Riyal nach Hause überweisen werde.

Ich kann ihnen noch nicht von dem Politiker erzählen. Sein Widerwille, mich zu heiraten, macht es mir unmöglich, das Thema zur Sprache zu bringen. Ich kenne meine Eltern lange genug, um zu wissen, dass sie die ganze Liebesaffäre als Spielerei und belanglosen Sex abtun werden.

Als ich es leid bin, in ständiger Verleugnung zu leben, versuche ich es eines Tages mit einer altbewährten Methode, ich beginne vorsichtig, das Terrain zu sondieren: Ich erzähle von einer Freundin, die sich seit Neuestem mit einem Politiker trifft, der viel älter ist als sie. Meine Mutter erleidet eine Panikattacke am Telefon: Brich den Kontakt mit diesem Mädchen ab und halte dich von allen Problemen fern und was stimmt eigentlich nicht mit den jungen Frauen in deinem Alter wisst ihr nicht dass Politiker Gangster und Vergewaltiger sind die dich beiseiteschaffen und eines Tages wirst du deine Freundin tot in einem verlassenen Toilettenhäuschen finden oder dieser Mann verkauft ihre Dienste an andere Politiker und großer Gott halt dich von alledem fern und triff dieses Monster nie wieder denn heute ist er hinter deiner Freundin her aber morgen wird er auch dich in sein Bett locken wollen und wenn du am Ende tot bist werden wir es nicht einmal erfahren weil wir so weit weg wohnen! Beruhige dich, Mom, beruhige dich, beruhige dich, beruhige dich. Es gelingt mir nur schwer, das Thema zu wechseln. Ich verspreche ihr, darauf zu achten, niemals in meinem Leben einem Politiker über den Weg zu laufen. Nach diesem Telefonat erwähne ich die Freundin nie wieder.

***

Heimlichtuerei ist eine Krebsgeschwulst – sie fängt an, uns von innen heraus zu zerfressen. Die Notwendigkeit, unsere Liebe unter Verschluss zu halten, nährt unsere Angst, einander zu verlieren, die Angst, ein gemeinsames Leben zu verlieren. Intimität weicht unserer Angst vor der Angst, einer Angst vor Abenden, einer Angst vor einsamen Nächten, seiner Angst vor Klatsch und Tratsch auf der Straße, meiner Angst, missverstanden zu werden. An einem Tag warten wir darauf, dass jemand die Sterne neu ordnet, damit sich unser Schicksal ändert, und am nächsten warten wir darauf, dass die Axt fällt und uns spaltet. Ich sehe ihm zu, wie er seine Privatsphäre sucht wie ein kleines Tier, das davonwieselt, um sich vor einem Sturm zu verstecken. Ich beobachte ihn, wie er in unserem sicheren Bereich mit einer Extravaganz liebt, die ich mir nicht vorstellen konnte. Eines Tages wird der Wind vielleicht die Richtung wechseln – vielleicht bleiben wir zusammen, oder wir werden entwurzelt, auseinandergerissen, in verschiedene Welten geschleudert. Das nicht zu wissen zerbricht uns. Es zu wissen würde uns auch zerbrechen.

***

Das Ende kommt in einem unerwarteten Moment.

Der Krankenhausflügel ähnelt einem Dorffest: Seine Freunde, seine Kader, seine Verwandten, Medienschaffende und sein Gefolge von Verehrerinnen – gründlich keimfrei durch respektable Ehen – sind alle anwesend. Es ist ein Kommen und Gehen. Ich treffe sie an dem kleinen Teestand vor dem Krankenhaus, im Empfangsbereich, im Korridor, in der Schlange vor den Aufzügen, auf dem Weg zu seinem Zimmer. Alle scheinen von seiner Notaufnahme im Krankenhaus gewusst zu haben, alle scheinen gewusst zu haben, wohin sie müssen, wenn sie ihn sehen wollen. Alle bis auf mich.

Ich hatte am Vorabend und in der Nacht vergebens versucht, ihn telefonisch zu erreichen. Ich hatte verzweifelt seine Sekretärin und seinen Fahrer angerufen – und sie hatten mir ausweichend geantwortet, hatten gezögert, etwas zu sagen. An diesem Morgen hatte sein Pressesprecher Mitleid mit mir und rief mich ins Krankenhaus.

Ich bin in Tränen aufgelöst, weiß nicht, was mit ihm passiert ist. Ich bin die Letzte seines erweiterten Kreises, die dort ankommt. Ich merke, wie sich alle Blicke an mich heften. Es gibt Geflüster, das ich ignoriere. In ihrer Gegenwart behandelt mich mein Politikerliebhaber wie eine vollkommen Fremde. Er stellt höfliche Fragen, lässt mit nichts erkennen, dass er den gestrigen Nachmittag mit mir im Bett verbracht hat. Ich sehne mich danach, seine Hand zu halten, seine fiebrige Stirn zu küssen, an seinem Bett zu sitzen, bis es ihm besser geht. Nichts davon kann ich tun, denn man würde es für unangemessen halten. Als ich versuche, einen Schritt vorzutreten, damit ich ein bisschen näher bei ihm sein kann, weist er mich mit einem kurzen Blick ab.

Ein paar Minuten später kommt die Ärztin herein, und wir alle verlassen den Raum.

Es ist das letzte Mal, dass ich ihn sehe.

Ich entscheide mich gegen eine Liebe, die mich nicht anerkennen will. Ich will einen Mann, um den ich öffentlich trauern darf, bei dessen Leichnam ich die letzten Stunden sitzen darf, bis er den Flammen übergeben wird, auf den ich mich werfen und weinen kann, bis mein Herz aufhört zu schlagen. Das ist kein Feminismus.

Ich bin einfach eine Frau, die liebt.

VIII

Er war ein perfekter Ehemann: Nie hob er etwas vom Boden auf, er löschte kein Licht, schloss keine Tür.

Gabriel García Márquez: »Die Liebe in Zeiten der Cholera«

Mein Mann ist in der Küche.

Er kanalisiert seine Wut, übt seine Empörung. Ich bin das hölzerne Schneidebrett, das auf die Arbeitsplatte knallt. Ich bin die klappernden Teller, die in die Schränke gefeuert werden. Ich bin das ungespülte Glas, das auf den Boden geworfen wird. Getöse, Scherben und diamantglitzernde Splitter. Meine Hüften, Schenkel, Brüste und Pobacken. Das Krachen und der Anblick von unwiderruflich Zerbrochenem, während sich ein kleiner Tyrann einem Machtrausch hingibt. Nicht zum ersten Mal und nicht zum letzten Mal.

Ich halte die Tränen zurück. Ich werde nicht zur Verräterin an meiner eigenen Sache. Morgen wird das Saubermachen allein meine Aufgabe sein. Er zerschlägt weiter Dinge. Gib dir mehr Mühe, Mann. Gib dir mehr Mühe. Ich werde mich nicht von diesen Trotzanfällen zähmen lassen.

***

One two
Tame the shrew
One two
Just push through
One two
Yes thank you

***

Wir wollen zu einer Protestversammlung.

Ich ziehe mich an. Zum ersten Mal seit zwei Wochen verlasse ich das Haus, also trage ich Kajal und einen Hauch Lippenstift.

»Dass du dir irgendwann das Vertrauen der Arbeiterklassefrauen verdienst, kannst du vergessen, wenn du mit deinem Lippenstift und deiner Handtasche herumstolzierst. Sie werden dich für eine Prostituierte halten.«

»Ist eine Prostituierte keine arbeitende Frau?«

Ich habe es kommen sehen; ich weiß, ich habe das Schicksal herausgefordert, aber es ging einfach nicht anders. Er bekommt einen Wutanfall, reißt mir die Tasche von der Schulter und schleudert sie gegen die Wand.

»Keine Prostituierte wie du, keine kleinbürgerliche Prostituierte wie du. Im Kommunismus wird es keine Prostitution geben. Im Kommunismus wird eine kleinbürgerliche Frau wie du ihre kleinbürgerlichen Privilegien aufgeben müssen. Der Lippenstift wird die neue demokratische Revolution nicht überleben. Einen Lippenstift, der dreihundert Rupien kostet, braucht die Gesellschaft nicht. Einen Lippenstift, der mehr kostet als eine Stammesfrau in Chhattisgarh in der Woche verdient, gibt es nur, weil mit ihm kleinbürgerliche Schlampen das Signal senden können, dass sie läufig sind und bereit, ihre sexuelle Verfügbarkeit gegen Gefälligkeiten einzutauschen. Der Lippenstift ist ein Symbol dieses Geschäfts und dieser Verfügbarkeit, daran ist überhaupt nichts Schönes.«

Ich bin den Tränen nahe; er sieht es, und weil er Angst hat, dass wir zu spät zur Versammlung kommen, ändert er seine Taktik. Er will mich beruhigen, führt andere Gründe auf, die seinen Kreuzzug gegen den Lippenstift untermauern. Er erklärt mir, ich sei ein Opfer der Kosmetikindustrie und versuche, mir das Selbstbewusstsein zurückzukaufen, das sie mir gestohlen hat. Er erklärt mir, ich sei eine sehr schöne Frau und bräuchte nichts Zusätzliches in meinem Gesicht, schon gar nichts, was der Kapitalismus für gut befunden habe. Ich weiß, dass diese Schelte und Bevormundung niemals aufhören wird, deshalb werfe ich meinen Lippenstift in den Müll. Ich wische mir das Lila auf meinen Lippen an meinem *Dupatta* ab. Das bringt ihn vorübergehend zum Schweigen. Er wirkt selbstzufrieden und triumphierend. Wir gehen zur Versammlung: zwei untadelige Genossen. Die Revolution steht fast schon vor der Tür.

***

An diesem Abend bereitet er das Bett vor, schüttelt die Kissen auf und ruft mich zu sich. Ich spüle gerade das restliche Geschirr vom Abendessen ab und betrachte durchs Fenster den klaren Mond. Er ruft mich noch einmal, jetzt mit leichtem Ärger in der Stimme. Ich spüle den letzten Teller und winke dem Mond zum Abschied zu, der mir nachschaut, bevor er den Blick auf den Friedhof nebenan richtet, wo die frisch begrabenen Toten ihre aufgeschobenen Träume verschlafen, sich die wählerischen Toten über eine regenlose Nacht freuen, die freundlichen Toten im Kreis sitzen und einander Geschichten erzählen, die stillen Toten in dem blassen weißen Licht baden und die melancholischen Toten an ihre Lieben denken, die sie zurückgelassen haben. Kein leichter Job, den der Mond da jede Nacht zu erledigen hat.

***

Ein neuer Tag, eine neue Geschichte. Der Schauplatz verlagert sich vor die vier Wände unseres Hauses. Meine Klaustrophobie darf nicht die ganze Erzählung verseuchen. Manchmal heißt vors Haus treten Raum, zum Atmen gewinnen.

Es ist fast elf Uhr abends. Wir verlassen das Chef Xinlai in Attavar, angenehm gesättigt nach Teigtaschen und Eiersuppe, gebratenem Reis und Chow Mein. Wir halten Händchen. Er sieht glücklich aus, sogar ein bisschen fürsorglich. Ich wünsche mir heimlich, wir würden öfter abends so ausgehen. Gutes Essen, damit ich mal nicht kochen muss. Aus dem Haus kommen und die Stadt erkunden. Unsere ruhige Trägheit auf diesem ausgedehnten Spaziergang nach Hause in der stockdunklen Nacht wird nur ab und zu von den Scheinwerfern eines vorbeirasenden Motorrads oder vom Lichtschein der *Kulfi*-Läden, die nachts geöffnet haben, unterbrochen.

Er macht eine Bemerkung darüber, dass ich mich mehr ans Zufußgehen gewöhnt habe, seit ich ihn geheiratet habe. Er sagt, es sei ein Zeichen, dass ich langsam die Vergünstigungen des Mittelklasselebens aufgebe. Ich bin in einem Wald aufgewachsen, sage ich ihm. Wir sind jeden Tag spazieren gegangen.

»Deine Eltern haben ein Auto.«

»Sie haben es letztes Jahr auf Kredit gekauft. Meine Mom musste fünfundzwanzig Jahre im selben Job arbeiten, um sich eins leisten zu können.«

»Du weißt nicht, wie es ist, als armer Mensch zu Fuß zu gehen.«

»Und du schon?«

Er schweigt kurz. Dann faucht er mich in der Dunkelheit an.

»Du hast dich kein bisschen verändert, was? Ich war ein verdammter Kämpfer. Näher als bei einer Chow-Mein-Bestellung ist deine Fotze dem Maoismus nie gekommen.«

***

Ich bin ein blinkender roter Punkt in der unteren linken Ecke eines großen Flachbildschirms. Der Bildschirm ist leer, bis auf einen roten Stern oben rechts. Jedes Mal, wenn mir mein Mann einen Orientierungskurs über die Revolution oder eine Lektion in Deklassierung angedeihen lässt, rückt dieser rote Punkt ein winziges Stück diagonal auf dem Bildschirm nach oben. Das ist meine Fotze, die sich dem Maoismus nähert. Der rote Punkt verblasst zu einem Lila, wenn er einen Crashkurs in Volkswirtschaft erdulden muss. Der rote Punkt wird schwarz während einer Sitzung zur Selbstkritik. Der rote Punkt wird weiß, wenn er sich im Lernprozess befindet. Immer wenn es eine leichte Bewegung auf den roten Stern zu gibt, blitzt der rote Punkt. Das wird vom selben computergenerierten Applausgeräusch begleitet, wie es am Ende einer Partie Solitär ertönt.

Ich bin gespannt darauf, was der rote Punkt an einem besonderen Tag tun wird. An meinem Geburtstag.

Punkt Mitternacht ruft meine Mutter an, um mir alles Gute zum Geburtstag zu wünschen. Mein Vater wünscht mir nicht alles Gute, denn ihm geht es selbst schlecht: Er findet, ich tue nicht genug für meine Ehe, deshalb will er nicht ans Telefon kommen. Ich höre, wie ihn meine Mutter eindringlich bittet, doch als Reaktion kommt nur Schweigen. Sie bittet mich, meinen Mann ans Telefon zu holen, sie wechseln ein paar höfliche Worte, und dann legt sie auf.

Er steht da und sieht mich an, bevor er mich unbeholfen umarmt. »Alles Gute zum Geburtstag«, flüstert er. Dies ist mein erster Geburtstag mit ihm. Ich werde siebenundzwanzig.

Er holt einen Früchtekuchen aus dem Kühlschrank, und ich bin eigenartig gerührt.

Ich schneide uns beiden ein Stück ab, und wir essen schweigend. Als er den letzten Bissen herunterschluckt hat, nimmt er meine Hand.

»Ich habe einen Kompromiss gemacht.«

»Indem du mich geheiratet hast?«

»Nein. Indem ich deinen Geburtstag feiere.«

»Aber das habe ich nicht von dir verlangt.«

»Ich weiß. Aber du bist daran gewöhnt. Das ist eine Sache für Mittelklassemädchen. Viel Wirbel um den Tag zu machen, an dem sie geboren wurden.«

»Aber du hast kein Mittelklassemädchen geheiratet. Du hast mich geheiratet.«

Abrupt lässt er meine Hand fallen. »Diese winzigen Kompromisse höhlen mich aus. Deshalb bin ich heute ein verheirateter Mann und kein Kämpfer. Ich bin ein besoldeter Hund statt im Untergrund. Das ist die kleinbürgerliche Unschlüssigkeit, von der Mao spricht.«

Ich bin verblüfft von der plötzlichen Wendung des Gesprächs ins Ernste. Ich versuche, die Stimmung zu heben.

»Ich werde mir mehr Mühe geben. Sag mir, was tut ein wahrer Kommunist an seinem Geburtstag?«

»Ich begehe meinen Geburtstag am Tag des Martyriums des Bhagat Singh. Am 23. März. An diesem Tag wurde ein großer Mann von den Briten gehenkt, an diesem Tag wurde ein wahrer Revolutionär geboren. Dieser Tag muss gefeiert werden.«

»Dann werden wir das nächstes Jahr tun, Genosse. Und wir rufen *lal salam.*«

Der Scherz kommt nicht gut an. Er ist beleidigt. Er nimmt den restlichen Kuchen, wirft ihn in den Müll und geht ins Bett.

Mein Geburtstag ist ein Tag wie jeder andere. Ich bleibe zu Hause. Ich mache Frühstück, Mittagessen, Abendessen. Ich mache den Abwasch. Ich fege die Böden. Ich lege Wäsche zusammen. Ich koche Kaffee am Morgen, Tee am Abend. In der Nacht mache ich das Bett. Wir haben Sex, bevor wir einschlafen. Der einzige menschliche Kontakt, den ich den ganzen Tag über habe, ist mein Ehemann.

Der rote Punkt bleibt, wo er ist.

***

Three four
Sweep the floor
Three four
Do the chore
Three four
Come here whore

Die Reime laufen mir in Endlosschleife durch den Kopf.

Die Reime helfen mir, den Verlauf des Tages im Blick zu behalten: Morgen, Mittag und Abend.

***

Die kleinste Kleinigkeit könnte einen Riesenstreit auslösen: die Salzmenge im Kürbis-*Sambar,* das überschüssige Öl im Erdnuss-Chutney, die grünen Chilis im Hähnchencurry, die Schlagzeile in der Zeitung, der Verdacht, dass ich ohne *Dupatta* einkaufen gegangen sein könnte, das Programm für den Tag, der Einkaufszettel, den zu schreiben ich vergessen habe, die Wäsche, die sich stapelt, die Kleidung, die zum Trocknen auf der Veranda hing, über Nacht vergessen wurde, jetzt klatschnass und matschbespritzt ist und noch mal gewaschen werden muss, der klebrige Küchenboden, die Langsamkeit, mit der ich das Geschirr spüle, sein Hemd und die Hose, die ich nicht gebügelt habe. Er kann nett sein, das weiß ich, ich habe gesehen, wie liebevoll er mit den obdachlosen Jungs in der Stadt umgeht, aber zu mir wird er immer lieber grausam sein, das weiß ich.

Der rote Punkt erinnert sich an die Videospiele aus seinem früheren Leben. »Diablo«. »Mortal Kombat 3«. Er möchte sich wehren, seine Waffen ziehen und das Feuer erwidern, aber irgendwie scheut er am Ende doch immer vor einem Gemetzel zurück.

Der rote Punkt möchte Sicherheit. Er gibt sich damit zufrieden, anzunehmen, was ihm gegeben wird, und zu tun, was man ihm sagt.

***

Memo an mich

One two
Get a clue
Three four
Say no more
Five six
Take the risk
Seven eight
Try to fight
Nine ten
A free woman

***

Mein Mann beschließt, mich zu befreien. Von meiner Vergangenheit. Von der Last der Erinnerung. Von der Last verlorener Träume. Indem er mich befreit, sagt er, befreit er sich selbst.

Er löscht die ungefähr 25 600 E-Mails aus meinem Gmail-Posteingang. Alle auf einmal. Damit ich nicht dem Gmail-Support schreiben und meine E-Mails wiederherstellen lassen kann, ändert er das Passwort in eines, das ich nicht kenne und nicht erraten kann. Er löscht alles auf meiner Festplatte.

Mein ganzes Leben als Autorin ist weg. Es gibt keine Kontakte. Es gibt keinen Mailwechsel, auf den ich später einmal zurückkommen kann. Es gibt keine Vergangenheit. Es gibt keine Entwürfe von Gedichten, die ich an Freunde geschickt habe. Es gibt keine Liebesbriefe. Es gibt keinen Verlauf der E-Mails, die mir meine Mutter geschickt hat, getippt mit einem Finger, in denen sie mir sagt, ich solle mich warm halten in Shimla, als ich für ein Forschungsseminar dort war, in denen sie mir sagt, ich solle regelmäßig zu Hause anrufen, in denen sie mir sagt, ich solle glücklich sein. Es gibt keine Vergangenheit. Ich bin jetzt eine leere Schiefertafel. Die Befreiung meines Mannes beruht auf etwas, das er »Auslöschung aller materiellen Grundlagen einer Bindung an die Vergangenheit« nennt.

Der rote Punkt wächst jetzt exponentiell. Das ist die Kulturrevolution im Computerzeitalter. Der rote Punkt ist jetzt eine rote Signalflagge.

***

In der Schule hatten alle ein Hobby: Sie sammelten Briefmarken, Münzen, Gepäckaufkleber, Zugtickets, Schlüsselanhänger, leere Flaschen, Kühlschrankmagneten oder Abziehbildchen aus den Kaugummipackungen. Kurzzeitig war es mein Hobby, Heathcliff-Comics aus »Young World« auszuschneiden und in ein dickes Notizbuch zu kleben. Den drei Minuten sorgfältigen Ausschneidens und schlampigen Einklebens folgte eine halbe Stunde, in der ich den Kleber dick auf meine Handfläche auftrug, trocknen ließ und dann abzog, was wie Hautschichten aussah. Mein Vater merkte es nie. Meine Mutter nannte es kindisch, aber sie war froh, dass ich mich mit dem Cartoon einer unartigen Katze beschäftigte.

Jetzt, als gelangweilte Hausfrau, die nicht einmal mehr so tun kann, als wäre sie Autorin, kehre ich zur Ruhelosigkeit meiner Kindheitssommer zurück.

Ich erfinde eigene Hobbys. Sie sind all die Leben, die ich in einem Paralleluniversum führen könnte.

Postdoktorat-Stipendiatin:
Eine soziolinguistische Studie einer gestörten Ehe

Freitagsfilmkritikerin:
Von gewalttätigen Ehemännern inspirierte Filme in der Zusammenfassung

Kindergärtnerin:
Zählen lernen mit Reimen

Spieleentwicklerin:
Ehesimulationen in Virtual-Reality-Spielen mit individuell wählbarem Ausgang

Anthropologin Schrägstrich Kummerkastentante Schrägstrich Expertin für alles:
Ermittlung der kulturspezifischen entwicklungsgeschichtlichen Ursprünge täglicher Aggressionen

Hobbyerfinderin:
Hobbyvorschläge für die Selbstbeschäftigung einsamer verheirateter Frauen

Durch diese Spiele fühle ich mich kreativ und einfallsreich. Das könnte die Grundlage eines Start-ups sein. Oder eine bezahlte Stelle: Gefängnisschreiberin.

Der rote Punkt auf dem Bildschirm bleibt, wo er ist.

***

Die schlimmste Beleidigung, die man als Frau von einem linken Ehemann hören kann, sind die gefürchteten Worte: »Du hast nicht das Zeug dazu, dass ich dich eine Genossin nennen könnte.« Dann verblasst der rote Punkt bis zur Bedeutungslosigkeit, er wird so winzig, dass man ein Mikroskop bräuchte, um ihn zu erkennen.

Es ist eine verächtliche Versagenserklärung, aber wenn mein Mann diese Worte spricht, höre ich sie als Offenbarung. »Genosse« und »Mensch« sind in seinem Wortschatz austauschbar, wenn ich es also wert wäre, Genossin genannt zu werden, würde er mich dann wie einen Menschen behandeln? Ich setze mehrere Wochen lang alles daran, die glaubhafteste, bescheidenste, moralinsauerste, reflektierteste Genossin zu werden, die je ein Barett getragen hat.

Ich lerne, mich selbst dafür zu kritisieren, wer ich bin. Ich kritisiere mich für meinen Widerwillen gegen Hausarbeit. Ich kritisiere mich für meine Kleiderwahl. Ich versuche, auf die feudalen Relikte in meinem Verhalten hinzuweisen. Ich nehme die Schuld für meine kleinbürgerliche Mentalität auf mich. Ich gebe zu, dass mein Feminismus mit seiner Besessenheit von Sexualität ein Mittelklasseentwurf ist, der die Lebenswirklichkeit von Millionen von Arbeiterklassefrauen vergisst. Im selben Atemzug sage ich außerdem, dass ich weiterhin glaube, dass auch Arbeiterklassefrauen sexuelle Wünsche haben und gleiche Rechte verdienen und dass auch sie Feminismus brauchen. Als darauf mit Verachtung und Missbilligung reagiert wird, spreche ich davon, warum solch eine Unschlüssigkeit ein Kennzeichen eines kleinbürgerlichen Geistes ist, und ich verspreche, daran zu arbeiten, indem ich mich selbst deklassiere. Ich erkläre, warum ich noch nicht Maos Text über die acht Arten des Schreibens gelesen habe. Ich gebe mein Bestes, mich selbst so lange brutal zu kritisieren, bis ich eine »wahre Genossin« werde.

Es fühlt sich an wie eine Beichte. So stelle ich mir das Gefühl von Kirchgängern bei der Sonntagmorgenbeichte vor. Der Kommunismus fühlt sich an wie eine Religion, auch wenn er schwört, er sei dagegen.

Der rote Punkt beschließt, sich mit mehr Wissen auszustatten. Lesen ist der Weg zum revolutionären Bewusstsein. Der rote Punkt versucht, sich zu bilden. Er nutzt dafür die halbe Stunde, in der ihm Zugang zum Internet gewährt wird. Er recherchiert. Er schlägt Fakten nach. Er hofft, immer weiter zu wachsen, bis er ein riesiger roter Feuerball ist wie die Sonne selbst. Manchmal verwirren die Informationen den roten Punkt.

> Kritik ist Teil der marxistischen dialektischen Methode; als solche dürfen Kommunisten sie nicht fürchten, sondern müssen sich offen damit beschäftigen. *(Die Mitglieder der italienischen Flagellanten-Bruderschaften warben stark für den Frieden. Sie reisten von Stadt zu Stadt und geißelten sich öffentlich selbst.)*

> Kritik kann innerhalb der Linien der Genossen geübt werden, wenn eine grundlegende Einheit herrscht und bewahrt wird. Das ist die dialektische Methode. *(Ihr Handeln hatte verschiedene Ziele: Buße für und Reinigung von persönlicher Sünde, als ein Teilen der Leiden Christi,*

als Demonstration der Liebe zu und Solidarität mit Christus und als Sühne für die Sünden der Menschheit.)

Der rote Punkt blinkt wild. Dann stürzt das System ab.

***

Der rote Punkt spielt in der Ehe den Anthropologen. Seine Methode: teilnehmende Beobachtung. Er ist ein bisschen von beidem: Teilnehmer und Beobachter.

Das Kennzeichen des Anthropologen im Feld ist seine Bereitschaft, es zu versuchen. (Das ist von Valentine. Nein, nicht dem Heiligen, einem anderen.)

Also versucht er – und gibt sich die größte Mühe dabei –, sich mit dem Feld vertraut zu machen.

Das Fremde vertraut zu machen hat immer zur Folge, dass das Vertraute ein bisschen fremd wird. (Das ist von Wagner. Nein, nicht dem Komponisten.)

Und je vertrauter das Fremde wird, desto fremder und fremder erscheint das Vertraute. So wird die ehemals feurige Feministin zur misshandelten Ehefrau. Indem sie beobachtet, aber nichts tut. Indem sie durchlebt, aber nicht versteht. Indem sie aufzeichnet, aber nicht wertet.

Indem sie benutzt wird. Indem sie keine Außenseiterin mehr ist. Indem sie zur einheimischen Informantin wird. Indem sie zum Muster in einem Labor wird, indem sie zur Fallstudie wird.

Der rote Punkt muss vor sich selbst gerettet werden.

***

Heute durchstreift der rote Punkt, den immer noch sein leerer Posteingang schmerzt, das Internet auf der Suche nach Informationen über die Zerstörung der materiellen Grundlage als Methode der revolutionären Transformation. Er stolpert über einen Künstler.

> Michael Landy erfasste alles, was er besaß: jedes Möbelstück, jedes Buch, jedes Lebensmittel, jedes Katzenspielzeug ... Es dauerte drei Jahre, bis die Liste vollständig war, und sie enthielt 7227 Gegenstände. Dann machte er sich mithilfe einer großen Maschine und einem Team von Arbeitern in Overalls daran, alles zu zerstören. Nach zwei Wochen war nur noch Pulver übrig.

Sein Werk heißt *Break Down.*

Der rote Punkt wird jetzt zu einem großen roten blutenden Herzen.

***

Obwohl er winzig ist, steigt der rote Punkt bald in die oberste Spielklasse auf. Er besitzt die geheime aufgestaute Energie der gelangweilten Hausfrau.

Seit der rote Punkt angefangen hat, bei Streitigkeiten die Oberhand zu gewinnen, indem er dieselben Männer zitierte wie sein Gegner und Erzrivale – Marx und Mao und andere Vogelscheuchen –, wurde seine Intelligenz mit Behauptungen beleidigt wie: Er liege dialektisch falsch, ihm fehle die Fähigkeit, eine vernünftige Diskussion zu führen, er nehme keine Kritik an, er sei unfähig zu nuancieren, seine Logik sei widersprüchlich.

Er schult sich selbst mit einer Abhandlung über die Kunst der Debatte. Er lernt den Hochseilakt der Dialektik. Er lernt, sich gegen rhetorische Kehrtwenden zu behaupten. An diesen Abenden ist der rote Punkt ein harter runder Stein in einer Schleuder.

Doch der rote Punkt weiß auch, dass eine winzige Provokation reicht, damit es bei meinem Mann losgeht. Etwas, das ihn hochgehen lässt, glaubhaft genug, um ihn wütend zu machen, verletzend genug, dass er den ganzen Abend lang tobt, dehnbar genug, dass es dabei nur um meine Vergangenheit geht und nicht um unsere Gegenwart. Also muss der rote Punkt, in vollem Bewusstsein, dass der Kommunismus bei diesem Genossen nur Kontrolle und Bestrafung ist, manchmal seine eigenen Ideale aufgeben und sich zurücknehmen. Er inszeniert selbst einen Streit, er schafft selbst Verwirrung, er gibt Fehler zu, er entschärft seine Wut, indem er ihm die Möglichkeit gibt, einen Vortrag zu halten, er bricht einen Scheinstreit vom Zaun, um nicht zur Hure zu werden, während der Ehemann zum Täter wird.

An diesen Abenden wird der rote Punkt im Selbstverteidigungsmodus zur Rauchbombe.

IX

Hüte dich vor der Liebe
(es sei denn, sie ist wahr,
und alles an dir sagt Ja, auch die Zehen),
sie wird dich einwickeln wie eine Mumie,
und niemand hört dich schreien,
und all dein Gerenne wird ein Ende haben.

Anne Sexton: Admonitions to a Special Person

Beherzige immer diese Warnung:
Die Liebe wird dich enttäuschen.

***

Ich stammle.

Ich stottere.

Ich bringe meinen Ehemann in der Stille zwischen meinen Äußerungen zu Fall.

Bei einem Mann, der seine Vorwürfe geübt hat, der deine Antworten vorwegnimmt und seine Antwort auf deine Antwort und so weiter bis zur x-ten vorstellbaren Potenz, bei einem Mann, der nie zögern wird, die Hand gegen dich zu erheben, wenn sonst nichts hilft, bei diesem Mann führt schreien oder widersprechen in die Niederlage.

Unsicher zu sein überrascht ihn dagegen; und wenn er überrascht ist, hat man eine Außenseiterchance.

***

Dieser Kampf der Widersacher ist strukturiert wie ein Schachspiel. Es gibt nur zwei Spieler. Ich bin der König, ständig bedroht. Ich bin der König, der sich immer nur einen Schritt weiterbewegen kann. Er ist die hysterische Dame. Er kann jeden Zug machen, den er will. Bis auf uns beide ist das Brett leer. Er drängt mich in die Ecke, wohin ich mich auch bewege. Es gibt kein Entrinnen. Am Ende drängt er mich immer in die Ecke.

»Deine Gewalt ist die Gewalt des indischen Staates«, erklärt er mir. »Deine Gewalt ist strukturell. Meine Gewalt ist die Gegengewalt der Aufständischen, die für die Rechte des Volkes kämpfen, die Gegengewalt der Frauen, die sich selbst in die Luft sprengen, um auf den Kampf ihres Landes um Selbstbestimmung hinzuweisen, die Gegengewalt eines kleinen kaschmirischen Jungen, der einen Stein auf einen Soldaten wirft. Sein Akt der Gewalt ist ein Akt des Widerstands gegen die Gewalt des indischen Staates. Edward Said hat Steine auf die Israelis geworfen. Ich schäme mich nicht für meine Gewalt. Ich bin stolz darauf. Ich bin kein Liberaler oder Demokrat. Meine Gewalt ist eine Reaktion auf deine Gewalt. Deine Gewalt ist dein Versuch, mich zu entmannen, ein Leben in Mittelklasseluxus zu führen, weiter über deinen Feminismus zu sprechen.«

Ich bin jetzt der Unterdrückungsapparat des Staates.

Und er ist der Guerillakämpfer.

Das ist sein starrsinniges Lied.

Das ist ein ungleicher Kampf.

***

Wenn ich mich ihm widersetze, zurückschreie, nennt er mich verrückt. Wenn ich eine so oberflächliche Zuschreibung ablehne, sagt er, es sei typisch für Verrückte, zu behaupten, sie seien geistig gesund.

Ach, ich verstehe, es ist nicht mehr in Mode, verrückt zu sein. Depression ist jetzt das Wort der Stunde, nicht wahr? Tiefer Ausschnitt, zwei Gedichtbände, massenhaft Sex und Depressionen – mehr braucht es nicht, um eine Frau zur be-

rühmten Schriftstellerin zu machen. Von Sylvia Plath bis zu Kamala Das folgt ihr alle derselben Flugbahn.

Was ich durchmache, scheint mir etwas viel Gewaltigeres zu sein als die Dunkelheit in meinem Kopf. »Depression« ist das Etikett, das er an meinen Geisteszustand klebt, an mein Lebensgefühl.

Depression ist die Krankheit, die ausschließlich Mittelklassefrauen heranzüchten und vor der Welt zur Schau stellen.

Depression, ein Symbol der Bedeutungslosigkeit der bürgerlichen Existenz.

Depression ist deine Berufswahl. Ohne sie bist du nichts.

Depression: Wie viel individualistischer kannst du noch werden?

Depression, die einzige Möglichkeit für privilegierte Frauen auf die Opferrolle.

Depression – wie der gerissene Politiker, der seine Mutter am Vorabend der Wahl umbrachte – ein Floß, mit dem du auf der Mitleidswelle reiten kannst.

Manchmal theoretisiert er überhaupt nicht, stellt keine Diagnosen zu meiner Wut, entwickelt keine Vermutungen.

Solche Dinge passieren, wenn in deinem Kopf ein Insekt sitzt. Mandapoochi di. Es krabbelt, gräbt und zappelt, es wird unruhig, und deine Gedanken laufen gleichzeitig in alle Richtungen davon.

Wenn es keine Depression ist, wenn es nicht dieses unruhige Insekt ist, das in meinem Gehirn umherflattert und all die weicheren Teile wegfrisst, die mich zu einer gehorsamen Ehefrau programmieren, schiebt er die Schuld auf die Dämonen, die in mich gefahren sind.

***

Depressionen sind nicht der einzige Kontext, in dem er mir Bürgerlichkeit diagnostiziert. In den seltenen Momenten, in denen der Sex zu einem unwillkürlichen Stöhnen im Bett führt, sagt er mir, ich solle verdammt noch mal still sein, und hört mittendrin auf, als wolle er mich dafür bestrafen, dass ich mein Vergnügen über seins stelle. Dann folgt ein interkoitaler Vortrag über die Klassenanalyse sexuellen Verhaltens. *Du machst ein Spektakel aus der Liebe. Du schreist, weil das für dich eine Performance ist.*

Wie um seinen Argwohn zu bestätigen, schlägt er den Jungen, der einmal in der Woche kommt, um die Wundersträucher mit den ledrigen Blättern im Garten zu gießen, und beschuldigt ihn des Voyeurismus. Seine Paranoia nimmt immer neue Formen an. Er drückt zwanghaft Kaugummi in die Schlüssellöcher der angrenzenden Räume. Er rollt Decken zusammen und dichtet damit den Spalt unter den Türen ab. Er macht die Räume schalldicht, so gut er kann. Als er eines Tages merkt, dass der Kaugummi im Schlüsselloch fehlt, wartet er auf den Gärtnerjungen und schlägt gnadenlos mit dem Gartenschlauch auf ihn ein. Ich versuche, vernünftig mit ihm zu reden, und argumentiere, dass vielleicht Ameisen oder Ratten den Kaugummi herausgelöst haben könnten. Er glaubt an keine mögliche oder passable Erklärung. Er glaubt daran, jeden Hinweis darauf zu eliminieren, dass wir Sex haben.

Das geht so weit, dass unser Vorspiel im Bett beginnt und auf den Boden verlagert wird, damit das Bett nicht im gemeinsamen Rhythmus unserer Körper quietscht.

Mit diesem Mann zu schlafen ist der Tod der Spontaneität. Sex mit ihm ist das Gegenteil von Intimität, denn je mehr er sich um die Lärmfrage sorgt, je besessener er von dem Gärtner wird, desto weniger spüre ich dabei.

***

Ich bemühe mich, die Auswirkungen seiner Konditionierung zu ändern. Ich vermeide das komplexe Feld der Rechtetheorie – in dem Moment, in dem ich sage: »Es ist mein Recht«, wird der Gedanke niedergebrüllt, bevor ich meinen Satz zu Ende sprechen kann. Also erkläre ich ihm, mein sexuelles Stöhnen sei unvermeidlich, ein natürliches Phänomen, etwas, worauf wir als menschliche Wesen einfach programmiert sind. Ich lese ihm die Zeilen aus den »Vagina-Monologen« vor: *Ich kapierte, dass das beste Stöhnen dich einfach überfällt, ganz unerwartet. Es steigt dann aus einem verborgenen und geheimnisvollen Teil von dir auf, als eine eigene besondere Sprache. Stöhnen ist nichts anderes als diese besondere Sprache.* Ich werfe meine Ausbildung in Sprachwissenschaft in die Waagschale, um meinen Standpunkt unmissverständlich klarzumachen. Das ist eine Funktion der Sprache, sage ich. Roman Jakobson hat sechs Funktionen der Sprache entwickelt – ich weiß nicht mehr, wie sie alle heißen, aber das ist eine davon. Das ist die emotive Funktion. So sind unsere Sprachen aufgebaut, das ist in uns veranlagt, so drücken wir uns auf der ursprünglichsten Ebene aus.

Er sieht verwirrt aus, während er mir zuhört. Diese Funktion von Sprache übersteigt den Verstand meines Ehemannes. Ich versuche, ihm Beispiele zu nennen, die es über die menschlichen Wesen hinaus gibt: die verrückten Rufe des Kuckucks in der Balzzeit. Die sanften, leisen Töne eines einsamen Wals. Die tödlichen Schreie von Katzen. Er kapiert es nicht.

Nach seinen Regeln – gesät durch das Patriarchat, begossen durch den Feudalismus, gedüngt durch eine selektive Interpretation des Kommunismus – sollte eine Frau nicht stöhnen. So nimmt ihr die Geschichte die Stimme.

***

Selbst die nettesten tamilischen Hexendoktoren glauben, eine besessene Frau müsse ausgepeitscht werden, um den Dämon auszutreiben. Es ist nicht schlimm, wenn die Frau schreit, denn dem Glauben nach verlässt der Dämon sie durch den Mund. Manchmal wird weitergepeitscht, bis sie still ist und nicht mehr schreien kann. Manchmal geht es die ganze Nacht weiter, bis die Frau bewusstlos zusammenbricht. Wenn die besessene Frau nicht geschlagen wird, so die Überzeugung, kommt kein Austausch mit dem Dämon zustande, beantwortet er keine Fragen, weicht er der Aufdeckung seiner Identität aus. In unserer Ehe ist mein Mann der Hexendoktor. Er will die Dämonen austreiben, die seiner Meinung nach von mir Besitz ergriffen haben. Da er keine Büschel frischer Neem-Blätter hat, mit denen er mich schlagen kann – bitter, gezackt, mitternachtsgrün –, benutzt er improvisierten Ersatz: das Kabel meines Mac, seinen Ledergürtel, verdrillte Elektrokabel. Meine Dämonen sind nicht glücklich darüber. Sie wollen mich diesem Mann nicht überlassen. Sie beschließen zu bleiben.

***

Wenn er mich schlägt, ist das Beängstigendste nicht der Schmerz, auch nicht die möglichen Narben und das perverse Schamgefühl. Es ist nicht das Wissen, dass er mich bezwingen wird, oder die Erkenntnis, dass ich ihm körperlich nicht gewachsen bin, dass ich nicht Schlag um Schlag erwidern kann, dass ich ihm nicht die Lektion erteilen kann, sich besser nicht mit mir anzulegen.

Wenn er mich schlägt, folgt der Schrecken aus dem instinktiven Wissen, dass das hier nicht das Ende ist, dass es weitergehen wird; heute schlägt er meine Arme, aber morgen wird er meine Haare um seine Faust wickeln und mich durch die Zimmer zerren, übermorgen wird meine Wirbelsäule einen Schlag abbekommen, danach wird es mein Kopf sein, auf den seine wütenden Fäuste niedergehen.

Wenn er mich schlägt, folgen diese Gedanken blitzschnell aufeinander.

Wenn er mich schlägt, rührt der Schrecken aus der Angst, dass er heute seine bloßen Hände benutzt, aber morgen könnte er einen Gürtel mit schwerer Schnalle schwingen oder nach einer Eisenstange greifen oder einen Stuhl werfen oder mir den Kopf an der Wand einschlagen.

Jeden Tag rücke ich näher an den Tod heran, ans Sterben, ans Umgebrachtwerden, an die Angst, dass ich irgendwann in einen Kampf gerate, dessen Folgen sich nicht mehr rückgängig machen lassen.

Ich weiß, dass er das auch weiß.

Gewalt ist immer ein Zeichen für die drohende Gefahr noch größerer Gewalt. Er will mir niemals Angst vor der eigentlichen Tat in diesem Moment machen, sondern davor, wohin diese Tat führen könnte. Ich sehe, was er mich vorhersehen lässt.

Wenn er mich schlägt, schreie ich laut, und zwar jedes Mal: »Vergib mir! Das war das letzte Mal! Gib mir noch eine letzte Chance! Das wird nie wieder vorkommen!«

Ich denke, ich meine damit nicht: »Das – dieser Fehler – wird nie wieder vorkommen«, denn ich kenne meinen Mann gut genug, um zu wissen, dass er endlos Fehler in dem finden wird, was ich tue. Ich denke, mein verzweifelter Schrei bedeutet eigentlich, dass ich ein Versprechen von ihm erbitte, von seiner Grausamkeit und seiner Unbeherrschtheit, von seiner Gewalttätigkeit und seinen Züchtigungen, als erwartete ich, indem ich mit meinem Mund ausspreche: »Es wird nie wieder vorkommen«, dass er reagieren und dieses Gefühl erwidern wird, ich erwarte, dass dieses Eingestehen und Beenden meines Fehlverhaltens gekontert und ausgeglichen wird durch ein Beenden seiner Gewalttätigkeit. Jedes Mal, wenn ich schreie: »Es wird nie wieder vorkommen«, erkläre ich eigentlich einen Waffenstillstand in unser beider Namen.

So entsteht kein Frieden. Um diese grundlegende Tatsache zu erkennen, fehlt mir die Erfahrung.

***

Ich erzähle meinen Eltern von der Gewalt. Ich möchte weg. Ich kann nicht mehr. Es waren nur ein paar Monate, aber ich fühle mich bezwungen.

Abwechselnd überreden sie mich zu bleiben.

***

Mein Vater am Telefon:
Was ist los? Na ja, das ist nicht unüblich. Es ist eine Egosache. Ich kenne dich, du bist meine Tochter, du verlierst nicht gern. Die Ehe ist ein Geben und Nehmen. Hör ihm zu. Er meint es nur gut. Werde nicht laut. Widersprich ihm nicht. Ja, ich weiß. Es ist schwer. Aber denk daran, nur wenn du darauf einsteigst, wird er dir widersprechen, und es eskaliert. Schweigen ist ein Schild, und es ist auch eine Waffe. Lerne, sie zu benutzen. Warum sonst sagen wir: *Amaidhiya ponga?* Schweigen ist Frieden. Du kannst keinen Frieden machen, solange du deine Zunge nicht im Zaum hältst. Ja. Na ja, behellige jedenfalls deine Mutter nicht damit. Das beunruhigt sie nur grundlos. Pass auf dich auf.

***

Mein Vater am Telefon:
Ja, ich weiß, ich weiß. Ich habe ihr gesagt, dass du angerufen hast. Ich habe gesagt, du wolltest mit ihr reden. Ich habe keinen Grund, dich anzulügen, Schatz. Nein, ich beschütze sie nicht. Das denkst du von mir? Du wohnst hier nicht mehr, deshalb hast du vergessen, wie viel hier los ist. Keine fünf Minuten Ruhe. Wir hatten noch nicht mal Zeit, miteinander zu reden. Pass du auf dich auf. Sei ein kluges Mädchen. Da ist jemand an der Tür. Ich lege jetzt auf.

***

Meine Mutter am Telefon:
Warum nur, Liebes, warum? Es ist doch noch gar nicht lang. Das erste Jahr ist das schlimmste Jahr. Das musst du mir nicht sagen. Es macht dich fertig, es treibt dich in den Selbstmord. Du wirst dich fragen, was du mit ihm willst. Ich habe es überlebt. Es war nicht leicht, aber mit der Zeit vergisst du die ganze Traurigkeit.

***

Mein Vater am Telefon:
Das hat er wirklich gesagt? Dieser Schuft. So weit ist es mit dem Kommunismus gekommen? Du solltest ihm die Eier abschneiden und sie dorthin zurückschicken, woher er gekommen ist. So langsam gibt es keine guten jungen Männer mehr. Wenn ihr wieder zurück nach Chennai zieht, können wir vielleicht helfen. Ich weiß nicht, was er so macht, aber vielleicht vertreibt er sich damit den ganzen Tag über die Zeit: indem er plant, worüber er mit dir streiten will? Beschäftige ihn. Ja, mach dir keine Sorgen, ich

werde deine Mutter bitten, dass sie dich zurückruft. Pass auf dich auf.

***

Meine Mutter am Telefon:
Veränderungen brauchen immer ihre Zeit. Eine Ehe ist keine Zauberei.

Gib ihm Zeit. Irgendwann wird er schon nachgeben.

***

Mein Vater am Telefon:
Ja. Ja. Das ist wirklich nicht sehr nett. Hör zu. Geduld. Geduld. *Porumai.* Toleranz. Nimm es einfach hin. *Sahippu thanmai.* Jetzt ist nicht der richtige Moment für Egoismus. Wenn du deine Ehe beendest, werden sich alle in der Stadt über mich lustig machen. Sie werden sagen, seine Tochter ist in weniger als einem halben Jahr davongelaufen. Das wird ein schlechtes Licht auf deine Erziehung werfen. So hatte ich mir das für meine Tochter nicht vorgestellt. Du hast keine Ahnung, was man als Vater durchmacht. Als Vater einer Tochter – das ist eine besondere Art von Strafe. Wir zahlen doch den Preis dafür. Bitte. Denk bitte nur dieses eine Mal an uns.

***

Meine Mutter am Telefon:
Du willst also wie all diese Schriftstellerinnen sein, von denen du liest, und wie diese Schriftstellerinnen, die du deine Freundinnen nennst – alleinstehend und schlafen mit jedem, wie es ihnen gefällt. Das funktioniert nur in Geschich-

ten. Ich habe Freundinnen, die versucht haben, so zu sein. Keine Schriftstellerinnen, nur Frauen. Sie sind sehr traurige Tode gestorben. Vollkommen allein.

***

Mein Vater am Telefon:
Was jetzt? Hör mir mal zu. Ich bin ein alter Mann. Ich habe viele Menschen gesehen, viele Ehen. Diese Probleme tauchen auf, und diese Probleme verschwinden wieder. Diese Probleme hören auf, wenn ihr erst mal Kinder habt. Sprich nicht zu viel. In der Geschichte der Menschheit wurde noch nie etwas durch ständiges Reden gelöst. Ein guter Charakter wohnt nur, wo die Wut wohnt. Die beiden sind nicht voneinander zu trennen. Seine Wut und sein Zorn sind fehlgeleitet. Er meint es gut. Schlepp diese Probleme nicht bei uns zu Hause ein, lass diese Wunden nicht faulen. Lerne zu gehorchen. Du kannst seine Entscheidungen später immer noch infrage stellen. Das habe ich dir schon tausendmal gesagt.

***

Meine Mutter am Telefon:
Was soll ich sagen? Ich kann vorschlagen, dass du ihn verlässt, noch mal neu anfängst. Aber wie lange würde dieser Kreislauf weitergehen? Was, wenn du wieder scheiterst, mit einem anderen Mann? Wer gibt dir die Garantie, dass der nicht auch wieder ein Monster ist? Der perfekte Mann ist ein Mythos. Glaube nicht daran, arbeite mit dem, was du hast.

***

Mein Vater am Telefon:
Er schlägt dich? Der Mistkerl. Ach, meine Tochter. Ich hätte mir vorstellen können, dass du ihn schlägst. Versuch einfach, Konflikten so gut wie möglich aus dem Weg zu gehen. Was können wir tun? Wir könnten mit ihm reden und deine Partei ergreifen, aber dann denkt er, die ganze Familie sei gegen ihn. Das wird ihn nur noch mehr gegen dich aufbringen. So wie es aussieht, bist du auf dich gestellt. Ja. Und wenn wir mit ihm darüber sprechen, müssen wir auf seiner Seite sein, aber dann fühlt er sich bestätigt und wird dich nur noch mehr erdrücken. So oder so nützt es dir nichts, wenn wir uns einmischen. Aber denk immer daran, wir sind bei dir. Beiß die Zähne zusammen, und sitz es aus. Kümmere dich gut um dich, kümmere dich gut um ihn. Bestell ihm Grüße von mir.

***

Ich höre auf die Ratschläge meines Vaters:

»Hüte deine Zunge. Er ist dein Ehemann, nicht dein Feind.«

»Widersprich ihm nicht. Du kannst nie wieder zurücknehmen, was du einmal gesagt hast.«

»Deine Wortwunden werden niemals heilen, sie werden noch lange da sein, wenn ihr euch wieder zusammengeflickt und ausgesöhnt habt.«

»Zu einem Streit gehören zwei. Er kann nicht allein streiten. Es wird ihm die Kraft rauben, allein zu streiten.«

»Sprich nicht zu viel. In der Geschichte der Menschheit wurde noch nie etwas durch ständiges Reden gelöst.«

»Verstehst du? Schweigen ist Gold.«

Ich hülle mich in die unglaubliche Traurigkeit des Schweigens. Lege ihre Langsamkeit um meine Schultern, verberge ihre Scham in den Falten meines Saris. Mache sie zum Gelöbnis, als hinge mein Leben davon ab, als wäre ich keine Ehefrau in Mangalore, sondern eine Nonne irgendwo anders, weltabgeschieden und sich an ihr Schweigen klammernd, um die Welt zu verstehen.

Schweigen bedeutet, jedes Gespräch zu zensieren. Schweigen bedeutet, die Individualität auszulöschen. Schweigen ist ein Akt der Selbstgeißelung, denn die Worte kommen zu mir, fluten mich mit ihrer Gegenwart, küssen meine Lippen, doch ich verweigere ihnen, meine Zunge zu verlassen.

Ich erlaube mir nichts weiter als die absoluten Notwendigkeiten des häuslichen Lebens. Die Fragen, was mein Mann essen möchte, wann er geweckt werden möchte, ob die Stromrechnung bezahlt ist. Die minimale Interaktion verleiht unserer Ehe einen fast formellen Charakter. Eine Linie, die er nicht übertreten kann.

Ich bleibe ungerührt, als er mutmaßt, dieses Schweigen bedeute, ich hätte mich geschlagen gegeben. Er sieht es als ein Zeichen des Sieges. Er lobt mich, weil ich meine Torheit erkannt habe, weil ich auf ihn höre, weil ich endlich zur Vernunft gekommen bin. Ich widerspreche dieser Behauptung nicht. Ich bestätige sie auch nicht. Ich starre ihn nur mit leerem Blick an, nicke ausdruckslos.

Es ärgert ihn, dass er nicht mit dem Siegerpokal abziehen kann. Er bürstet meine Wortlosigkeit als kindisch ab und behauptet, dass ich mich früher oder später bessern und meine Fehler bereuen muss. Weiter kann er mich nicht treiben, also zieht er sich zurück.

Mein Schweigen legt sich auf uns wie Dauerregen. Es bringt den stumpfsinnigen Alltag zum Stillstand. Es lässt uns in unseren eigenen kleinen Pfützen auf Grund laufen.

Ich genieße dieses kurze Intermezzo. Mein Schweigen wird zum unüberwindbaren Schutzschild. Er versucht es mit jeder denkbaren Taktik zu durchbrechen, um mich zum Reden zu provozieren, aber er scheitert. Er kann sich nur selbst zuhören, seine eigenen Erörterungen aufbauen, seine eigene Wut hinunterschlucken.

Er deutet es als Zurückweisung. Schnell dreht er den Spieß um. Er wirft mir vor, in meiner eigenen Gedankenwelt zu leben, eine Welt, die ich mit Ex-Liebhabern bewohne, eine Welt, in der ich ihn verlassen habe. Er fordert mich auf, mit meinem Doppelleben aufzuhören, erklärt mir, wenn ich glaube, ich sei Andal und lebe mit irgendeinem imaginären Thirumal, gäbe es keinen Platz mehr für mich in seinem Heim. Er schlägt vor, mich in eine psychiatrische Anstalt einzuweisen.

Ich bin nicht bereit, auf seine Vorwürfe einzugehen, bin nicht bereit, mich den Folgen eines unklugen Konters zu stellen. Ich sage nichts zu meiner Verteidigung. Mit ihm zu sprechen, wenn er tobt, würde seine Raserei nur füttern. Er ist sowieso nicht in der Stimmung zuzuhören.

Er tritt mich in den Bauch. »Beweise es!«, schreit er, als ich mich krümme. »Beweise mir, dass du meine Frau bist. Beweise mir, dass du nicht an andere Männer denkst. Sonst beweise ich es dir.«

Meine Haare sind jetzt ein Knäuel in seiner Hand. Er hebt mich allein an den Haaren hoch. Alles Blut steigt mir in den Kopf, meine Schenkel kämpfen um den Kontakt mit dem harten Holz des Stuhls. Es tut weh. Er zerrt mich vom Tisch ins Schlafzimmer. Ich fühle die harten, düsteren Trommelschläge der Ehe, als er mir gewaltsam den Sari über die Hüften zerrt. Sie werden lauter und schneller, rastlos in ihrer Hast, alles andere zu übertönen. Ich schließe jetzt die Augen, ängstlich, wie ich es während der Hochzeitszeremonie getan habe, als wir mit Reis beworfen und Gebete gesungen wurden. Das Feuer, das unsere Einheit heilig und ewig machte, brennt jetzt dort, wo sich meine Schenkel teilen.

Ich stöhne nicht, ich schreie. Schreie gehen meinen Worten voran. Schreie helfen mir beim Übergang vom Schweigen zum Flehen, er möge aufhören. Seine Antwort ist wie Wasser, das einen Damm durchbricht. »Warum redest du jetzt mit mir? Warum? Wie hast du plötzlich alle deine Wörter wiedergefunden? Das also ist die Wunderheilung für dein Schweigen, was? Wenn du gefickt werden wolltest wie eine Schlampe, dann hättest du mich auch darum bitten können. Siehst du, du hast die Sprache wiedergefunden. Siehst du, du bist geheilt. Jetzt halt den Mund und weck die Nachbarn nicht auf. Du bist eine Hure. *Thevidiya.* Das solltest du wissen. Hör auf zu weinen, es gibt keinen Grund zu weinen. Ich sollte weinen, weil ich eine Hure geheiratet habe. Du bist eine Hure. Du verhältst dich wie eine Hure. Deshalb behandle ich dich auch nicht wie eine Ehefrau. Halt still! Du willst es so nicht? Wie viele Männer haben dich von hinten genommen? Wie viele? Weißt du das überhaupt noch? Wehr dich nicht, sonst tust du dir nur weh. Beschissene, billige Hure. Nächstes Mal, wenn du mich mit deinem Schweigen verhöhnst, werde ich dir deine beschissene Fotze aufreißen. Und jetzt entschuldige dich, Schlampe! Sag, dass es dir leid tut. Ja. So ist gut. Du wirst daran denken. Du wirst diese Lektion niemals vergessen.«

X

Hure, faucht er die an,
die Tausende Liebhaber versteckt.
In den Kissen, dem Laken, der aufgerollten Matte,
hinter den Büchern, im Schrank, im Gewürzregal?
Seine früheren Geliebten
haben ihn nie auf diese Weise verraten.
Nächte verdicken sich zu einem Kokosseil,
gesponnen aus Vorwürfen.

Seine ganze Angst:
Wird sie einfach Staub kneten
und backt sich einen Mann?
Und dann auch noch mit einem Penis
so lang wie ein Elefantenrüssel?

Malathi Maithri: The Thousand And Second Night

Ich verstand Vergewaltigung erst, als sie mir selbst passierte. Vorher war es ein Denkmodell – über Brutalität, Gewalt, Entehrung, Respektlosigkeit. Ich hatte natürlich Kate Millett und Susan Brownmiller gelesen, aber nichts davon hatte mir beigebracht, wie ich damit umgehen sollte. Innerhalb einer Ehe hat es Konsequenzen, sich zu wehren. Der Mann, der mich vergewaltigt, ist kein Fremder, der davonläuft. Er ist nicht die Silhouette auf dem Parkplatz, er ist nicht der maskierte Angreifer, er ist nicht der Bekannte, der mir etwas in den Drink geschüttet hat. Er wacht morgens neben mir auf. Er ist der Ehemann, für den ich am nächsten Morgen Kaffee machen muss. Er ist der Ehemann, der es mit einem Achselzucken abtun und mir sagen kann, ich soll aufhören, mir Dinge einzubilden. Er ist der Ehemann, der seine Handlungen am nächsten Tag auf hemmungslose Leidenschaft schieben kann, während ich von Raum zu Raum humple.

Langsam lerne ich, dass keine Schreie laut genug sind, um einen Ehemann aufzuhalten. Es gibt keine Schreie, die man nicht durch den Schreck eines festen Schlags zum Schweigen bringen kann. Es gibt keine biologische Verteidigung, die vor Penetration schützt. Er schmiert sich mit so viel Gleitgel ein, dass er durch all meinen Widerstand hindurchrutscht. Meine Beine werden schlaff. Ich falle auseinander.

***

Wie soll ich jemandem diesen barbarischen Brauch erklären? Wo suche ich nach Metaphern? Wie sage ich einem anderen Menschen, wie es sich anfühlt, in einer Ehe vergewaltigt zu werden? Ich kann an nichts anderes denken als an den Tod, wenn ich daliege. Der Tod, der viele sinnlose Rituale mit sich bringt. Für Tamilen ist das wichtigste Ritual das zeremonielle Füttern des Leichnams. Bevor der Körper zum Krematorium befördert wird, bevor die distanziert Trauernden eintrudeln und zu weinen anfangen, bevor trunkene Trommeln auf der Straße ertönen, legen die nächsten Angehörigen dem Toten ungekochte Reiskörner in den Mund. Der reglose Leichnam, frei von Tast-, Geschmacks-, Seh-, Geruchs-, Gehörsinn, spürt nichts. Er liegt da, spielt die Rolle der gehorsamen Hälfte eines Pflichtrituals, während enge Verwandte weißen Reis zwischen seine geöffneten Lippen fallen lassen. Es ist ein Gefühl des Nichtfühlens. So fühle ich mich, wenn die Küsse meines Mannes in meinen Mund fallen, während er meine Beine spreizt und zu stoßen beginnt.

***

Sex, eigentlich Vergewaltigung, wird zu seiner Waffe, um mich zu zähmen. Ich werde deine Fotze zerstören, erklärt er mir. Deine Fotze wird so kaputt sein, so nutzlos, dass du dich nie wieder einem Mann wirst anbieten können. Sie wird so weit sein wie eine Bettelschale. *Koodhi kizhinja, paati surukku pai pola iruppadi.*

Ich stelle mir vor, wie meine Vagina aus mir herausfällt wie Kleingeld. Nicht mit Klimpergeräuschen, sondern nass, breiig, lautlos, mit dem Dunkelrot sterbender Rosen.

Wenn er mich nimmt, träume ich davon, wie ich diesen Teil von mir verliere.

Vielleicht löst sie sich auf in Fetzen aus Blut und rosa Fleisch. Vielleicht nicht allein, vielleicht kommen mein Uterus und die Eierstöcke mit heraus. Eines Tages werde ich auf einer Klobrille bemerken, dass sich meine Lust verabschiedet. Ein langsamer Tod durch Auflösung.

Aus dieser Angst ziehe ich mich in mich zurück. Das Grauen packt mich wie ein Geist, sobald meine Beine gespreizt werden.

***

Sosehr er sich der Vergewaltigung widersetzt, hat mein Körper doch auch gelernt, sich auszuliefern. Er lernt, die Augen zu schließen, er lernt wegzuschauen. Er weiß, wie er auf allen vieren knien und auf seine eigene Erniedrigung warten muss. Er lernt, sich tot zu stellen. Er lernt zu warten. Er lernt, seine Schmerz-, Scham- und Gewaltgrenze zu verschieben. Und doch ist so etwas wie Präventivsex nicht möglich. Es gibt keine Möglichkeit, wie ich freiwillig Sex anbieten kann, um mich davor zu schützen, stattdessen vergewaltigt zu werden. So läuft das nicht. Gäbe es sie, hätte ich viele Nächte der Vergewaltigung vermieden.

***

Die Scham vor der Vergewaltigung ist die Scham vor dem Unaussprechlichen. Frauen fanden es schon immer leichter, ins Feuer zu springen, Gift zu nehmen, sich als Selbstmordattentäterinnen in die Luft zu sprengen, als irgendeinem anderen Menschen zu erzählen, was passiert ist. Eine Vergewaltigung ist ein Kampf, den du nicht gewonnen hast. Den du nicht gewinnen konntest.

Eine Vergewaltigung ist eine Niederlage.

***

Eine Vergewaltigung ist auch eine Bestrafung. Manchmal die Strafe fürs Neinsagen. Manchmal die Strafe für eine längst vergangene Liebesgeschichte.

Der tamilischen Kultur zufolge befleckt die Menstruation den Körper drei Tage lang. Nach der Geburt eines Kindes bleibt der Körper elf Tage befleckt, und durch den Tod eines Blutsverwandten gelten wir sechzehn Tage als unsauber. Für Sex mit einem anderen Mann vor der Ehe betrachtet ein Ehemann seine Frau ein Leben lang als verseucht. Ein Körper, der als verseucht gilt, kann bestraft werden, wie es dem Mann gefällt. Das ist die Kastenphilosophie, das ist die Philosophie hinter meinen Vergewaltigungen.

***

Wie ist achtmal beliebter als sein Fragenkonkurrent *Wer.*

Wo, Wann, Warum, Was kommen viel, viel weiter hinten auf der Liste. Das sagt dir Google, wenn wir, die Menschen, uns nach den Fragen erkundigen, die wir, die Menschen, stellen.

Mein Mann ist wie alle Menschen, seine endlose Fragenschleife beginnt mit *Wie*. Aber mein Mann ist auch ein einzigartiges Individuum, deshalb bringt er seine eigene Ergänzung mit ein.

Er fragt mich nicht *Wie?*, sondern *Wie viele?*

Und meint damit: *Wie viele Männer haben dich gefickt?*

Zu seiner Verteidigung könnte man sagen, er hat einfach einen Sinn für Details.

***

Die Derbheit der Beschimpfungen meines Mannes lässt mich erschaudern. Ich schäme mich, dass es die Sprache einem Mann erlaubt, eine Frau auf unendliche Weisen zu beschimpfen. Jedes Bild, das er zeichnet, ist abstoßend. Jeder Teil meines Körpers ist ein mit Abscheu ausgespucktes Wort. Meine Möse, abgesondert und unter Quarantäne gestellt, ist nichts weiter als ein Spucknapf für seine Beleidigungen.

Früher einmal war Sprache etwas anderes für mich. Sie war ein geheimer Ort der Freude. Sie war mein Gesicht im Wasser, der unmittelbare Trost eines verträumten Lachens, der Duft von Holzrauch in meinen Haaren, das freudige Erscheinen meiner Brüste – das alles durfte ich erkunden. In meiner Sprache gab es, wie am Körper eines Geliebten, Dinge, von denen ich glaubte, dass nur ich sie kannte.

Ich weiß noch, wie ich in meiner Sprache nach Wörtern aus den tiefsten, vergessenen Fugen grub, Wörter, die sich keiner mehr auf der Zunge zergehen lässt, Wörter, die in Lexika und alten literarischen Werken modern, um die sich niemand mehr kümmert. Ich fand das Wort für ein kokettes Mädchen, das zu viel schwatzt, das Wort für die erste Begegnung der Blicke zweier Menschen, die sich am Ende ineinander verlieben werden, das Wort für ein berauschendes Getränk, das zum Tanzen verführt. Vergiss nicht, dass dies eine Sprache ist, in der das Wort für Eigensinn dasselbe ist wie das für Geschlechtsverkehr.

Eine Schlampe ist nicht nur eine Frau, die Sex will, wie im Englischen. In diesem Teil von Indien ist das die schmutzige Frau, aber auch die respektlose, die gern streitet, die Zwietracht sät.

Im Tamilischen habe ich Wörter entdeckt, die das rauschhafte Fieber bei aggressivem Sex beschreiben und den tiefen Schlaf, der befriedigte Liebende augenblicklich überkommt. Dass es ein Wort gibt für die Praxis, Sex mit einer Frau zu haben, die man an einem Feiertag bei einer Verlosung gewonnen hat, bestätigte meine schlimmsten Befürchtungen über meine Kultur.

Sex als sinnliches Erlebnis lauert hinter anderen Ecken: Es gibt ein eigenes Wort für den durchdringenden Geruch nach dem Koitus, ein weiteres für die Blässe, die sich über die kummervolle Haut einer Frau legt, wenn ihr Liebhaber zu lange fort ist. Meine Neugier ließ mich immer wieder auf dieses Thema zurückkommen.

In der äußerst kultivierten und nie benutzten formellen Version meiner Sprache kann man das Wort für Blowjob auch frei als Ritt auf dem Gesicht übersetzen. Im selben keimfreien Wörterbuch dieser agglutinierenden Sprache ist der Ausdruck für die Klitoris, neben anderen Namen, ein zusammengesetztes Wort: *Yonilingam,* der Vaginapenis. Über diesen Gegensatz habe ich mit meinem Politikerliebhaber Scherze gemacht. Er korrigierte mich, schrieb mir sanft tadelnd zurück, ich sollte es besser wissen, dieses Wort führe niemand im Mund, und brachte ein Wort aus den Softpornos seiner Studentenzeit zur Sprache: *Mathanapeetam.* Der Hauptsitz der körperlichen Liebe, die Zentrale, wenn man so will.

Ab und zu gewährte ich meinem Politikerliebhaber den Zugang zu meinem Übersetzungsterritorium. Ich schenkte ihm die uneingeschränkte Freude meiner Etymologie. *Mulaikann.* Auge der Brust. Brustwarzenhof. *Mulaikaambu.* Schaft der Brust. Brustwarze. Und dann wiederum: *Mulai.* Brust. Was als Verb außerdem *keimen* bedeutet. Dann flüsterte er die Namen den Teilen meines Körpers zu, benutzte die rauen Wörter der Straße mit derselben absichtsvollen Langsamkeit, mit der er Gedichte zitierte. Ich lernte von ihm ein Wort für die Feuchtigkeit zwischen den Beinen einer Frau. Dieses Wort war mir nie zuvor begegnet. Es ist eines der Wörter, die in einer Sprache nur zwischen Geliebten weiterwandern. Jahre später wurde mir klar, dass irgendwann jeder von diesen Wörtern erfährt, auch wenn sie auf jene langsame, nomadische Weise reisen.

***

Ich versuche, die Welt, die ich erlebe, mit der sprachwissenschaftlichen Theorie, die ich gelernt habe, in Einklang zu bringen.

Die Inversion von Luce Irigaray geht so. Nicht: *Ta langue, dans ma bouche, m'a-t-elle obligée à parler?* Nicht: War es deine Zunge in meinem Mund, die mich zum Sprechen zwang?

Nein, Lucy. Nicht sprechen, sondern schweigen.

Meine Ehe liefert die schlüssigen Ergebnisse wissenschaftlicher Verfahren: Es war deine Zunge in deinem Mund, die mich zum Schweigen zwang. Es war deine Zunge in deinem Mund, die mich in die Unterwerfung zwang. Und dann war es deine Zunge in meinem Mund, die mich zwang.

***

Als die Vergewaltigungen zur Regelmäßigkeit werden, erreiche ich den Punkt, an dem es kein Zurück mehr gibt. Ich spiele die Puppe und normalisiere es; ich lerne, die Gewalt in seinen Worten zu normalisieren. Seine Beschimpfungen entwürdigen mich, als würde mein Körper, indem er mich Hure und Schlampe nennt und was ihm sonst noch an Beschimpfungen einfällt, zu einem notwendigen Gefäß für seine Vergewaltigungen. Guten Frauen passieren keine schlimmen Dinge – um vergewaltigt zu werden, musste ich erst zu dieser Karikatur einer schlechten Frau gemacht werden. Diese männliche psychosexuelle Logik sieht Penetration als Bestrafung. Es ist eine Vergewaltigung, die maßregelt, eine Vergewaltigung, die mich für das Leben bestraft, das ich mutmaßlich geführt habe. Es ist eine Vergewaltigung, die zähmt, eine Vergewaltigung, die mich auf den Pfad der guten Ehefrau zurückführt. Es ist eine Vergewaltigung, die zum Ziel hat, Reue in mir zu wecken. Es ist eine Vergewaltigung, die zum Ziel hat, mich wissen zu lassen, dass mein Mann mit meinem Körper tun kann, was er will. Es ist Vergewaltigung als Eigentumsrecht. Diese Vergewaltigung enthält die Wut eines Ehemannes auf alle Männer, die mich möglicherweise berührt haben, auf alle Männer, die mich möglicherweise berühren, auf alle Männer, die mich möglicherweise begehrt haben. Diese nächtliche Vergewaltigung hat nur einen Tagesordnungspunkt: Sie darf kein Vergnügen am Sex enthalten. Und doch spottet er jedes Mal, wenn er mich gegen meinen Willen nimmt, dass ich es genieße. In seiner eisernen Logik bin ich eine Hure, also darf man mich vergewaltigen; und ich lasse mich vergewaltigen, also bin ich eine Hure.

***

Der landläufigen Meinung nach war der beste indische Film aller Zeiten – laut westlicher akademischer Klassifizierung – ein »Curry-Western«: »Sholay«. Weil ich den Gedanken nicht ertragen konnte, dass mich das Meisterwerk aus Bollywood enttäuschen könnte, habe ich mir den Film nie angesehen. Doch genau wie alle, die nur in Zeitungen über Filme lesen und nie ins Kino gehen oder den Fernseher einschalten, kenne ich die wichtigste Dialogzeile.

Kitne aadmi thay?

Wie viele Männer hattest du?

Ich weiß nicht, was vor dieser Zeile kommt. Ich weiß nicht, was nach dieser Zeile kommt. Ich kenne den Kontext nicht, nur, dass es der Bösewicht wissen will und dass er wütend ist und ziemlich fordernd. Ich höre diese Frage wieder und wieder. In grobem Tamil. Oft im Bett, während er in mich eindringt.

Wenn ich meinen Ehemann fragen höre: *Wievielemänner,* antworte ich nicht. Ich habe »Sholay« nicht gesehen. Ich weiß nicht, wie die Antwort lautet. Ich liege da und träume von felsigen Bergkuppen und Musik und Tänzen und Morden und Schüssen.

***

In einem Leben, das ich lange vor meiner Ehe geführt habe, bin ich die Dichterin, die schrieb: *Nach dem fünften Mann wird jede Frau zum Tempel.*

***

»Warum bist du so besessen von anderen Männern?«, frage ich leise, als wir gemeinsam über den Marktplatz gehen, Okra fürs Abendessen aussuchen und den anderen Einkäufern knapp zulächeln. Um uns herum sind Hunderte von Menschen. Nur aus diesem Grund habe ich den Mut, ihn zu fragen.

»Du bist diejenige, die von ihnen besessen ist«, faucht er zurück. »Du träumst von dem Tag, an dem du deine Fotze ins Bett eines anderen Mannes trägst. Tja, tu's nicht. Wenn ich fertig bin, ist das, was du hast, zerrissen und zerfetzt. Und nach einem Kind wird es erst recht nicht mehr wiederzuerkennen sein.«

Das ist das Ziel seiner Vergewaltigungen, von all diesem harten Sex. Er will mich nicht nur disziplinieren, er will alles in mir auslöschen. Er glaubt, nach ihm wird in mir nichts mehr übrig sein. Nichts mehr zum Lieben, zum Liebemachen, zum Freudebereiten.

Dieser Mann bricht seine eigene Frau. Dieser Mann brennt sein eigenes Haus nieder.

XI

Letztendlich können wir viel mehr ertragen, als wir denken.

Frida Kahlo

»Wirst du unsere Ehe beenden?«

Diese Frage beantworte ich ihm nie, weder so noch so. Ich antworte mit Gegenfragen oder, indem ich auf unsere ewige Liebe schwöre.

Es gibt keine ehrliche Antwort. Nur Antworten, die mein Leben sicherer machen, die Nächte weniger schmerzhaft.

Jeden Tag sterben Mutige, weil sie nicht nachgeben.

***

Was passiert mit denen, die nicht mutig genug sind, frage ich mich? Und was passiert mit denen, die mutiger sind, als gut für sie ist?

Jeden Tag servieren uns Zeitungen, die nach frischer Jagdbeute riechen, Morbiditäten aus Zentralindien. Vergewaltigte aufsässige Stammesfrauen, verstümmelt und in Kampfmontur kostümiert für die Fotos. Porträtiert als Maoistinnen, denn Opferzahlen helfen den paramilitärischen Kräften. Ihre nackten Leichen werden ihren Eltern in durchsichtiges Plastik gehüllt zurückgegeben. Gefängnisse sind bis auf das Dreifache ihres Fassungsvermögens mit jungen, idealistischen Männern überfüllt. Die Schrecken der Folter dritten Grades suchen diejenigen heim, die abweichende Politik predigen – Folter ohne Spuren. Ein langer Splitter eines Kokosbesens, mit Benzin getränkt, wird mit Gewalt in den Penis geschoben, dann wird eine Feuerzeugflamme an die Öffnung gehalten. Eine innere Verbrennung, die bei keiner medizinischen Untersuchung auffällt. Jeden Tag die unerträgliche, unendliche Aufzählung solcher Grausamkeiten.

Ich wünsche mir, ich wäre nur eine Autorin, die diese Tragödien auf sich wirken lässt.

Bin ich nicht. Ich bin eine Ehefrau. Ich sehe, wie mein Mann durch den täglichen Nachrichtenfluss aus dem Gleichgewicht gebracht wird. Aus Angst, die Jagd könnte eines Tages unsere Tür erreichen, entwickelt er eine perverse Freude daran, von seinen Zeiten als Guerilla zu erzählen und mit seinen Erlebnissen zu prahlen.

»Ich habe Kalaschnikows geschmuggelt. Wir haben einen Tata Safari auseinandergenommen und ließen die Waffen in die Metallrahmen der Sitze einpassen. Ich brachte ihn direkt vor der Nase der großen indischen Polizei von Chhattisgarh nach Chennai.

Ich habe mal ein Typisierungsinstitut im Süden geleitet. Eine Ablenkungsoperation, ich musste einen ranghohen Anführer decken, der Behandlung brauchte.

Ich musste mal einen Soldaten töten. Er hatte ein Mädchen gegen ihren Willen gefickt und folterte jetzt ihre kleine Schwester, die er auf dem Schulweg geschnappt hatte. Die Anweisung war, ihn von der Brücke zu werfen. Willst du wissen, was ich getan habe? Ich habe ihn ausgeweidet. Nicht einer aus seinem Zug hätte noch die Eier gehabt, Frauen unangemessen zu behandeln, nachdem sie seine Leiche gesehen haben. Sogar die Partei war wütend, dass ich mehr getan hatte, als es mein Auftrag war.

Sie hatten mich nach Bhutan geschickt, um mich zu verstecken, weil sie Angst hatten, die Truppen würden mich jagen. Ich wurde zu Thinley Dorji. Ich sollte mich bedeckt halten. Aber bedeckt halten kommt in meinem Wortschatz nicht vor. Innerhalb von drei Monaten hatte ich einen fertig ausgearbeiteten Plan, den König zu ermorden. Sie beorderten mich zurück, damit es keinen Ärger gab.«

Die Isolation unserer Ehe nährt seine Worte. Er spricht unaufhörlich und so plastisch wie möglich von seinen Heldentaten. Ich kann nicht ausschließen, dass das alles ein Experiment ist, um mich zu kontrollieren. Seit ich an die nächtliche Gewalt im Schlafzimmer gewöhnt bin, habe ich weniger Angst, und so werden seine Geschichten immer bedrohlicher. Ich kann nicht mehr unterscheiden, was Fakt ist und was Fiktion.

***

»Wirst du unsere Ehe beenden?«

Nach vielen Tagen wieder die altvertraute Frage. Er sitzt am Küchentisch und schlägt nervös abwechselnd die Beine übereinander. Ich weigere mich, ihm zu antworten, fordere ihn stattdessen mit einem leeren Blick heraus. Er lacht laut, um sein eigenes Unbehagen zu überspielen.

Er wartet nicht auf meine Antwort, er liefert sie selbst.

»Niemand wird dich retten. Die Männer da draußen, die wollen, dass du herauskommst, warten nur darauf, bis sie an der Reihe sind, dich zu reiten. Die Frauen, die dich ermuntern, mich zu verlassen, haben zwei Gründe: Sie wollen dich am Ende sehen, unglücklich und einsam. Oder sie wollen ein Drama, das in ihrem eigenen Leben fehlt. Wenn du darauf setzt, dass diese Männer oder Frauen dein Leben in Ordnung bringen, machst du einen Fehler.

Deine Mitfeministinnen, die kleinbürgerlichen Frauen aus der Mittelklasse, haben ihren Mann verlassen und dadurch die ›Freiheit‹ gefunden, die sie brauchen, um wild herumvögeln zu können.

Und jetzt los, mach dich nützlich. Ich habe Hunger.«

***

Was bringt eine Frau dazu, in einer Ehe zu bleiben, die sie schon vor dem Tag, an dem sie überhaupt zustande kam, hätte verlassen sollen? Das Bedürfnis, etwas zu beweisen – denen, die öffentlich darauf wetten, dass eine Autorin wie sie nicht länger als vier Wochen verheiratet bleiben kann, denen, die davon überzeugt sind, sie sei nicht bindungsfähig, ihrer Mutter, die ihr sagte, sie solle noch warten, bis sie älter sei, sich nicht so früh festlegen. Ergänzt wird die Liste durch Angst, dem Druck der Familie und ja, auch Hoffnung.

Hoffnung verhindert, dass ich mir das Leben nehme. Hoffnung ist die freundliche Stimme in meinem Kopf, die mich von der Flucht abhält. Hoffnung ist der Verräter, der mich an diese Ehe kettet.

Die Hoffnung, dass ab morgen alles besser wird. Die Hoffnung, dass er irgendwann aufhört gewalttätig zu sein. Die Hoffnung – so will es das Klischee – stirbt zuletzt. Manchmal wünsche ich mir, sie hätte mich als Erstes verlassen, ohne Abschiedsbrief oder Umarmung an der Tür, und mich so zum Handeln gezwungen.

***

Wie könnte ich mich darauf verlassen, dass jemand eingreift?

Ich überlege, zur Polizei zu gehen, aber wenn ich in der Abgeschiedenheit einsamer Nachmittage darüber nachdenke, ist mir klar, dass das nicht geht. Ich weiß, wie mein Mann reagieren würde, wenn er Wind von meinen Plänen bekäme. Er würde sich als ehemaliger maoistischer Kämpfer den Behörden stellen, die angebotene Amnestie und das Rehabilitierungsgeld nehmen und im Austausch gegen einen neuen Job und Polizeischutz seine Genossen verraten. An mir würde er sich wahrscheinlich auch rächen wollen, deshalb würde er mich als politische Kurierin denunzieren, mich als Terroristin anschwärzen. Wenn sie die Wahl hätte zwischen der Bestrafung eines ehefrauenschlagenden Vergewaltigers und der Gelegenheit, einen Ex-Guerilla für den Geheimdienst auszuquetschen, weiß ich, wo die Interessen der Staatsmaschinerie lägen.

Mir ist vollkommen klar, dass mir der Weg über die Polizei – der ersten Anlaufstelle für jede misshandelte Frau – aus Selbstschutz verschlossen ist.

Familie und Freunde sind meine einzige Option. Aber vor meinen Eltern spielt er die Rolle des pflichtbewussten Schwiegersohns. Er heult meinem Vater am Telefon was vor. Er fleht meine Mutter an, mir zu sagen, ich solle gehorsamer sein. Er erzählt seinen Verwandten, ich würde ihn nicht ordentlich ernähren. Gegenüber den einzigen Nachbarn in der Gegend deutet er an, ich sei ungesellig, eine dieser Intellektuellen, die am liebsten mit sich selbst allein sind. Je größer der Zuschauerkreis, desto differenzierter wird sein Porträt von mir und desto weniger sind die Leute bereit zu glauben, dass an seinen Lügen nichts dran ist. Bei Frauen erweckt er Mitleid, indem er erzählt, ich würde ihn ständig mit anderen Männern vergleichen. Bei Männern verbreitet er die Story, ich sei eifersüchtig, ich duldete seine Studentinnen nicht.

Ich bin die Frau, die geschlagen wird, aber er spielt das Opfer.

Diese Leute sind kein Ausweg. Zu erfolgreich erzählt er seine Version der Ereignisse, bittet sie zu schnell und zu unterwürfig um ihren Rat, schmeichelt ihnen zu gut mit seinen Aufmerksamkeiten. Er drängt meine Freunde und Familie in eine neutrale Rolle, er bittet sie, fair zu spielen. Niemand möchte den Mann schuldig sprechen, der bereit ist, ihnen die Rolle von Richter und Geschworenen zuzuteilen.

***

Jeder Schiedsspruch scheint zu seinen Gunsten auszugehen, und doch besänftigt ihn das nicht. Er weiß, ich bin nicht an irgendjemandes Aussagen oder Appelle gebunden. Wenn unsere Streitereien nicht durch Vermittlung von außen zu lösen sind, verlegt er sich auf Drohungen. Er impft mir eine rohe, blutige Angst ein, in dem Glauben, dann würde ich es nicht wagen, etwas zu tun.

»Ich werde dir den Skalp abziehen. Ganz langsam, aber gründlich. Es wird sehr schmerzhaft sein, aber zur Präzision gehört auch immer Schmerz. All diese Schönheit, mit der du dich brüstest, wird Vergangenheit sein. Deine Haare werden Vergangenheit sein. Ich werde nett sein, ich werde alle Spiegel aus deiner Gegenwart entfernen. Diese Strafe ist nicht nur für dich gedacht. Du wirst nicht sterben. Zumindest nicht sofort. Ich werde deinen Vater anrufen, damit er kommt und dich abholt. Du wirst lange genug am Leben bleiben, bis er hier ist und dich so sieht. Dann wird er wissen, was passiert, wenn man eine Hure großzieht. Den Preis muss er zahlen. Ich werde längst fort sein. Du wirst mich nicht finden. Dein Vater wird mich nicht finden. Vielleicht gehst du zur Polizei, aber warte, du wirst vorher ins Krankenhaus müssen. Oder auf den Friedhof. Und falls die Polizei kommt: Selbst wenn sie wirklich nach mir suchen, werden sie mich niemals finden. Ich werde untertauchen. Ich werde ein anderer Mann mit einem neuen Namen sein und eine andere Sprache sprechen. Selbst du wirst mich nicht wiedererkennen. Die Polizei ist machtlos. Ich weiß, wie man ihnen entkommt. Ich habe es schon oft getan.«

Er ist unglaublich, sein Monolog. In seinen Worten finde ich das fiebrige Spiegelbild seines Feindes: die Staatsmaschinerie, die Kämpferinnen die Brüste abhackt, gefangene Kämpfer mit Säure bespritzt, ihnen die Gliedmaßen ausreißt und sie verbluten lässt, mit ihren Militärstiefeln auf den Gesichtern abgeschlachteter Guerillas tanzt, um sie unkenntlich zu machen. Ich suche in seinem Blick nach einem Funken des Erkennens, wie absurd er klingt, wie unmenschlich er selbst geworden ist, aber der hohle Blick, mit dem er meinen Blick erwidert, sagt mir, dass etwas erloschen ist.

***

Ich habe ihn alle Rollen spielen sehen. Den vernarrten Ehemann vor seinen Kollegen, das geplagte Opfer einer misstrauischen Ehefrau vor seinen männlichen Freunden, den zu Unrecht entmannten Mann vor meinen Freundinnen, den flehentlichen Schwiegersohn vor meinen Eltern. Die Rolle des Möchtegernmörders ist allerdings neu. Ich versuche, das quälende Bild meines weißen Schädelknochens zu vergessen. Also ziehe ich mich in die Geborgenheit von Filmfantasien zurück. Die Szene entsteht von selbst. Ich liege tot in einem Zimmer und schaue von außen durch ein Fenster auf meine Leiche. Sie hat natürlich keine Haare, aber auch keine Augen. Sie hat keinen Mund. Sie hat die vollkommene Ausdruckslosigkeit erreicht, zu der ich es im

Leben nie gebracht habe. Der Regen peitscht um meinen Geist herum und durch ihn hindurch. Ich stelle mir meinen Mann in der weißen Kleidung eines trauernden Witwers vor. Er sitzt mit gekreuzten Beinen auf dem Boden. Ich sehe ihn mit geschorenem Kopf, seine Symbolik des Kummers als Beweis seiner Liebe. Ich höre ihn die bewegendste Wehklage weinen. Ich sehe, wie er sich an Kopf und Brust trommelt. Er sieht gebrochen aus. Beim Anblick meiner frischen Leiche und seiner übertriebenen Trauer bricht mir das Geisterherz, ich leide mit ihm. Das Bild meines Todes lässt ihn als denjenigen erscheinen, der etwas verloren hat, nicht andersherum. Ich entferne mich zögernd vom Fenster und lasse meinen Leichnam bei ihm. Dann bin ich auf der Autobahn. Die Szene löst sich im regennassen Bild einer Stadt auf, die mir fremd ist.

Als ich in die Realität zurückschalte, macht sich ein Teil von mir über die Möglichkeit lustig, dass er tatsächlich so weit gehen könnte, mich umzubringen. Andererseits hätte ich noch vor vier Monaten über die Vorstellung gelacht, von einem Mann geschlagen oder von meinem eigenen Mann vergewaltigt zu werden. Ich versetze mich wieder auf die Leinwand. Diesmal sitze ich auf Morgan Freemans weißem Gottessessel, rauche eine Zigarette und drehe mich zur Kamera. Ich höre mich selbst mit Gottes Stimme sprechen: *Du bist lebendig nützlicher als tot. Du bist lebendig nützlicher als tot. Du bist lebendig nützlicher als tot.*

Ich will nichts tun, was mein Leben in Gefahr bringen würde. Ich will nichts tun, was es meinem Mörder erlauben würde, den trauernden Witwer zu spielen und sich in eine Aura der Tragödie zu hüllen. Also bleibe ich still und tue, was man mir sagt.

***

Anfangs wurden nur Witwen lebendig verbrannt: Sie wurden an den Scheiterhaufen ihres toten Mannes gefesselt und angezündet. Damit wollten sie die überzähligen Frauen in der Gesellschaft loswerden, sie wollten die Kastenordnung erhalten. Und dann, als wir ein Übel los waren, nahm langsam ein anderes seinen Platz ein. Durch die Gier nach immer mehr Mitgift oder weil Frauen keine Söhne gebaren oder weil sie sich weigerten, jede Nacht mit ihren Ehemännern zu schlafen, begann unsere Kultur, Bräute zu verbrennen.

Tradition kommt nie aus der Mode. Sie bleibt ein Teil des kollektiven Gedächtnisses und schlüpft in immer wieder neue Kleider. In Indien wird alle neunzig Minuten eine Braut verbrannt. So lange, wie man braucht, um ein schnelles Abendessen zu kochen. So lange, wie man braucht, um eine Ladung Wäsche zu waschen. So lange, wie man braucht, um zur Arbeit zu fahren. Das ist die offizielle Statistik – die Polizei versucht nicht einmal, die Zahl der Todesfälle herunterzuspielen. Die Wahrheit liegt im Klagegeschrei, das in den Krankenhausflügeln für Verbrennungsverletzungen niemals verstummt.

Jetzt, wo ich hier allein festsitze, zähle ich die Stunden an der Anzahl der Bräute, die an ihren Verbrennungen gestorben sind. Mindestens hundert Frauen Woche für Woche, von denen nichts bleibt als verkohlte Überreste. Die Morde an ihnen umgeschrieben als Selbstmorde oder Unfälle, eine Feuerprobe, die keine Ehefrau überlebt.

Das Feuer hat sich als der einfachste Weg durchgesetzt, eine überflüssige Ehefrau umzubringen. Messer, Gift, der Strick – bei anderen Mordmethoden würde der Verdacht immer auf den Ehemann fallen. Feuer dagegen kann man so legen, dass es aussieht wie ein echter Unfall. Mich packt die Angst, bei lebendigem Leib verbrannt zu werden.

Die Angst macht merkwürdige Dinge mit mir. Sie lähmt mich. Selbst mitten in einem Wolkenbruch mache ich die Fenster auf, bevor ich den Gasherd einschalte. Ich zünde Streichhölzer in der Luft an, bevor ich das Ventil der Gasflasche öffne. Ich betrete meine Küche, als wäre sie vermintes Gelände.

Die Ehe hat dafür gesorgt, dass ich an diesem Ort den größten Teil meines Tages verbringe. Ich möchte nicht, dass meine Küche mein Scheiterhaufen wird.

***

Meine Ängste vermehren sich wie Ratten in der Monsunzeit. Nachts werden sie ruhelos, und ihre ständig trippelnden Pfoten halten mich vom Einschlafen ab. Wenn ich neben meinem Mann liege, bin ich mir ihrer Gegenwart die ganze Zeit bewusst. Etwas nagt an meinen Fingern und knabbert an meinen Zehen. Etwas, das nicht zu fangen und nicht zu sehen ist. Ich versuche, sie aufzuspüren, lege kleine Fallen für sie aus, wo ich kann, finde heraus, wie viele von ihnen es gibt. Die meisten von ihnen kommen von meinem Mann, denn er spricht seine Drohungen offen aus, er nimmt nie ein Blatt vor den Mund. Andere kommen von dem, was ich in den Zeitungen gelesen habe, in Fernsehserien gesehen, gehört, wenn es lang und breit auf der Straße besprochen wurde. Sie katalogisieren zu können verleiht mir Frieden. Als würde mich das Wissen bestärken, als könnte mehr zu wissen, alle Ängste vertreiben.

Was mich jetzt am meisten verfolgt, war eine Geschichte, über die ich anfangs lachen musste. Während eines Semesters, in dem ich etwas über die französischen Philosophen lernte, beugten wir sechs, die dieses Wahlfach belegten, unserem Verfall in die Abstraktion vor, indem wir allen

Schmutz ausgruben, den wir über jeden auf unserer Leseliste finden konnten. Wir waren entrüstet, dass Simone de Beauvoir ihre jungen Liebhaberinnen an Sartre weitergegeben hatte, traurig, dass die Welt Foucault an Aids verloren hatte, gefesselt von der weiblichen Rivalität zwischen Spivak und Kristeva. Dass niemanden in der Stadt außer unserem halben Dutzend diese Geschichten interessierten, bestärkte uns nur noch. In diesem Zusammenhang hörte ich zum ersten Mal die Geschichte, die mich heute als Geisel hält. Zuerst fing es als Scherz an – Althusser lernte erst mit über zwanzig zu masturbieren: intellektuell überentwickelt, sexuell unterentwickelt. Doch dann blieb mir das Lachen über Althusser im Hals stecken, denn eines Tages entdeckte ich, dass er seine Frau erwürgt hatte.

Später, in seinen Memoiren, würde er darüber schreiben. In langsamer, mäandernder Prosa würde er beschreiben, wie er ihren Hals massierte, wie er seine Daumen in die Kuhle über ihrem Brustbein drückte, wie er sie bewegte, einen nach links, einen nach rechts, nach oben zu ihren Ohren, wo das Fleisch hart war, wie die Muskeln in seinen Unterarmen langsam sehr müde wurden, wie *er* zu Tode erschrocken war, dass *ihre* Augen nicht aufhörten zu starren. Später würde er argumentieren, seine Frau hätte es so gewollt. Er würde es mit der Theorie des assistierten Selbstmords erklären. Eine Art nicht einwilligende Einwilligung. Ein *Nein*, das ein *Ja* bedeutete. Sie *wollte* es. Seine Jünger würden das Argument vorbringen, an ihrer Leiche habe es keine Anzeichen für einen Kampf gegeben. Weil er ein Intellektueller war, besaß er die Raffinesse, den Mord zu legitimieren. Weil er ein einflussreicher Professor war, konnte er andere dazu bringen, ihn zu unterstützen. Weil er den Ruf eines Nonkonformisten hatte, sprach ihn sogar der Staat frei.

Althussers Frau: Ihr Name war Hélène. Daran erinnere ich mich deutlich. Sie wurde umgebracht, sie konnte ihre Geschichte nicht mehr erzählen. Er lebte danach noch lange genug, um nicht nur seine Geschichte zu erzählen, sondern auch sich selbst als Opfer zu inszenieren. Ich habe Angst, zu ihr zu werden.

Diese Angst hat sich in mir wie eine Ratte auf dem Dachboden eingenistet. Diese Angst verschwindet einfach nicht.

***

Es gibt die Angst vor dem Tod und die Angst vor dem Sterben und die Angst vor dem Umgebrachtwerden. Und es gibt noch eine andere Angst. Lebenslänglich statt Todesstrafe. Die Angst, die ich mich langsam nicht mehr zu benennen traue, die eng um mich gewickelt ist wie die Haut um eine Knoblauchknolle, die mich am Atmen hindert, der ich ausweiche, statt mich ihr zu stellen: die Angst vor dem Kinderkriegen.

Diese Ehe, so gewaltsam und unmöglich sie ist, hat nicht die Macht, mich auf ewig gefangen zu halten. Doch wenn ich mit einem Kind belastet wäre, weiß ich nicht, wie ich es jemals schaffen könnte zu gehen. Ich sehe schon, wie mich meine Eltern zwingen, um der Gesellschaft willen bei ihm zu bleiben, ich sehe schon, wie mich die Gesellschaft bittet, um des Kindes willen bei ihm zu bleiben, ich sehe schon, wie mein eigenes Kind mich bittet, um des Familienrufes willen bei ihm zu bleiben. Das darf ich nicht zulassen.

Auf Tamilisch gibt es ein schönes Wort für die Gebärmutter: *Karuvarai.* Der Raum des Fötus. *Karuvarai.* So wird das Allerheiligste eines Tempels genannt, wo ein Gott oder eine Göttin wohnt. Es ist ein Ort des Friedens. Ich habe beschlossen, dass er leer bleiben wird.

Mein Mann hat andere Vorstellungen.

XII

Sie wusste jetzt, dass aus der Ehe keine Liebe folgte.
Janies erster Traum war tot, damit wurde sie zur Frau.

Zora Neale Hurston: »Vor ihren Augen sahen sie Gott«

Vier Monate nach der Hochzeit sind die höflichen Erkundigungen nach »Neuigkeiten« schon zur drängenden Forderung geworden, ein Kind zu produzieren. Mein Mann ist der einzige männliche Erbe seiner Großeltern auf beiden Seiten, und das erblüht zu Fragen über die Zukunft des Familienstammbaums. Auch jenseits der Frage nach der Nachwelt ist mein Mann inzwischen überzeugt, was in unserer Ehe fehle, ist ein Kind. Er sieht es als eine Maßnahme, die unsere Beziehung kitten und uns aneinanderbinden wird.

Ein Besuch bei der Frauenärztin ist der erste Schritt. Aber ich will kein Kind von einem Mann, der mich schlägt. Ich will kein Kind austragen und in diese Welt setzen, weil ich innerhalb einer Ehe vergewaltigt wurde, auf einem Bett, auf dem mein »Nein« keine Bedeutung hatte. Ich bin verzweifelt. Ich kämpfe darum, zu Hause zu bleiben. Er wirft Dinge im Haus herum. Er legt eine Suppenkelle auf den Gasherd, droht, sich damit Verbrennungen zuzufügen, wenn ich nicht mit ihm komme. Ich provoziere ihn, es zu tun; ich will, dass er Schmerzen hat. Ich weigere mich, das Haus zu verlassen. Ruhig nimmt er die glühend heiße Schöpfkelle vom Herd und drückt sie ins Fleisch seiner linken Wade, direkt über dem Knöchel. Ich höre das Zischen der versengenden Haut nicht, denn ich fange an zu schreien. Ich entwaffne ihn. Ich ziehe ihn weg. Er besteht darauf, dass wir sofort losgehen, um den Termin nicht zu verpassen. Er will nicht einmal die dunkle Brandwunde versorgen. Ich folge ihm stumm zu einer Autorikscha.

Es ist ein dunkler Abend, die Lichter leuchten trüb auf den Straßen, der Regen umhüllt die Stadt wie ein Totenhemd. Der Rikschafahrer ist eine Silhouette vor der Straße. Mein Mann, groß und imposant, ist ebenfalls eine Silhouette. Sein Umriss füllt den ganzen Platz in der Rikscha, aber er fühlt sich irgendwie abwesend an; sein Gesicht im Schatten ist teilnahmslos. Auf der Fahrt durchströmt mich die Stadt. In dieser Dunkelheit klingelt sein Telefon. Er geht ran und begrüßt einen Mann aus seinem Dorf. Sie reden, sie reden über mich, und dann hält er mir das Telefon hin. »Mein unsteter Cousin, er möchte Hallo sagen.«

»Hallo? Hallo?« Dann flüstert eine leise Stimme, abrupt und direkt in meine Ohrmuschel: »Dein Mann benimmt sich wie Mister Rechtschaffen. Dabei ist er ein Betrüger. Der größte Betrüger in unserem Dorf. Er war schon einmal verheiratet, bevor er dich geheiratet hat.« Ich bin sprachlos. Die Worte ziehen Schleifen in meinem Kopf: »Er war schon einmal verheiratet, bevor er dich geheiratet hat«. Ich weiß nicht, wie ich reagieren soll, aber im nächsten Moment wechselt der Cousin wieder ins alltägliche Geplauder zurück: »Was hast du heute zum Mittagessen gekocht? Du musst uns mal im Dorf besuchen. Ich habe dich bisher nur auf Fotos gesehen, heute rede ich das erste Mal persönlich mit dir, das macht mich sehr glücklich. Kümmere dich gut um meinen Cousin.« Benommen führe ich das Gespräch fort, bis wir die Praxis erreichen, dann verabschiede ich mich und gebe meinem Mann das Handy zurück. Eine Gruppe Frauen geht vorbei, als ich aus der Autorikscha steige. Sie lachen laut. *Ein glückliches Mädchen hat es schon geschafft, ihm zu entkommen. Wenn sie das konnte, kann ich es auch.* Ich lächle den Rücken der Frauen hinterher.

***

Die Ärztin will wissen, wie lange wir verheiratet sind. Sie will das Datum meiner letzten Periode wissen. Die kommt nicht regelmäßig, sie ist launisch wie ich. Sie verschreibt mir die Pille. Mein Mann rastet aus. »Wir versuchen, ein Baby zu bekommen! Wir wollen ein Baby! Verstehen Sie das nicht?«

Die Ärztin bleibt ruhig. »Es dient dazu, ihre Periode zu normalisieren. Sie kann erst empfangen, wenn sie eine regelmäßige Periode hat.«

Er bleibt stur und fragt sie, ob es eine Möglichkeit gibt, dass ich diese Tabletten nicht nehmen muss. »Hormone haben noch niemandem gutgetan.« Also gibt die Ärztin rücksichtsvoll nach und singt ein Loblied auf Multivitamine und Folsäure. Ein Baby zu bekommen ist Gesprächsthema zwischen der Ärztin und meinem Mann. Die Frau fragt mich nicht, ob ich ein Baby will, ob ich bereit bin für ein Baby; ob ich glücklich bin mit meinem Mann, ob ich Probleme habe, die ich vielleicht besprechen möchte. Sie bittet ihn, mich für einen Ultraschall in eine Klinik zu bringen, damit sie danach über weitere Behandlungen entscheiden kann.

Gewalt ist nichts Auffälliges. Es steht mir nicht ins Gesicht geschrieben – dafür ist er natürlich zu vorsichtig und zielt mit seinen Fäusten immer nur auf meinen Körper. Solange eine Frau nicht sprechen darf, solange die, mit denen sie spricht, nicht zuhören, endet die Gewalt nie.

***

Meine Mutter am Telefon:
Ein Kind ist keine schlechte Idee. Er wird netter, wenn er Vater wird. Ich bin auch Mutter. Babys haben so eine Wirkung, sie können Bestien zähmen.

Wenn du ein Kind hast, versuch, nach Chennai zurückzuziehen. Dann gibt es ein kontrollierendes Element. Wir können eingreifen. Hier kann er so nicht weitermachen. Im Moment ist er auf einem Egotrip. Irgendwann wird er davon herunterkommen. Wenn er einem Kind ins Gesicht sieht, kann er die Mutter nicht schlagen, wie er Lust hat. Wenn das Kind größer wird, wird es ihm sagen, er soll abhauen, wenn er die Hand gegen dich erhebt. So oder so, wenn er dich schlägt, zeigt das nur, dass ihm die Argumente ausgegangen sind. Sei einfach geduldig, Liebes. Gewinne Zeit, bring ihn hierher. Bitte verlier nicht die Hoffnung. Tu nichts Übereiltes. Pass auf dich auf.

***

Die Flüssigkeiten des Mannes bilden die Knochen. Die Flüssigkeiten der Frau bilden das Fleisch. Das glauben die Alten im Dorf meiner Vorfahren. So beginnt ihrer Meinung nach das Leben. Ich glaube nicht, dass sie es komplett falsch verstanden haben. Sie wissen nur nicht, dass sein kleines Herz aus ihren Tränen gemacht sein wird, wenn sich ein Kind im Leib einer traurigen, gebrochenen Frau bildet.

***

Mangalores drückende Hitze am Mittag. Eine Hitze, die nicht nachlassen wird, bis sich der Himmel in tausend Stücke reißt und herabzuregnen beginnt.

Ich komme in der Klinik an. Ich habe die empfohlenen zwei Gläser Wasser getrunken. Als ich im Wartezimmer auf meinen Mann treffe, überreicht er mir eine junge Kokosnuss voller Kokosmilch. Sie ist kein Geschenk, sondern eine Vorsichtsmaßnahme. Mein Name wird für die gynäkologische Untersuchung aufgerufen, und der Arzt legt mich unter die Maschine, aber nachdem er ein paar Knöpfe gedrückt und geseufzt hat, schickt er mich zurück und sagt, die Wassermenge in mir sei immer noch nicht ausreichend, damit die Maschine mein Innenleben durchleuchten kann.

Mein Mann ist rasend vor Wut. Er ruft meinen Vater an und jammert ihm vor: »Deine Tochter hat neumodische Vorstellungen. Sie hält sich für Miss World. Sie will ihre Figur behalten. Sie trinkt kein Wasser. Sie will meine Kinder nicht bekommen.«

Er holt eine Zweiliterflasche Wasser von der Rezeption und befiehlt mir zu trinken. Ich setze den Hals an die Lippen und neige die Flasche. »*Schneller!*«, schreit er und hebt die Flasche weiter an. »Schneller!« Nach der Hälfte reiße ich die Flasche weg und schnappe nach Luft. Ich sage ihm, ich kann nicht mehr, dass ich sonst ertrinke. Er schlägt mich vor allen Leuten. Die anderen im Wartezimmer schauen entweder zu oder wenden den Blick ab. Für sie ist das nur ein überspannter Mann, der unbedingt Vater werden will. Sie wissen nicht, was ich durchmache. Oder vielleicht wissen sie es, und jeder hält es für normal. Oder jeder glaubt, wie ich manchmal auch, dass der nächste Tag besser werden wird.

Ich setze die Flasche wieder an und trinke. Fast sofort wird mir schlecht, und es dauert nicht lange, bis ich Wasser über meine Brust erbreche. Er ist angewidert. »Stell dir vor, das hier sei ein Literaturfestival. Stell dir vor, diese Krankenschwester ist Arundhati Roy. Stell dir vor, die Leute hier sind deine beschissenen Schriftsteller. Kotzt du denen auch vor die Füße? Behalt es drin! Benimm dich! Du hast keinen Sinn für Verantwortung. Du hast weder die Absicht, Ehefrau zu sein, noch die Absicht, Mutter zu werden. Tausende von Frauen lassen täglich einen Ultraschall machen, aber die einzige, die eine Szene macht, bist du. Du willst deine Kleidergröße null behalten. Du bist selbst eine Null. Du willst keine Kinder von mir. Wenn du Mutter wirst, bist du als Hure aus dem Geschäft. Warum quälst du mich so?«

***

Er hat recht. Ich will kein Kind von ihm. Ich kann kein Kind in eine Welt setzen, in der ich keine Liebe habe. Ich will keinen Sohn in die Welt setzen, der zusehen muss, wie seine Mutter verprügelt wird, ich will keine Tochter in die Welt setzen, die selbst verprügelt wird.

Als meine Untersuchung vorbei ist, beglückwünscht mich der Arzt, dass ich so einen liebenden Ehemann habe, dass ich mit so einem hingebungsvollen, verliebten Mann verheiratet bin, der Dozent, der seine Mittagspause verlängert, damit er an der Seite seiner Frau sein kann, wenn sie sich einem Ultraschall ihres Beckens unterzieht.

Nie gibt er mir die Möglichkeit, ein Gespräch mit ihm zu beginnen. Nie fragt er mich, wie es mir geht. Aber selbst wenn er es täte, wie könnte ich mich einem Fremden anvertrauen, der die Szene glaubt, die ihm vorgespielt wird?

Wir erscheinen hilflos bei Ärzten, und sie heilen uns. Sie schützen uns. Vielleicht hat ein Teil von mir geglaubt, Ärzte würden mich beschützen, würden diese erzwungene Fruchtbarkeitsbehandlung stoppen, würden mir zu Hilfe kommen. Erst jetzt merke ich endlich: Wenn ich gerettet werden will, muss ich es selbst tun.

***

Bei meinem geheimen Plan, das Projekt Baby zu vereiteln, spielen meine Kochkünste eine entscheidende Rolle. Die

Frühstücks-Chutneys für meine *Dosas* bestehen nicht mehr nur aus Erdnüssen, grünen Chilis und Zwiebeln, sondern ich werfe noch einen Löffel weiße Sesamsaat dazu. Ich folge dem Geflüster aus meiner Teenagerzeit, als Mädchen mit verspäteter Periode, Mädchen, die Sex ohne Kondome hatten, Mädchen, die früh verheiratet wurden, sich die Mutterschaft mit Küchenzutaten vom Leibe hielten. Der intensive Geschmack in meinem Fischcurry stammt nicht von Tomaten oder Tamarinde - ich mische das Fruchtfleisch roher grüner Mangos in die scharfe Soße. Ein Rezept meiner Großmutter, sage ich zu meinem Mann, und freue mich über das verbotene Wissen, dass die Mango empfängnisverhütend wirkt. Jede Mahlzeit ist gleichzeitig Schicksal. Nicht einmal das Obst, das ich als Snack nach dem Abendessen auswähle, ist unschuldig. Ich serviere gewürfelte Papaya mit schwarzem Salz und Paprika, Ananasscheiben mit braunem Zucker. Diese Früchte soll man schwangeren Frauen wegen der Gefahr von Fehlgeburten nicht zu essen geben. So mache ich meine Küche zur Kampfzone, sichere durch meine Kochkunst meine Freiheit und die meiner Gebärmutter.

***

Eines Nachts stolpere ich, nachdem ich die Aufmerksamkeiten meines Ehemannes im Bett erduldet habe, ins Bad, um zu pinkeln. Kaum sitze ich auf der Brille, zwängt er sich herein und tritt mich zu Boden. Er sieht es als systematische Verschwörung, um sicherzugehen, dass ich niemals schwanger werde, behauptet, ich versuchte alles, um keine Kinder zu bekommen, indem ich sein Samendepot ins Klo laufen lasse, sobald er mich gefickt hat. Danach geht jede Sexnacht mit dem Befehl einher, still auf dem Rücken liegen zu bleiben.

Einmal, als ich protestiere, dass ich wirklich dringend aufs Klo muss, folgt am nächsten Abend die Anweisung, all meine beschissene Pisse und all meine verpisste Scheiße loszuwerden, bevor wir ins Bett gehen.

Proteste werden grundsätzlich als belastende Beweise gesehen, dass ich die Mutterschaft ablehne. In seiner Welt ist es tausendmal empörender, sein Kind nicht zu empfangen als meine vorherigen Merkmale einer kleinbürgerlichen Dichterhure. Mein verbrecherisches mangelndes Interesse daran, seinen Erben zu gebären, wird als Verschwörung gedeutet, um seinen Familienzweig zu beenden. Für ihn ist das gleichzusetzen mit Völkermord.

***

»Ich habe drei Menschen getötet. Drei, nicht einen oder zwei. Einer von ihnen war nicht einmal Soldat. Das erzähle ich dir, damit du weißt, wer ich wirklich bin. Also ja, schau mir in die Augen. Wende dich mir zu. Hier, das Messer. Fühlst du es? Kalt, ja. In einer Sekunde, wenn ich dir die Kehle aufschlitze, wird es warm sein. Traurig, oder? Das Messer wird nicht wissen, dass du eine berühmte Autorin bist.«

***

Es ist lebenswichtig, dass ich mich wie eine Frau benehme, der er vertrauen kann.

Es ist lebenswichtig, dass ich ihm das Gefühl gebe, wenn schon nicht geliebt, dann wenigstens respektiert zu werden. Es ist lebenswichtig, dass er meine Witterung verliert, damit ich anfangen kann, meine Flucht zu planen. Es ist lebenswichtig, dass ich ihm vormache, Mutter werden zu wollen. Weil ich ihn in Gedanken unzählige Male verlassen habe, finde ich es einfach, diese Rolle auszuprobieren, denn ich weiß, wie sich eine Frau verhält, die geht, und deshalb weiß ich, wie ich das Gegenteil spielen muss.

***

Das kommende Neujahr gibt mir bequem die Gelegenheit, Versprechungen zu machen. Ich schwöre ihm, dass ich mich bessern werde. Ich sage ihm: Das ist ein ganz neuer Anfang. Als Erstes wickle ich uns beide in ein selbst gebasteltes Glück made in Mangalore. Ich gebe alle Gedanken auf, Autorin zu sein, eine denkende Frau, eine Frau mit einem Leben außerhalb von Primrose Villa. Die Tagesnachrichten erfahre ich von ihm. Kommunikation beschränkt sich auf die Anrufe, die er mich annehmen lässt, natürlich nur in seiner Gegenwart. Von E-Mails erfahre ich nur, wenn er mir davon erzählt. Ich wasche mir die Haare mit dem schmutzig grünen Stück Badeseife und respektiere seine oft wiederholte Geschichte über die Enthaltsamkeit der Genossen. Als ich Läuse und Schuppen bekomme, gebe ich vor, es nicht zu merken. Die Häuslichkeit bindet uns aneinander. Im Handbuch des Schöpfers ist das die obligatorische Ruhe, die vor einem drohenden Sturm inszeniert werden muss. In der rustikaleren Welt meiner Vorfahren ist es die rituelle Waschung und das Schmücken der Opferziege, ein symbolisches Zuneigungsbekenntnis, bevor die Axt niedersaust.

Dank der Friedenszeit kann ich einen Schritt zurücktreten, wieder zur Autorin werden, meine Protagonisten unter Laborbedingungen beobachten, die Veränderung in ihrem Verhalten notieren. Die Friedenszeit hüllt ihn in Behaglichkeit, macht es mir leichter, ihn unvorbereitet zu erwischen.

Die Friedenszeit erlaubt es mir zu planen. Ich sammle jedes Fitzelchen Information zusammen, das ich über ihn habe. Ich fülle die Leerstellen seiner Geschichte. In meiner Freizeit lese ich Schilderungen über die Naxaliten nach, um ein Profil derer zu erstellen, die die Organisation verlassen: staatliche Agenten, Deserteure, Informanten, Feiglinge – in zwei dieser Schubladen stecke ich meinen Mann. Ich versuche, ein Muster unserer bisherigen Streitereien zu erstellen. Ich möchte meine Vermutungen über die Dauer der Ruhephasen und das umgekehrt proportionale Ausmaß der Explosivität im unvermeidlichen Zusammenstoß testen. Ich stelle mentale Listen der möglichen Auslöser für seine Gewaltausbrüche zusammen. Außerdem fertige ich eine Liste seiner Lieblingsgesprächsthemen an.

***

Mein Mann frohlockt über meine Veränderung. Er sieht sie als Bestätigung all seiner Kritik und Korrekturen. Der Jubel weicht schnell Zärtlichkeit, einem Teilhabenlassen an seinen Geschichten, einem Rückzug, der mir Zugang zu seiner Verwundbarkeit eröffnet.

Geschichten über einen Vater in der Armee, der eiserne Disziplin einforderte und nur in den Ferien nach Hause kam. Über einen Sommer mit Gelbsucht und wie seine Mutter ihn gesund pflegte. Bittere Anekdoten über aufrührerische Reden, die er an seinen Arbeitsplätzen geschwungen hat. Eine gestaltwandelnde Geschichte, wie oft er die Partei gewechselt hat – von der marxistischen in die marxistisch-leninistische, zum Volkskrieg, zu den Maoisten. Wie er vom Linken zum Radikalen zum Untergrundkämpfer wurde und dabei mit jedem Schritt extremistischer. Inmitten all dieses Abenteurertums Träume von den Kindern, die er gern hätte, den Namen, die er ihnen geben möchte, wohin er in den Ferien mit ihnen fahren würde.

Mitgefühl erscheint möglich; ich habe ein zwanghaftes Bedürfnis, es wie Kleingeld zu verteilen, aber die Autorin in mir ist stärker als die Frau in mir. Eines Abends, als ich Masala-Tee und frisch gebackene Zwiebelpakoras als Snack für einen regnerischen Tag vorbereite, kommt er mit einer Hose, die lange unberührt und unbehelligt im Schrank hing, in die Küche; er erklärt mir, sie habe einem Freund gehört, einem Genossen, der erschossen wurde, als ihre Truppe in den Westghats unter Beschuss geriet. Er hält sich die Hose des Toten ehrfurchtsvoll vor die Augen, dann drückt er sie wieder an die Brust. Ich mache mir in Gedanken Notizen und entwerfe das Narrativ, während er spricht. Ich frage ihn, ob er seinen Freund hat sterben sehen, ob noch jemand da war, ob sie versucht haben, ihn zu retten. Es schmerzt ihn, darüber zu reden, aber ich spüre auch, dass er die Einzelheiten unbedingt loswerden will. Ich muss nur zulassen, dass sich die Geschichte abspult. Konntet ihr seinen Leichnam bergen? Oh nein, habt ihr euren sterbenden Freund zurückgelassen, weil ihr euer eigenes Leben retten wolltet? Das muss schrecklich gewesen sein. Ich weiß, es ist nicht deine Schuld. Nein, es ist nicht deine Schuld, mein Liebster. Ich weiß, warum du dir die Schuld dafür gibst. Warst du dir wenigstens sicher, dass er tot war? Was, wenn ihn die Polizei später gefoltert hat? Haben sie zumindest den Leichnam zurückgegeben? Er weint, ringt nach Luft, während er versucht, mir die Einzelheiten zu erklären. Seine Stimme bricht, aber meine Entschlossenheit, ihn in die Resignation zu treiben, ist noch nicht gebrochen. Ich bringe ihn sanft dazu, sich schluchzend auf dem Boden zusammenzurollen, sich an den Kopf zu schlagen, die Hose an die Brust gepresst.

Ich bin erstaunt, wie gleichgültig ich sein kann. Während er vor meinen Füßen zusammenbricht, schaue ich nur zu, mache mir noch immer gedankliche Notizen, nummeriere meine Beobachtungen: 1) Es ist möglich, emotional mit ihm zu spielen, ihn in die Verzweiflung zu treiben, in Wut zu versetzen, alles, was ich möchte. 2) Eine Hose ist ein prima Requisit.

So übernimmt die Autorin in mir die Regie. Was, wenn jemand sich entschließen würde, einen Film über einen mutigen jungen Kämpfer zu drehen, der unter einer posttraumatischen Belastungsstörung leidet? Was könnte er ihm in die Hände geben? Was ist eines der wenigen Dinge, die ihm nicht die Männlichkeit nehmen und gleichzeitig seine Verletzlichkeit unterstreichen? *Eine Hose.*

Das ist mein Gedankengang. Ich setze das, was ich in der Zurückgezogenheit unseres Hauses sehe und erlebe, sofort in Kunst um. Ich habe mich mit dieser Ehe in eine gefährliche Lage gebracht, aber selbst in dieser komplizierten Position fallen mir noch Plot Points ein.

Das ist das Berufsrisiko einer schreibenden Ehefrau.

***

Der misstrauische, gewalttätige Ehemann ist eine eingeführte Figur, aber einfach dadurch, dass er ist, wie er ist, wird er der erste Ankerpunkt für einen Handlungsentwurf. Es ist ein Plot, der nirgendwohin führt, außer schwindelerregend im Kreis, und es ist ein Plot, der fest unter seiner Kontrolle bleibt. Doch in letzter Zeit lerne ich langsam, wie ich ihm die Kontrolle wieder entreißen kann – erst durch mein Experiment mit dem Schweigen, das mit der überraschenden Wendung der regulierenden, disziplinarischen Vergewaltigung endete; zuletzt durch die Episode mit der Hose.

Ich erinnere mich an den wesentlichen Punkt, den es ausmacht, eine Autorin zu sein. Eine Autorin ist jemand, die die Fäden der Erzählung in der Hand hält.

***

Im marxistischen Jargon, den ich wissbegierig von meinem Mann übernommen habe, kann ich stolz behaupten: Es gibt die Taktik, und es gibt die Strategie.

Ich bin zur Strategin geworden.

Ich genieße es, die köstlichen Einzelheiten der Episode mit der Hose immer wieder durchzugehen. Ich erinnere mich, dass meine Weigerung, zur Gynäkologin zu gehen, genügte, um ihn dazu zu bringen, sich mit einer glühenden Kelle Verbrennungen am eigenen Körper zuzufügen. Zum ersten Mal wird mir klar, dass seine Gewalt gegen mich manchmal umgedreht und gegen ihn selbst gerichtet werden kann.

Das gibt mir Hoffnung. Ich weiß, seine Wut ist eine Vorrichtung, die ich nach Belieben zur Explosion bringen kann. Wenn der richtige Moment kommt, kann ich den roten Knopf drücken und dieses klassische Alltagsdrama nach meinen eigenen Bedingungen beenden.

***

Ich beschließe, dass ich es nicht zulassen möchte, als die heißblütige Frau dargestellt zu werden, die einem Mann davongelaufen und in die weit geöffneten Arme des nächsten gerannt ist. Ich werde es nicht zulassen, die gute Ehefrau, die gute Mutter, die nichtsnutzige Frau zu werden, auf die mich die Ehe reduzieren will. Ich werde nicht zulassen, dass meine Geschichte als moralisches Lehrstück erzählt wird –

über lose Frauen, über einsame Autorinnen, über melancholische Dichterinnen, über kreative, labile Künstlerinnen, nicht einmal als Geschichte über eine große Schlacht gegen Kopfläuse. Ich werde Ihnen allen ein Ende dieser Geschichte präsentieren, gegen das Sie nichts haben können. Ich werde durchhalten, bis ich Ihnen persönlich den abschließenden Erzählstrang liefern kann, zu dem Sie mir mit Tränen in den Augen Ihre hart verdiente Zustimmung geben müssen – die Rückkehr in mein Elternhaus, die Rückkehr in einen Zustand der Unschuld, ein Rückkehrsystem.

Meinen Eltern, gefangen in der selbsterfüllenden Prophezeiung des vorbildlichen Bürgertums, werde ich ihren verletzten Stolz zugestehen. Wenn ich geprügelt nach Hause gelaufen komme, um mein Leben zu retten, können sie die Nachbarn daran erinnern, wie sehr wir alle versucht haben, meine Ehe zu retten, doch allein die Tatsache, dass sie mich wiederhaben, ist ein eindeutiger Beweis, dass ich etwas richtig gemacht habe oder mein Ehemann etwas unaussprechlich falsch.

Ich rufe sie an, um sie vorzubereiten. Ich bringe den Mut auf, von meiner Scham zu sprechen, darüber, wie ich behandelt wurde, was es bedeutet, in der ständigen Angst zu leben, umgebracht zu werden. Ich wiederhole die Drohung meines Mannes, mich zu skalpieren, Wort für Wort. Ich spreche von meinem Tod. Ich halte die bedrohlichen Worte vorsichtig wie ein Kämpfer seine Handgranate, dann ziehe ich den Splint. »Wenn er das nächste Mal von Mord spricht, komm nach Hause!«, beschwört mich meine Mutter. »Wenn er es noch mal tut, lauf um dein Leben, ohne dich noch einmal umzusehen!«, befiehlt mein Vater. »Wir sind für dich da«, sagen sie endlich, viel zu spät, aber einmütig.

***

Bis dahin bleibe ich. Ich bleibe, denn ich habe keine andere Wahl, bis eine zulässige Auflösung in Reichweite ist. In den Augen der Welt ist eine Frau, die vor dem Tod davonläuft, würdiger als eine Frau, die vor ihrem Mann davonläuft. Sie muss sich nicht von der Gesellschaft steinigen lassen, wenn sie davonkommt. Um die Kontrolle über meine eigene Geschichte zurückzubekommen, muss ich mein Leben weiterhin gefährden.

***

»Wer hat noch mal gesagt, dass du mich verlassen wirst?«

Draußen regnet es. Der Himmel ist verhangen, das trübe Licht eines frühen Januarabends. Ich habe keine Energie zu antworten. Ich vergrabe meinen Kopf an seiner Brust. Ich hasse ihn, aber so kurz vor dem Ende verspüre ich die Trauer der Schriftstellerin über das Ende einer Romanfigur. Er legt die Hände um meine Schultern, küsst mich auf die Stirn.

»Wir haben alle widerlegt, was? Wir sind unzertrennlich. Keine Kraft kann uns auseinanderbringen. Alle, die gesagt haben, du seist kein Ehefrauenmaterial und würdest nur für One-Night-Stands taugen, werden Abbitte leisten müssen. Du bist meine wunderbare Frau. Meine perfekte Frau. Ich hätte nicht geglaubt, dass es so weit mit uns kommen könnte. Und jetzt schau uns an. Wir sind vollkommen.«

***

In der Küche enthülse ich Erbsen und zerteile Pilze und Paprika. Ich koche ein Curry mit Auberginen und grünen Chilis. Der Reis tanzt im kochenden Wasser. Ich gieße ihn ab und stelle ihn zur Seite. Als ich nachschaue, stehen sämtliche Körner aufrecht, wie zum Gebet. Ich rufe meinen Mann zum Essen. Er ist mit Auswertungsbögen beschäftigt. In diesem Moment erscheint eine Nachricht auf meinem Handy. Ein unbeantworteter Anruf. Dann noch einer. Dann noch einer. Fast, als wollte sich jemand einen Scherz erlauben. Er verlangt, dass ich ihm sage, wer der geheime Anrufer ist. Ich kenne die Nummer nicht, ich erkenne sie nicht wieder. Als wir zurückrufen, geht die Person am anderen Ende ran, bleibt aber stumm und legt auf. Mein Mann ruft die Nummer wieder und wieder an, schreit in das Plastik-Headset. Bald wird das geheimnisvolle Telefon ausgeschaltet, und er landet jedes Mal auf der Mailbox. Es ärgert ihn. Er dreht sich zu mir um und will wissen, wer das ist. Er fängt an, meine Verflossenen aufzuzählen, will wissen, ob ich wieder mit dem Politiker vögle, ob ich mich wieder mit einem alten Unifreund eingelassen habe. Er erklärt mir, ich widere ihn an, dass ich ihn mit meiner Geschichte verseuche, dass ich nicht gut genug für ihn bin, dass ich schon wieder unsere Ehe zerrütte.

Ich sehe meine Chance und schärfe die Klinge.

»Aber Liebster«, sage ich ruhig, »warum die ganze Heuchelei? Du bist doch derjenige, der schon eine gescheiterte Ehe hinter sich hat.«

Ich schiebe ihm die Worte zwischen die Rippen wie ein Stilett. Er schnappt tatsächlich nach Luft. Reißt die Augen auf. Zum ersten Mal, seit ich ihn kennengelernt habe, weiß er nicht, was er sagen soll. Und als ich ihm zuschaue, wie er versucht, seiner Verwirrung eine Form zu geben, weiß ich, ich habe gewonnen. Seine offene Hand klatscht an meine Kehle und drückt zu. Er hebt mich hoch, drückt mich nur am Hals gegen die Wand. Meine Beine baumeln hilflos herab. Ich bekomme keine Luft mehr. In meinem Kopf wiederholt sich endlos ein Satz: *Es wird vorbeigehen, es wird vorbeigehen, es wird vorbeigehen, es wird vorbeigehen*.

»Der Tod macht dir Angst. Das ist der Unterschied zwischen mir und dir. Ich habe keine Angst vor dem Tod. Ich kann töten, aber im selben Augenblick kann ich sterben. Für mich ist beides dasselbe. Für dich nicht. Du bist hungrig, gierig, bettelst um dein Leben. Schau dich jetzt an. So voller Angst. Ich kann nur über dich lachen. Schau dich an. Du wirst nie, nie, niemals eine Revolutionärin sein.«

Er nimmt seine Hand weg, und ich breche zusammen. Meine Lungen blähen sich mühsam, ich ringe nach Luft, doch als ich wieder atmen kann, blicke ich zu ihm auf und lächle herausfordernd. Meine Stimme findet nur schwer ihren Weg durch meine gequetschte Kehle, aber die Worte, die ich brauche, formen sich von selbst zu perfekten Sätzen, sie finden ihren Weg, qualvoll, wie der wütende Schrei eines Tieres, das zusieht, wie ein anderes geschlachtet wird, kraftvoll wie regenbringender Wind, der Palmwedel peitscht. Mein Herz schlägt bis zum Hals im Rhythmus eines imaginären Maschinengewehrfeuers.

»Revolutionär? Sie haben deinen Freund erschossen, und du hast seinen Leichnam dem Feind überlassen. Tu nicht so, als wärst du ein Revolutionär. Erzähl mir nicht, wie mutig du bist. Ein mutiger Mann läuft nicht davon. Ein mutiger Mann schlägt und vergewaltigt seine Frau nicht. Du, mein lieber Ehemann, bist kein mutiger Mann.«

Ich übertreffe meinen gedanklichen Szenenentwurf noch. Er brüllt und schreit mich an, während er mich auf dem Boden des Wohnzimmers niederhält, aber ich höre ihn nicht mehr. Er hält mein Gesicht mit dem Fuß unten, seine Zehen graben sich in meine Wange, stampfen auf mein Ohr. So fordert er mein Schweigen. Ich sehe, wie seine Lippen Worte bilden – Hure, Schlampe, Fotze, Pro-sti-tu-ier-te –, aber seine Stimme erreicht mich nicht mehr. Hier auf dem Boden, die Hände um seine Knöchel geklammert, sehe ich aus wie eine betende Frau, wie eine, die um ihr Leben bettelt. Die Schläge regnen auf mich herab, und dann wird das Klingeln in meinen Ohren endlich von dem Satz durchbrochen, auf den ich gewartet habe: »Ich werde es zu Ende bringen. Jetzt. Du wirst sterben. Das hätte ich schon lange tun sollen.«

Zum ersten Mal in meiner Ehe habe ich keine Angst. Ich weiß, dass meine Worte ihm seine Männlichkeit genommen haben, sie haben ihn bis zur Impotenz beschämt. Ich weiß, dass meine Worte ihn unfähig gemacht haben, seine Drohung wahrzumachen, und dass jetzt in dem Raum zwischen uns seine Feigheit sichtbar wird, weil sie beim Namen genannt wurde. Aber seine verbale Drohung, mich umzubringen, genügt. Genau darum ging es mir. Er schreibt das Ende selbst, das ich für uns vorgesehen habe. Großzügig gestehe ich ihm die Urheberschaft zu. Er serviert die schwarz-weiße Version, die diese Welt verlangt. Ich schließe die Augen und warte darauf, dass er zum Ende kommt.

***

Alles, was ich brauche, passt in eine Umhängetasche. Bankkarte. Laptop. Pass. Mein Handy, das er mich nie hat benutzen lassen. Das alles gehört mir. Mehr fiel mir nicht ein. Für mehr reichte die Zeit nicht. Mehr wollte ich nicht mitnehmen.

Ich rufe zu Hause an. Ich sage meiner Mutter, dass ich zu ihr komme. Verletzt, aber am Leben. Der Mond scheint in meinem Rücken. Die Autorikscha rast in die Nacht davon. Ich streife diese erbärmliche Stadt ab wie eine alte Haut.

XIII

Wenn ich eines nicht brauche,
dann sind das noch mehr Entschuldigungen.
Ich werd schon an der Haustür
von Entschuldigungen begrüßt,
du kannst deine behalten.
Ich weiß nicht, was ich damit soll.
Sie öffnen keine Türen
oder lassen die Sonne aufgehen.
Sie machen mich nicht glücklich,
und die Morgenzeitung holen sie auch nicht.

Ntozake Shange: »For Colored Girls Who Have
Considered Suicide / When The Rainbow Is Enuf«

Vier Monate und acht Tage lang war ich vom Radar verschwunden. Kein Handy, keine E-Mails, nicht einmal das kuratierte Glück auf Facebook.

Wenn man nichts von jemandem hört, ist das ein schlechtes Zeichen, aber das wissen die meisten Leute noch nicht.

Hat jemand nach mir gefragt?

Ein Freund sagt, er sei davon ausgegangen, mein Schweigen sei ein Bedürfnis nach Privatsphäre gewesen. Dass alles gut liefe, dass ich mich mit meinem Mann weit draußen auf dem Land vergraben hätte, dass mich anzurufen oder zu suchen nur gestört hätte und dass ich schon aus meinem kleinen Kaninchenbau kriechen würde, wenn ich das Bedürfnis hätte, die Sonne im Gesicht zu spüren.

Wir dachten, es sei ein gutes Zeichen, dass wir nichts hören.

Wir dachten, du wolltest Raum für dich.

Wir dachten, du würdest uns anrufen, wenn du so weit wärst.

Wir haben dir gemailt, aber dein Mann hat geantwortet, du würdest uns bald schreiben.

Wir dachten, du wärst nicht auf Facebook, weil du so viel mit diesem neuen Projekt zu tun hattest, oder nicht?

Und überall sahen die Leute nur Normalität, keinerlei Probleme, ein gewöhnliches Dasein, denn das wollten sie sehen.

***

Man findet, ich habe Glück gehabt, weil ich meiner schlimmen Ehe schon nach vier Monaten entkommen bin. Man findet, ich sei zu unglücklich, um zu den Hochzeiten von Freunden eingeladen zu werden, als könnte meine verbitterte und kämpferische Aura die Himmelbetten der Frischvermählten auseinanderreißen.

Du kannst nicht immer alles haben, Baby.

***

Selbst nachdem sie meine Geschichte gehört haben, verstecken Frauen ihre Männer vor mir.

Man könnte meinen, es würde mir an die Nieren gehen oder dass ich deshalb über weibliche Rivalität und Unsicherheit nachgrübeln würde. Nein. Ich bin dankbar für kleine Gesten. Ich hatte selbst mal einen Mann, den ich vor der Welt verstecken wollte.

***

Statt eines Erschießungskommandos erwartet mich ein Trommelfeuer endloser Verhöre.

Warum ist sie nicht weggelaufen?

Warum hat sie nicht die Gelegenheiten zur Flucht ergriffen, die sich ihr boten?

Warum ist sie geblieben, wenn die Umstände wirklich so schlimm waren, wie sie behauptet?

Wie viel davon war wirklich nicht einvernehmlich?

Ich will Ihnen eine Geschichte erzählen. Diesmal nicht meine. Es ist die Geschichte eines Mädchens, das wir nach ihrem Geburtsort benennen, weil wir nicht integer genug sind, auch nur ihren Namen auszusprechen. Das Mädchen aus Suryanelli.

Zweiundvierzig Männer vergewaltigen dieses Mädchen über einen Zeitraum von vierzig Tagen.

Sie ist sechzehn Jahre alt.

Die Polizei untersucht ihren Fall nicht. Das oberste Gericht zweifelt an ihrem Charakter. Das oberste Gericht im Land stellt die erwartbaren Fragen. Warum ist sie nicht weggelaufen? Warum hat sie nicht die Gelegenheiten zur Flucht ergriffen, die sie hatte? Warum ist sie geblieben, wenn die Umstände wirklich so schlimm waren, wie sie behauptet? Wie viel davon war *wirklich* nicht einvernehmlich?

Manchmal sind nicht die Prügel die Schande, nicht die Vergewaltigungen.

Die Schmach ist die Forderung, sich rechtfertigen zu müssen.

***

Ich bin keine hilflose junge Frau. Ich bin kein Abbild der jungfräulichen Unschuld, eine, deren Eltern sie durch eine arrangierte Ehe an einen Mann gefesselt haben. Solch einer hilflosen Frau kann das passieren.

Aber das bin ich nicht. Ich bin hart, schroff, streng. Die Frau, die diese verrückten, wütenden und unverschämten Gedichte über Leben, Liebe und Sex geschrieben hat.

Ich habe keine Angst vor Männern; ich habe mich selbst in dem widerspenstigen Bild des genauen, kompromisslosen Gegenteils erfunden – die Frau, vor der Männer Angst haben. Ich bin antizerbrechlich. Ich bin dazu gemacht, nicht zu brechen. Das ist einer der Gründe, warum es schwerer wird, über die Gewalt zu sprechen. Wer ich bin, wird zu meinem eigenen Verderben.

Dir ist so was passiert? Die Ungläubigkeit.

Du hast zugelassen, dass dir all das passiert? Die Betroffenheit.

Warum hast du dir das alles gefallen lassen? Die Scham.

Du wusstest es doch besser, oder? Wieder die Scham.

Warum hast du dich nicht an jemanden von uns gewandt? Das mangelnde Vertrauen.

Wenn wir nur gewusst hätten ...

Es kommt ihnen nicht in den Sinn, dass eine Frau, die geschlagen wird, so eingeschüchtert ist, dass sie irgendwann das Gefühl hat, glaubt, weiß, dass andere um Hilfe zu bitten sie nur noch mehr in Gefahr bringen wird. In ihren Fragen und ihren Antworten erkenne ich, dass selbst diejenigen von ihnen, die die Theorie beherrschen, die Erfahrungen nicht durchlebt haben: Ihnen fehlt das Verständnis, dass eine Frau, die missbraucht wird, nur von *einem* Menschen Hilfe erwarten kann. Von sich selbst.

***

Keinen Mann in meinem Leben zu haben führt zu einer Serie von kleinen Aktivitäten und Ritualen. Ich ersetze Männer durch Platzhalter.

Eine leere Seite. Poesie in Übersetzung, voller unbeholfener, charmanter Metaphern. Die lustigen Kommentare unter einem nüchternen Artikel lesen. Mich ein bisschen in andere Frauen verknallen. Das zufriedene Hochgefühl, wenn ich nur für mich etwas zu essen koche. Die in Butter bräunenden Pilze und kurze Zeit ein scharfer Geruch, der mich an Sex erinnert.

Eine Katze, irgendeine Katze, denn im Moment fehlt mir das Selbstbewusstsein, und ich brauche dringend ein paar grundlegende Lektionen in Unabhängigkeit und Haltung. Die Kleiderschränke meiner Freundinnen plündern. Lange Röcke. Perlenketten. Nicht zusammenpassende baumelnde Ohrringe und der Mut, sie in der Öffentlichkeit zu tragen. Komplimente von Fremden auf der Straße.

Zusehen, wie Pfauenfedern zwischen den Seiten meines Tagebuchs langsam wachsen, den Walzer von Eisenspänen mit einem Magneten unter einem Papier choreografieren, Blumen in schweren Büchern pressen, einen *Dupatta* zu batiken versuchen.

Elfriede Jelinek und Clarice Lispector. Frauen, die Frauen schreiben, auf eine Art, wie ich vielleicht eines Tages auch schreiben werde.

Lange, sprunghafte E-Mails mit nummerierten Listen und halb formulierten Gedichten. Schillernde Flüche, mit denen ich jeden Mann zur Hölle schicke. Die perverse Befriedigung, alle Avancen zurückzuweisen, selbst von den Männern, zu denen ich mich hingezogen fühle, weil ich an diesem Punkt in meinem Leben keine Lust habe, Platz für sie zu schaffen. Drei Tage lang dieselbe rostrote Tunika tragen, damit meine Energie mich nicht verlassen kann. Zweistündiges Duschen und Seifenblasen.

Schlaf.

Endlos »Calvin und Hobbes« lesen. Mir wünschen, ich hätte einen kleinen Sohn, genau wie Calvin. Der unleugbare Drang, all die hübschen Kinder zu adoptieren, die ich sehe. Meine Mutter lieben, trotz allem, weil sie es geschafft hat, dass ich noch ganz bin. Meinen Vater lieben, trotz allem, weil er sich um mich gekümmert hat, als ich gebrochen nach Hause kam.

Zwanghafte Magersucht oder der Wunsch, die Taille von bronzenen Chola-Statuen zu erreichen.

Mir vorstellen, ich wäre die Witwe jedes Mannes, den ich gedatet habe (und vor allem dessen, den ich geheiratet habe), und entsprechend der Intensität, mit der ich sie geliebt habe, zu trauern. Auf die Knie sinken und um sie weinen. Mir an die Brust schlagen. Schwarz tragen. Weiß tragen. Nichts als weinroten Lippenstift tragen, denn an manche Männer muss man sich auf diese Art erinnern.

Spiegel. Schreien, Heulen, scheues Lächeln in ihrer Gegenwart. Die Monologe, die Dialoge, die verwirrende Unbeständigkeit, für ein Ein-Frau-Publikum das Leben auszuspielen. Die Seelengespräche, in denen ich mich selbst zu jedem Moment beglückwünsche, in dem ich mich nicht um die unbelehrbare Natur der Liebe kümmern muss, um ihr schweres Gepäck und die bitteren Streits, die überflüssigen Fragen von Männern, die wertlose Eifersucht anderer Frauen.

Das Gespräch, das ich nie führe, aber ständig im Kopf übe: Ich bin ein zähes Miststück, ich schaffe das, ich freue mich, dass du mich gefragt hast, ob du mir helfen kannst. Ich habe diese Traurigkeit nicht verdient. Ob ich all diese Liebe verdiene, weiß ich auch nicht.

Der Rückzug der tausend Ängste in meinem Kopf, als ich anfange zu laufen. Meine trotzig gereckten Schultern, die mich selbst überraschen. Meine wilden Haare mit ihrem Eigenleben, in dem meine Liebhaber ihre Küsse und Gebete vergraben haben.

Und zuletzt die Welt der Bücher, die ich betrete, die Welt, die ich beim Schreiben schaffe, die Worttunnel, die ich aushöhle, in denen ich mich selbst vergrabe.

***

Für ein Magazin schreibe ich einen Bericht über meine Ehe in der Ichform. Hunderte von Frauen schreiben mir, dass sie in den etwas mehr als tausend Wörtern meines Artikels ihre Geschichten erkennen, ihre Stimme, ihre Tränen. Eine Frau aus Australien erzählt mir, dass ihre Freundin, ein Opfer häuslicher Gewalt, am 10. Januar 2012 getötet wurde. Das war der Tag, an dem mein Mann mich an die Wand drückte und drohte, mich umzubringen. Der Tag, an dem ich ging. Der Zufall ist gespenstisch.

In den folgenden Tagen haben die sozialen Medien, schon wenn ich aufwache, jeden einzelnen Strang meines Lebens aufgedröselt. Die Autopsie meiner Ehe enthüllt mehr über die Menschen und ihre Vorurteile als über mich oder meinen Mann. Sie fällen ihr Urteil schnell, behaupten, mein Täter sei Tamile aus Sri Lanka, ein Dalit, ein Christ. Er ist nichts davon. Es ist eine einfache Lösung, um die Gesellschaft von einer Schuld freizusprechen und um Randgruppen zu Unruhestiftern zu machen.

Die schlimmsten Angriffe geben mir die Schuld. Was für eine Feministin war sie überhaupt? Warum hat sie das vier Monate mit sich machen lassen? Ist das ein Werbegag? Und dann die knifflige Frage: Wenn sie wirklich missbraucht wurde, warum heult sie sich dann in den Medien aus, warum geht sie nicht zur Polizei? Wenn sie wirklich missbraucht wurde, warum zeigt sie den Täter dann nicht an? Eine Verurteilung durch die Medien ist kein Beweis, ihr Mann muss vor einem Gericht schuldig gesprochen werden. Wenn sie Feministin ist, warum lässt sie ihren Vergewaltiger und Schläger ungeschoren davonkommen?

Ich mag aus Mangalore weggezogen sein, aus der Ehe geflohen, aber mir wird klar, dass ich dem Missbrauch nicht entkommen kann. Um das Gesicht zu wahren und in der Hoffnung auf Gerechtigkeit übergebe ich den Leichnam meiner Ehe der Polizei. Ich treffe Anwälte, ich zahle mit dem unregelmäßigen, kargen Einkommen einer Autorin die Beratungshonorare.

***

Mir wird bewusst, dass die Buße nicht damit endet, dass ich mich selbst ans Kreuz nagle. Um für die Sünden der Welt zu leiden, muss man viel mehr erdulden. Für diejenigen, die nur die öffentliche Person kennen, werde ich erst rehabilitiert sein, wenn ich an sämtliche Türen der Justiz geklopft, wenn ich den Schuldigen ins Gefängnis gebracht, wenn ich meine Tragödie immer wieder aufs Neue durchlebt habe, beim Stellen von Anträgen, beim Erheben von Klagen, beim Abgeben eidesstattlicher Versicherungen und durch eine irrwitzige Menge an Fällen, die um mich herum wuchern, von einer Stadt zur nächsten. Bei denjenigen, die mich persönlich kennen, wird es zu meiner Aufgabe, ihre Tränen zu trocknen, ihren Gram um die unglücklichen Umstände meiner Ehe zu lindern, ihnen das Gefühl zu geben, dass alles irgendwie besser war, als es dargestellt wurde.

Beinahe ein Jahr nachdem ich gegangen bin, besuche ich einen tamilischen Freund in seinem Haus. Ich spiele mit seinem Sohn, seine Frau räumt um uns herum, er macht sich fertig, um zur Arbeit zu gehen. Es ist der dritte und letzte Tag meines Besuchs.

»Ich habe gelesen, was du über deine Ehe geschrieben hast.«

Er meint den Artikel aus dem Magazin.

»Okay.«

»Es ist traurig.«

»Klar.«

»Was du durchgemacht hast, ist schrecklich. Das bestreite ich nicht.«

»Okay. Und?«

»Nur dieser Mann, wie du den da beschreibst – als wäre er ein Monster. Die Verkörperung alles Bösen der ganzen Welt.«

»Nein, das habe ich nie gesagt.«

»Aber so kam es rüber.«

»Das war nicht meine Absicht. Es ging um seine Gewalt. Das ist alles.«

Da fragt mich ein Freund, ob es an meinem Ex-Mann nicht auch etwas Gutes gegeben hat. Ich weiß nicht, wie ich mich rechtfertigen soll. Was soll ich Leuten wie ihm sagen, die ein ausgewogenes Bild haben wollen, die versichert haben wollen, dass das ein echter Mensch mit einer guten Seite war, nur damit sie an ihre eigene Menschlichkeit erinnert werden?

Mir wird bewusst, dass das der Fluch des Opferdaseins ist: sich genötigt zu fühlen, das Bild des Täters angemessen freundlich zu malen. *Vater, vergib ihnen, denn sie wissen nicht, was sie tun.* Die Güte des Landlords, die Freundlichkeit des Aufsehers, der Humor des Kriminellen, die Pünktlichkeit des Frauenschlägers.

Er machte die beste *Rasam,* die ich je gekostet habe. Er sang immer schief, aber völlig unbekümmert. Dass ich ihn manchmal, wenn er nicht wütend oder hochmütig war, mit einem verlorenen Ausdruck in den Augen sah. Er bekam Grübchen, wenn er lächelte. Er sehnte sich nach der Anerkennung seiner Mutter – doch aus irgendeinem Grund bekam er sie nie. Sein Vater, ein Major in der indischen Armee, hatte ihn als Kind oft geschlagen. Er hatte es sich jedes Mal, wenn es passierte, in einem kleinen Notizbuch notiert. Man konnte leicht glauben, ein bisschen Liebe würde ihn heilen. Das hatte ich mir selbst erfolgreich eingeredet, als alles mir sagte, dass ich mich irrte.

Er neigte zu Notlügen. Doch ich wusste, er liebte mich. Dass ich keine seiner Lügen war. Er konnte ohne ein Zeichen der Ermüdung stundenlang am Stück zu Fuß gehen. Er wusste nicht, was er tun sollte, als wir zum Ullal Beach fuhren – allein mit mir in der freien Natur unter einer erbarmungslosen Nachmittagssonne sah er hilflos aus, fast fehl am Platz. Es war nichts Romantisches an ihm, und das war liebenswert.

Wenn andere Leute um uns herum waren, Leute, die er nicht kannte, die für seine Karriere oder seine Politik nicht wichtig waren – und dazu gehörten auch meine Eltern –, redete er pausenlos auf mich ein, als hätte er Angst, dass ich seine erste Atempause sofort nutzen würde, um allein weiterzugehen, als wäre sein Reden eine Schlinge, als könnte nur sie mich davon abhalten, ihn hinter mir zu lassen.

***

Mein Mann war der einzige Mann, den ich verlassen habe. Vor meiner Ehe waren es die Männer, die mich verließen. Auch danach, in meinem Leben als Geschiedene, verließen sie mich wieder.

Ich weiß jetzt den Moment zu lesen, an dem es beginnt. Über Nacht ziehen sich ihre Augen ins Exil zurück. Wenn sie aufwachen, trägt ihr Blick das offene Desinteresse eines Fremden. Die Männer bleiben noch eine Weile, bis sie das vertraute Jucken in den Füßen nicht mehr aushalten, dann sind sie weg.

***

Manche Männer lassen mich zurück mit Erinnerungen, einer gemeinsamen Geheimsprache, unvollendeten Gedichten, ausgefransten alten T-Shirts, halb erzählten Anekdoten aus ihrer Kindheit, Zeitungsausschnitten in einer Schrift, die ich nicht lesen kann, mit von Eselsohren und Unterstreichungen verunstalteten Büchern, Schimpfwörtern, Vorlieben für Grunge-Sänger, aufgegebenen Versprechen für gemeinsame Urlaube.

Manche Männer halten es minimal: klirren reuevoll mit den Autoschlüsseln in ihren Taschen, wenn sie zur Tür eilen und mich mit einem letzten, unbeholfenen Knutschfleck stehen lassen. Ich trage ihn noch höchstens eine Woche auf meiner Haut, bis er zusammen mit unseren gemeinsamen Träumen verblasst.

Manche Männer verlassen mich mit tausend Küssen, aber diese Küsse sind ansteckend, und wenn sie mich einmal erwischt haben, ist es ein Fluch – sie halten mich wach, fiebrig, ich kann nicht schlafen, Nacht um Nacht um Nacht.

Manche Männer verlassen mich mit ungeklärten Streitigkeiten, und ich sehne mich wütend, weil ich mich nie entschuldigen oder bestätigt fühlen konnte, und ich den Rest meines Lebens wie eine Studentin leben muss, die bei einer Prüfung durchgefallen ist, mit einer Liste von Argumenten, die ich nicht anbringen oder zugestehen kann.

Manche Männer verlassen mich, weil es für sie Routine ist – sich weigern, Schuld zu geben oder anzunehmen, die traurige Wendung der Ereignisse einfach der Zeit, dem Ort, dem Glück, dem Stress, den Sternen, dem Job oder ihren jeweiligen ehrbaren Familien zuschreiben.

Manche Männer verlassen mich, noch während sie mit mir zusammen sind, weil sie wissen, dass ich sie nie werde lieben können, wie ihre Mutter sie geliebt hat, und dass sie mich nie werden lieben können, wie sie sich selbst lieben.
Manche Männer verlassen mich wegen meiner mangeln-

den Dienstbeflissenheit und weil sie es nicht gewohnt sind, an einem Ort zu leben, der kein geweihter Schrein ist, wo sie nicht als göttlich verehrt werden.

Manche Männer verlassen mich, weil ich unberechenbar bin – in einem Moment Sonnenschein, im nächsten Gewitterwolken; der Geruch des Sommerregens mit dem schlafraubenden Nachbeben des Donners. Sie können nicht mit dem Streit mithalten, der auf das Küssen folgt, das auf die Diskussion folgt, die auf das Lachen folgt, in unendlichen Schleifen.

Manche Männer verlassen mich, weil sie das unangebrachte Selbstvertrauen haben, dass sie mich jederzeit später im Leben wieder aufsammeln könnten, mich von dort pflücken, wo ich Wurzeln geschlagen habe, und mich in den Schatten dessen verpflanzen könnten, was sie zu bieten haben.

Manche Männer verlassen mich mitten in einem langen Kuss; ihre Zungen und Lippen funktionieren mechanisch, gleichzeitig rasen durch ihre Gedanken die geschäftlichen Ziele, Power-Point-Präsentationen, Büropolitik, das politische Mandat, die Krise des Kapitalismus, die Hochzeit der Schwester, die Leasingraten fürs Auto, Terrorismus, zu bezahlende Rechnungen, die neue Kellnerin, die oft genug gelächelt hat, um ernst genommen zu werden, die letzte Ex-Freundin, die im Lauf der vergangenen Woche angefangen hat, mehrdeutige Signale zu senden, die Pläne für den nächsten Tag, Gegenstände am falschen Platz und die glühende Vorfreude auf ein Piepsen ihres Handys.

Manche Männer verlassen mich einfach, sobald sie gekommen sind. Andere erst, nachdem wir uns gemeinsam durchs Kamasutra experimentiert haben und mein Körper sich in alle Richtungen verbogen hat, die ihre pornogesteuerte Lust verlangt, und jetzt ist Sex mit mir nichts Neues mehr, also ziehen sie weiter, zu Frauen, die veränderlicher, beweglicher, jünger und, ganz wichtig: naiver sind.

Manche Männer verlassen mich, bevor überhaupt etwas zwischen uns anfangen konnte, weil sie Angst davor haben, dass ich einfache Wörter wie *Käfig* und *Konsens* übertrieben politisch benutze, und sie finden, weil ich Autorin bin, mache ich nur Ärger, und wenn sie auch nur ansatzweise die Chance hätten, würden sie mich in Stein verwandeln oder in eine Salzsäule, aber weil sie nett und freundlich sind, entfernen sie sich selbst aus meinem Leben.

Manche Männer verlassen mich schweigend, weil ich den Fehler mache, ihnen zu sagen, dass andere Männer netter waren, aber in ihren Köpfen ist schon der Vergleich eine Zurückweisung, denn sie gehen davon aus, dass netter besser bedeutet, und besser bedeutet (was auch sonst?) besser im Bett, und besser im Bett bedeutet größerer Penis, und dieser Konkurrenzkampf bedeutet in Wirklichkeit Erniedrigung, beinahe eine Kastration, und dieses Niemandsland möchte kein Mann betreten.

Manche Männer verlassen mich, weil sie eine andere Frau kennengelernt haben, die nicht mit ihren Worten wirft, als wären es Molotowcocktails, die bessere Erinnerungen in Schwarz-Weiß schafft, die statthafte Mengen an Bitterkeit in sich trägt, die weiß, wohin sie gehört und die das Lob dieser Männer singt.

Manche Männer verlassen mich, weil sie keine anderen Möglichkeiten mehr haben, sie verlassen mich, weil meine Augen nicht mehr vor Liebe leuchten und es sie zerbricht zu sehen, das etwas in mir zerbrochen ist.

***

Währenddessen führt das Streben nach Gerechtigkeit nirgendwohin.

Stellen Sie sich das marode Innere einer indischen Polizeiwache vor, rote Ziegel, Kleinkriminelle sitzen mit über den Knien gefalteten Händen an den Wänden der Korridore auf dem Boden. Die Holzbänke sind für die respektableren Besucher reserviert. Ausgebleichte Deckenventilatoren mit jahrelang angesammelten Spinnweben knarzen widerwillig bei jeder Drehung. Ein alter Constable streckt sich wie eine Katze vor ihrem Nachmittagsnickerchen in der Sonne, er gehört schon genauso lange zum Inventar wie der Rest der Möbel. Telefone, Funkgeräte und Berge von Papierkram auf jedem Tisch. Ein Computer in der Ecke, zur Benutzung für den jüngsten und einzigen dazu fähigen Officer reserviert. In dieser Szene des alltäglichen Chaos ein abgeteilter Bereich für Frauen. Eine korpulente Polizistin sieht sich Fotos meiner Ehe an und fragt mich, wie groß mein Mann ist (eins achtundachtzig) und wie groß ich bin (eins fünfundfünfzig). Sie deutet an, da gäbe es wenig Vereinbarkeit. »Warum haben Sie ihn geheiratet?«, fragt sie feixend. »Haben Sie einen großen Schwanz erwartet?« Sie sieht mich mit einem platten, höhnischen Blick an. Ich antworte nicht. Scham hat viele Geschmacksrichtungen. Diese hier muss schweigend geschluckt werden.

Sie schimpft auf meine Mutter, weil sie meinem Mann keine Mitgift gegeben hat. Männer, die ein Mädchen für eine Mitgift heiraten, behandeln sie nett. Männer, die sie aus anderen Gründen heiraten, tja, *so* endet das dann.

Danach die unvermeidliche Frage: Liebe oder arrangierte Ehe? Ich weiß nicht so genau, was ich antworten soll. Liebe und arrangierte Ehe, denke ich. Ich wiederhole die Zusammenfassung meiner Geschichte. Wir haben uns auf Facebook kennengelernt. Ich engagierte mich in einer Aktion gegen die Todesstrafe. Wir hatten gemeinsame Freunde. Wir fragten einander bei der Formulierung von Statements um Rat. Es wurde zu einer Freundschaft. Ich öffnete mich ihm. Er wirkte prinzipientreu, ehrlich und ungeheuer respektvoll. Die Diskussionen immer höflich, politisch. Ich sah keinen Grund zu flirten, die Grenzen unserer Kameradschaft zu verletzen. Es war ein Raum, in dem ich mich sicher fühlte. Ich vertraute ihm so weit, dass ich ihm erzählte, was ich dachte. Wir machten Zukunftspläne. Ich war ein Single mit gebrochenem Herzen. Ich wollte keine Spielchen. Er bot an, mich zu heiraten. Damals war das alles, was ich von einem Mann hören wollte. Nicht wirklich Liebe. Nicht wirklich arrangiert. Wohin nun mit dem Dazwischen?

Sie hat überstürzt geheiratet. Sie hat sich überstürzt getrennt. Sie ist hineingerannt, sie ist davongerannt. Ich verstehe alle, die darüber urteilen.

***

Ich schreibe Briefe an das St. Alfonso College in Mangalore. Es gibt eine interne Untersuchung und eine kurze, knappe Antwort. »Wir werden ihn bitten zu kündigen.«

Diese Abkürzung nehmen akademische Einrichtungen gern: die Kündigung eines Mannes fordern, statt sein Arbeitsverhältnis zu beenden. Ein missbräuchliches Fakultätsmitglied zu feuern ist mit Prozessen verbunden, mit Verfahren, einem Komitee, dessen Ergebnissen, der Entscheidung, seiner Revision. Seine Kündigung ist aus Sicht der Einrichtung einfacher – das Problem löst sich von selbst. Das Problem packt einfach seine Sachen, zieht in eine andere Stadt und schlägt dort die Zelte auf. Eine andere Universität, eine andere Stadt, andere Empfehlungen. Solange dieser Mann nicht ihnen Kopfschmerzen bereitet, ist die neue Übereinkunft dem alten Arbeitgeber gleichgültig. So wandelt er seine Gestalt und zieht herum. Von College zu College, Stadt zu Stadt, Land zu Land.

Er zieht nach Chennai, wird Englischdozent am Tambaram Christian College. Ich frage den Collegevorstand, warum sie ihn schützen. Na ja, was Ihnen passiert ist, ist etwas Persönliches, sagen sie. Etwas *Persönliches.*

Dann zieht er nach Südafrika. Er engagiert sich für eine breite Palette von Anliegen. Ein Paper über die Bedeutung muttersprachlicher Bildung für Zulu und indische Menschen. Die Notwendigkeit sicherer, gewaltfreier Haushalte in Durban und die Unterstützung der Gemeinde für betroffene Frauen. Die Aufzeichnung mündlicher Überlieferungen von Zwangsarbeitern, um die Geschichte ihrer Sklaverei und ihres Leids zu dokumentieren. Die beliebte palästinensische Sache. Auf der Welle der antiimperialistischen Stimmung befürwortet er sogar den IS als Konter gegen die amerikanische Kriegstreiberei. Aktivismus wird zur Maske, hinter der er sich versteckt. Er spielt die Rassenkarte aus, wenn sich dieser oder jener Vorgesetzte über seine aktuelle Haltung beschwert. Seine Wechselhaftigkeit kennt keine Grenzen. Seine Fachgebiete beinhalten auch Sexualität und Maskulinität. Das ist keine Heuchelei, das ist elegante fachübergreifende Mutation. Der messianische Status, der ihm zuerkannt wird, weil er die Sache der Enteigneten aufgreift, erlaubt es ihm, sich in Gemeinschaften einzugraben. Ab diesem Moment wäre es Blasphemie gegen einen Kreuzfahrer, über seine Frauenfeindlichkeit, seine Gewalt zu sprechen.

Zweieinhalb Jahre lang wird mein Fall nicht aufgerufen. Ich setze alle Hebel in Bewegung. Ich will, dass er nach Indien kommen und sich vor Gericht verantworten muss –

wenn er irgendwo anders die Staatsangehörigkeit annimmt, kann ich schlecht zu Interpol rennen.

Bedeutende kommunistische Autoren fungieren als Vermittler und sagen, ich müsse Stillschweigen über ihn bewahren. Ein Journalist kommt in mein Haus und bittet mich, eine finanzielle Entschädigung anzunehmen. Der Staatsanwalt für die Nebenklage, der die Aufgabe hat, mich zu vertreten, fragt mich, ob ich eifersüchtig auf seine neue Freundin bin. Das ist der Mann, der meinen Fall vor dem Staat vertreten wird.

Und dann ist da noch der Scheidungsantrag, von seinen Anwälten verschickt, der von Ultrafeminismus spricht und meinen Eltern die Schuld an meiner modernen Erziehung gibt. Alles zu vergessen scheint ein sinnloser, unerreichbarer Traum. Jahre nachdem du gegangen bist, hängst du noch immer im Netz einer miesen Ehe fest.

***

Die, die mir am nächsten stehen, tragen die Hauptlast. Meine Mutter bewältigt das Ganze, indem sie ihren Freundinnen in den schillerndsten Farben von meinen medizinischen Leiden berichtet. Leider kann sich mein Vater nicht mit ihrer Fantasie und ihrem erzählerischen Können messen.

In fast allem anderen kann er mithalten: beim Bildungsabschluss, der Anstellung als Staatsdiener, seinem Nettoverdienst, der Wahl der DMK-Partei, sie sind beide Frühaufsteher, feilschen um den Gemüsepreis, haben eine Vorliebe für Tee mit Kardamom, können in Gesichtern lesen, aus dem Stand gefühlvoll *Bharathiyar* und wörtlich Shakespeare zitieren, haben ein Repertoire an absolut authentischen tamilischen Flüchen und eine deutliche Neigung zu Aberglauben und Selbstmedikation.

Anders als meine Mutter mit ihrer Tendenz zu anschaulichen Beschreibungen ihres heldenhaften Kampfes, mich wieder in die menschliche Gemeinschaft zurückzuholen, geht mein Vater das Problem meiner übereilten Verehelichung und noch übereilteren Entehelichung äußerst methodisch an.

Wenn Leute ihn fragen, was seine Tochter tue, schätzt er kurz ab, wie nahe der Frager der Familie steht. Autorikschafahrer, entfernte Nachbarn, entfernte Verwandte bekommen die bereinigte Version, ich sei glücklich verheiratet und lebe in Amerika, Singapur oder London, je nachdem, welche Stadt in jenem Monat en vogue ist. In der auf die erste Ebene (also auf Fremde) zugeschnittenen Version der Geschichte meines Vaters lebe ich ein zufriedenes Expat-Leben, mein Mann lehrt an einer namhaften Universität, und wir sind ein glückliches Double-Income-No-Kids-Pärchen in einem Heim voller elektronischer Spielereien, wir tun, was immer wir wollen, und der einzige Grund, warum man den Schwiegersohn nicht in Chennai sieht, sind Green-Card-Auflagen oder die Arbeit an einem wichtigen Buch, die ihn am Reisen hindert.

In der Geschichte, die er für die zweite Ebene (einflussreiche Fremde) spinnt – also Arbeitskollegen, Nachbarn, Polizisten, College-Direktoren und Leute, zu denen er gern mal läuft, wenn er Hilfe braucht –, ist seine Tochter »momentan« wieder zu Hause, weil es da »ein kleines Missverständnis« gab und »Zeit heilt alle Wunden« und »die Liebe wächst mit der Entfernung« und »Sie wissen ja, wie das bei den jungen Leuten heutzutage so ist«.

Dann gibt es noch die Nichtgeschichte, zugeschnitten auf das Publikum der Ebene drei (nervige Bekannte), eine Kategorie, in der sich auch gemeinsame Freunde von Vater und Tochter finden, normalerweise als Kacheln an einer Facebook-Wand arrangiert. Das ist die Kategorie von Leuten, die mehr über meinen Geschmack bei Kaffee und Klamotten wissen als er, die wissen, dass ich das letzte Mal vom [hier Name des Cafés/Pubs einfügen] aus eingeloggt war, das ist die Kategorie, die sich heimlich fragt, ob das Glas, das ich auf dem Profilfoto vom TT/MM/JJJJ in der Hand halte, nur Cola enthält oder auch Jacky, und das ist die Kategorie, die die Namen der Männer kennt, die großzügig alle meine Posts liken. Das ist außerdem die heterogenste Kategorie, so gemischt wie eine Gruppe, die man auch am Koyambedu-Busbahnhof treffen könnte, inklusive des Mathematik-Tutors meines Vaters von damals, ein respektabler fünfundsiebzigjähriger Mann, der eines Tages wütend meinen Vater anrief, um sich zu beschweren, dass ich ein Foto hochgeladen hatte, auf dem mein BH-Träger auf meiner Schulter zu sehen war. Als meine Mutter dazu befragt wurde, erklärte sie nonchalant, dass ein BH-Träger natürlich auf die Schulter einer Frau gehöre, wohin denn sonst?, und wichtiger sei doch die Frage, warum ein alter Mann seine Zeit auf Facebook verbringe und sich den BH-Träger eines Mädchens anschaue, das er zum letzten Mal persönlich gesehen habe, als es zwei Jahre alt war.

Immer wenn mein Vater annimmt, dass sein Gegenüber zu Ebene drei gehört, achtet er darauf, dass das Wort Tochter, Kinder oder Nachwuchs (oder irgendeines seiner Synonyme) nicht im Gespräch auftaucht, und für den Fall, dass doch, und wenn dann die unvermeidlichen Fragen kommen, hat er eine vorbereitete Antwort parat: »Sagen Sie es mir. Sagen Sie mir, was mit ihr los ist. Sie ist flügge geworden und erwachsen. Als Vater kann man nicht alle Lebensbereichen seines Kindes überblicken.«

Ebene vier (Freunde, Familie und Wohlmeinende) ist die Kategorie von Leuten, die viel mehr von der Geschichte meiner unglücklichen Ehe wissen als nötig, und das sind diejenigen, die ihn kritisieren, eine eigensinnige Tochter großgezogen zu haben, ihr zu viel Bildung zugestanden zu haben, sie wie einen Sohn erzogen zu haben, sie nicht genügend gemaßregelt zu haben, sie ohne Aufsicht zum Studieren weggeschickt zu haben, diese stürmische Ehe zugelassen zu haben, sie nicht konsultiert zu haben, als die stürmische Ehe abzuflauen begann, und die ihn schelten, ein Pantoffelheld zu sein, der zu sehr auf seine Frau und Tochter hört. Ebene vier ist die Entmanner GmbH. Das sind diejenigen, denen mein Vater am wenigsten begegnen will, und als Antwort auf all ihre Belehrungen nickt er nur und seufzt: »Dieses Mädchen hat N-I-E auf mich gehört.«

***

Lange bevor ich »Cinema Paradiso« gesehen habe, bevor ich wusste, dass Alfredo wütend von Salvatore verlangen würde, die Kleinstadt zu verlassen, die sie ihr Zuhause nennen, hatte ich eine ähnliche Anweisung von meinem Vater bekommen. *Geh weg. Komm nicht wieder.*

Viele Jahre verstand ich nicht, wie er so etwas zu seiner eigenen Tochter sagen konnte, doch dann, eines Abends, als ich im Wohnzimmer meiner Eltern saß und mit einem Auge fernsah und mit dem anderen Auge zum hundertsten Mal den Scheidungsantrag las, lieferte mir »Cinema Paradiso« die Antwort. *Geh weg. Komm nicht wieder.* Es war ein Akt der Liebe. Und so folgte ich seiner Aufforderung doch noch. Ich zog so weit weg, wie mich mein Talent brachte.

Hier sagt mir das Klappern meiner harten Absätze auf ruhigen Kopfsteinpflasterstraßen, dass ich es weit weg geschafft habe, dass ich nicht mehr weglaufen muss. Das nackte Braun der winterkahlen Bäume. Eine Kälte, die mich zwingt, jeden Zentimeter meiner Haut zu bedecken. Ein steingrauer und moosgrüner Friedhof, auf dem ich zur Poesie zurückkehre. An einem wolkigen Himmel die trübe Sonne, die am Ende jeden Tages zusammengefaltet und weggepackt wird, um gesichtslose Begegnungen in der Nacht zu ermöglichen.

Die ersten Wochen in einer Umgebung, die so vollkommen anders ist als die gewohnte, tue ich nichts anderes, als ihre ... Freundlichkeit aufzusaugen.

Ich finde Geschmack an diesem neuen Leben, gleichzeitig der Wut und der Intimität beraubt. Hier habe ich keinen Liebhaber, mit dem ich über eine Zukunft spreche. Hier habe ich keinen Liebhaber, mit dem ich die verlorenen Wörter meiner Sprache teilen kann. Hier habe ich keinen Liebhaber, für den ich Gedichte über den Regen schreiben kann. Hier ist selbst der Regen ein freundlicher Fremder, den ich nicht kennenlernen möchte, kein intimer Monsunregen wie zu Hause, der mit grollendem Donner gegen mein Fenster peitscht.

Hier kann der Mann am anderen Ende des Zimmers, der Mann, den ich jede Nacht mit ins Bett nehme, der Mann, von dem ich glaube, dass ich ihn liebe, mich niemals öffnen, niemals auf meine Gedanken zugreifen, niemals meine Sprache für mich aufbrechen, nie ganz bis zu mir durchdringen. Ich möchte auch, dass er ein Fremder bleibt. Aus Erfahrung weiß ich, dass es einfacher ist, Fremde zu lieben. Ich bin bereit, diesem Mann alles zu geben und gleichzeitig weit weg zu bleiben, außer Reichweite. Ich will Liebe, aber ich will sie von Weitem, von wo sie mich nicht erreichen und verletzen kann.

Dieses Arrangement hat seine Nachteile. Ich sage ihm nicht, dass ich vorhabe zu bleiben. Er bittet mich nicht zu gehen. Einen Moment lang sind wir in Freundlichkeit eingehüllt. Eine Freundlichkeit, die mich liebt.

Diese Freundlichkeit, die über ihn hinausgeht. Eine Freundlichkeit, bei der mich keiner fragt, ob ich verheiratet bin. Eine Freundlichkeit ohne die Bedrohung häuslicher Gewalt. Eine Freundlichkeit ohne den Würgegriff der Ehe. Diese Freundlichkeit, bei der es völlig egal ist, ob ich drei Planeten in meinem siebten Haus habe. Eine Freundlichkeit, weit weg von zu Hause, eine Freundlichkeit, die es mir erlaubt, den Prozess des Vergessens und der Heilung zu beginnen.

Über dem Bett meines Liebhabers hängt ein Poster von Marx: *Radikal sein heißt, die Dinge bei der Wurzel packen.* Ich weiß, dass radikal sein in meinem Fall bedeutet, mich selbst von der Wurzel abzuschneiden.

***

Eine Welt, die durch die Dimensionen meiner Sprache entsteht, ist schön, verbirgt aber auch Schmerz. Ich schäme mich für meinen momentanen Körper, bin verlegen und verschlossen deswegen. Meine Narben sind meine Geheimnisse. Meine gereckten Schultern hängen manchmal, ich wünsche mir, meine Brüste würden verschwinden. Meine Haare fallen mir büschelweise aus, eine Scham wie keine andere für eine Frau, eine, die sie selbst gegenüber ihren engsten Freundinnen kaum zugeben kann. Jede Frisur ist zum Verstecken da. Mein Rücken tut weh vom stundenlangen Sitzen. Wenn ich meine Tage habe, bin ich ein heulendes, schreiendes Häufchen Elend. Meine Knie tragen den rauen Trotz Tausender Bestrafungen während der Schulzeit, die ich auf Knien erdulden musste. Meine rissigen Fersen bilden eine Frau ab, die keine Zeit für sich hat. Ich rasiere mir die Beine je nachdem, ob ich in der Woche mit einem

Liebhaber zusammen sein werde oder nicht, und nur, wenn dieses Treffen möglicherweise zu Intimitäten führt. Der eigentliche Körper rebelliert gegen mich, rast auf Krankheit und Alter zu. Ich trage die Kampfnarben eines gebrochenen Herzens im Blick. Währenddessen habe ich den erschriebenen Körper vollkommen unter Kontrolle. Im wortgemachten Körper bin ich unbesiegbar. Meine Brüste haben das Selbstbewusstsein von Schönheitsköniginnen. Männer hinterlassen keine Spuren. Weder Männer, die Liebhaber werden, noch Männer, die Fremde bleiben.

Mein erschriebener Körper öffnet sich nur so weit, bis ich eine Grenze ziehe. Er braucht keine Erlaubnis meiner Eltern, er braucht keine Zustimmung der Gesellschaft. Meine Worte mögen ein großzügiges Dekolleté zeigen, eine schmale Taille, aber sie lassen niemanden Hand an mich legen. Indem ich meinen Körper in Worte hülle, sichere ich ihn gegen neugierige Blicke, gegen Kontrolle. Schütze ihn mit einem Panzer gegen die Hände anderer. Aufgeschrieben ist mein Frauenkörper vergewaltigungsresistent.

***

Hier, mein Fleisch. Hier, die willkürlichen grünen Linien um meine Handgelenke. Hier, mein Blut. Hier, meine pechschwarzen Haare.

Warte. Hier, meine hochwichtige Möse.

Alles Muskel, alles Erinnerung.

Der einzige Körper, den zu teilen ich mich ermächtigt fühle, ist der Körper, den ich aus meinen eigenen Worten forme. Meine Haut bekommt den richtigen Farbton nicht in Spiegeln, sondern wenn ich ihn aufschreibe. Dann ist meine Haut nicht hell oder dunkel, nicht rau oder strahlend, sie ist keine Haut, die beurteilt und verurteilt wird. Sie ist die Haut an einer Frau wie die Rinde an einem Baum. Braun, klarer unter Wasser, weicher im Monsun, heller in der Sonne, flammend in der Dämmerung.

Meine Finger sind, wenn sie in Worte gefasst werden, Poesie und Lied, Musik und Tanz, sie zeichnen kleine Schmetterlinge in die Luft. Hinter Worten verstecke ich die rauen Finger der jungen Frau, die ihre Kleider jede Woche von Hand wäscht; so führe ich Sie weg von den Händen einer fahrigen, ungeschickten Frau, die Zucker verschüttet, wenn sie Tee macht, und den Tee verschüttet, wenn sie ihn eingießt, und die Tasse zerbricht, wenn sie versucht, die Schweinerei aufzuwischen. Worte ermöglichen mir die Flucht. Worte gebären eine andere Frau.

***

Immer wenn ich mich hinsetze, um über meine Ehe zu schreiben, spielen sich seine Ausbrüche sofort automatisch in Dauerschleife ab. Ich habe Playlists zusammengestellt, um seine Stimme zu übertönen, aber die Musik ist nach einer Weile dem Schreiben im Weg – meine Finger tippen weiter, meine Ohren konzentrieren sich auf die Texte. Seine Vorwürfe legen sich wie ein Rap über die Songs. M.I.A. trifft Tom Waits trifft den irren Ex-Mann. *Hussel Hussel Hussel Grind Grind Grind A Whore Has Only One Thing On Her Mind.*

***

Ich beschließe, seine Worte in diesem Buch zurückzulassen, wohin sie gehören.

Für dich ist alles Textmaterial, oder? Diese Ehe, diese Liebe, dieser Traum, den ich für uns beide aufzubauen versuche.

Morgen wirst du ein Buch daraus machen. Es wird Interviews geben und Lesungen. Du wirst reisen, für Fotos posieren, von einer Stadt in die nächste fahren, im Land herumjetsetten, mit jedem Mann ins Bett gehen, auf den du an diesem Abend Lust hast. Die Autorin. Die freie Frau.

Zu dumm, dass du überhaupt keine faire Chance auf ein richtiges Leben haben willst. Du bist nur hinter einer Story her, deshalb machst du mir das Leben zur Hölle.

Diese Worte sind wie eine Grabinschrift.

Darunter liegt ein Teil von mir begraben.

XIV

Ich bin die Frau des Bullshits und der Mythen.
(Klar. Teils hab ich ihn auch selbst geschrieben.)

Sandra Cisneros: Loose Woman

Ich bin die Frau, die sich hinsetzt, um ihre Geschichte aufzuschreiben. Ich bin die Frau, die vorhat, Ihre Aufmerksamkeit zu fesseln. Ich bin die Frau, die ausgestellt wird, damit die Welt sie besichtigen kann.

Hier ist meine Bedienungsanleitung:

Stich mir ins Auge. Kneif mich in die Taille. Schreib dir meine Größe auf. Sag mir, ich soll den Mund weit aufmachen. Leuchte mit einer Taschenlampe hinein. Sag mir, ich soll die Beine spreizen. Sag mir, ich soll mich entspannen und tief ein- und ausatmen. Leuchte mit einer Taschenlampe hinein. Untersuch mich: mit deinen behandschuhten Fingern, mit deinem Spiegel. Mach Notizen. Lach beim Mittagessen über mich. Schau, ob du jemanden kennst, der jemanden kennt, der jemanden wie mich kennt. Das tun sie alle, sowieso immer. Komm zurück, weil du keine andere Möglichkeit hast, mich kennenzulernen.

Ich bin die Frau, die eine junge Autorin ist, mit den Taschen voller schwerer Steine, die Schlaftabletten gesammelt hat, die mit den Chiffonsaris, die ihr eines Tages das Genick brechen werden. Ich bin die schillernde Frau aus Kotze und Feigheit.

Ich bin die Frau, die in ihrer Ehe geschlagen wurde. Ich bin dieselbe Frau, die aus ihrer Ehe ausgebrochen ist.

Ich bin die Frau, deren Abstammung im Dunkeln liegt. Ich bin die Frau, die keine Beweise für ihre Herkunft liefert, die keinen Familienstammbaum zeichnen muss, mit seinen entstellten Wurzeln, mit seiner Menge an Geliebten und Mätressen, mit seinen endlosen Ästen unehelicher Kinder.

Ich bin die Frau, die sich nicht zum Schweigen bringen lässt vom Kodex der Anhängigkeit, der das Reden verbietet, weil der Prozess noch nicht entschieden ist. Ich bin die Frau, der im Scheidungsantrag Ultrafeminismus vorgeworfen wird, aber die sich von den Fragen beim Kreuzverhör nicht beschämen lassen wird. Ich bin die, die nicht in Familiengerichten herumsitzt und dafür kontrolliert wird, dass sie die Beine übereinanderschlägt und ihr *Thaali* nicht trägt.

Ich bin die Frau, die sich am Haken der ersten Liebe verfangen hat, die Frau mit dem ewig gebrochenen Herzen, diejenige, die herausfindet, dass sie eine Zweitfrau ist, die, die gestalkt wird, die Frau, die früher als die Mätresse bezeichnet worden wäre, diejenige, die das Stigma ungereimter Affären trägt und die unaussprechlichen Geheimnisse fehlgeleiteter Freunde.

Ich bin die Frau, die ihre Liebhaber nicht benennen, sie nicht in der heiligen Tradition eines Telefonbuchs alphabetisch ordnen muss. Ich bin die Frau, die keiner auffordert, sich zu erklären. Ich werde nicht dem Tod ins Auge blicken, weil ich die Einzelheiten verweigere.

Ich bin die Frau, die von der Gesellschaft verflucht wird, weil sie von einem Mann zum nächsten zum übernächsten weitergereicht wurde, von einer Hand zur anderen und noch weiter. Ich bin die Frau, die die Gesellschaft nicht bespucken oder steinigen kann, denn dieses Ich ist eine Sie, die nur aus Worten auf Papier besteht, und die Zeilen, die sie spricht, hören alle in ihrer eigenen Stimme.

Ich bin die Frau, die kein Mann seiner Mutter vorstellen wird. Ich bin die Frau, die nicht wegen Geschirrspülmittel lächelt, die Frau, die nicht wegen Flüssigwaschmittel in Ekstase gerät. Ich bin die Frau, die, nachdem sie fünfgängige Menüs gekocht und Toiletten blitzblank geputzt hat, öffentlich über dieser Schinderei im Haushalt verzweifelt.

Ich bin die Frau, die kein gutes Hindumädchen ist, kein gutes tamilisches Mädchen, kein gutes Mädchen aus Kerala, kein gutes indisches Mädchen. Ich falle in keine der Kategorien, zu denen zu gehören ich immer glaubte, ich gehöre zu keiner der Kategorien, für die man mich geformt hat.

Ich bin die Frau, deren Ruf rostet. Die ihr Es-war-einmal in Wodka mit Limettenscheiben, ganzen grünen Chilis und Meersalz auflöst. Die es in der süßen Hitze eines gepflegten Whisky hinunterkippt, es zu festen Joints rollt und in Reuekringeln aufraucht. Ich trage es in Leopardenprint. Ich gehe damit auf unerhört roten Stilettos spazieren. Ich schleppe es durch jede schäbige Bar der Stadt. Ich lasse es in den Betten von Männern zurück, die ich nicht einmal nach ihrem Namen gefragt habe.

Ich bin die Frau, die diese Frau selbst nicht kannte, wild und ekstatisch, in mir gefangen. Sie ist die Fremde, mit der ich ausgehe. Sie ist die Fremde, die ich näher kennenlerne, die rebellische Fremde unter meiner Haut, die sich weigert, irgendein Urteil zu akzeptieren.

Ich bin die Frau mit Flügeln, die Frau, die nach Belieben fliegen und vögeln kann. Ich habe diese Frau aus der erdrückenden Umgebung des kleinstädtischen Indien geschmuggelt. Ich muss sie herausschmuggeln aus ihrer Geschichte, aus den Verhaltensregeln für gute indische Mädchen.

Ich bin die Frau, die bereit ist, ihre Narben zu zeigen, sie einzurahmen und auszustellen. Ich bin die Verrückte der

Mondtage. Ich bin die Frau, die sich heulend gegen die Brust trommelt. Ich bin die Frau, die den Himmel dazu bringt, an ihrer Stelle zu weinen.

Ich bin die Frau, die Sex von sich abtrennt und aus sich heraus verlagert. Ich bin die Frau, die Vergewaltigung erlebt hat, die lieber in ihrem eigenen Bett schläft, deren Vertrauen gebrochen wurde, die Frau, über die es sich leicht herziehen lässt.

Ich bin die Frau, die versucht hat, sich vor dem Schmerz der ersten Person Singular abzuschirmen. Ich bin die Frau, die jedem erlittenen Spott den Bauch krault, um ihn durch gutes Zureden in Sätze zu verwandeln.

Ich bin die Frau, die den Platz der Frau einnimmt, die es leid ist, Teil dieser Geschichte, egal in welchem Erzählstrang, zu sein – Krimi oder Drama, persönlich oder fiktiv –, weil diese Frau so hart und so lange darum gekämpft hat, sich herauszuwinden – und jetzt, wenn sie gebeten wird, darüber zu sprechen, viel lieber eine Stellvertreterin schicken möchte. Diese Geschichten zu erzählen mag eine Katharsis sein, aber für sie ist es eine zweite, noch raffiniertere Strafe. Ich bin die Frau, die an ihrer Stelle übernimmt.

Ich bin die Frau, die losgelöst ist von der Brutalität des Alltags – von den sterbenden Grashüpfern und welkenden Blumen, den verhungernden Kindern und den ertrinkenden Flüchtenden. Ich bin die Frau, die durch Wörter geschützt ist, die sich in einen Film in ihrem Kopf zurückgezogen hat, diejenige, von der verlangt wird, die Schläge auszuhalten, diejenige, die alles erträgt, bis etwas in ihr zerbricht, damit das Schicksal ihr entkommen kann. Ich bin die Frau, die beschworen wurde, das Leben einer Frau anzunehmen, die Angst hat, sich der eigenen Realität zu stellen.

Ich bin die Frau, die Zärtlichkeit wollte und im Gegenzug vergewaltigt wurde. Ich bin die Frau, die ihre Strafe verbüßt hat.

Ich bin die Frau mit gebrochenem Herzen, die noch immer an die Liebe glaubt.

Nachwort

Leute, denen Sie dieses Buch unbedingt zu lesen geben sollten (Ergänzt durch ein paar Gründe)

Von Deepa D.
Ursprünglich als Rezension in »The Wire« veröffentlicht.

I.
Voreingenommene Feministinnen

Im März 2012 saß ich im Publikum eines Seminars in Neu-Delhi und hörte, wie eine Frau Meena Kandasamy beschuldigte, sich Gewalt von ihrem Mann »gefallen lassen« zu haben. Kandasamys Essay, in dem sie beschreibt, wie sie die Ehe mit einem manipulativen Vergewaltiger als Ehemann überlebte und sich daraus befreite, war eine Woche zuvor erschienen, und obwohl ihr Verleger es lieber gesehen hätte, wenn der Fokus weiterhin auf ihren Gedichtbänden gelegen hätte, blieb die ganze Diskussion auf ihr Privatleben konzentriert – der Reiz dieser schlüpfrigen »Enthüllungen«.

Erstaunlicherweise schien es, als seien viele der Frauen im Seminarraum eines erlesenen feministischen Verlags niemals einer Frau begegnet, die von ihrem Mann geschlagen wurde. Jetzt, wo es passiert war, taten sie alles, um sich durch Schuldzuweisungen an das Opfer davon zu distanzieren. »Mir wäre das nie passiert, ich würde das nicht zulassen«, so lautet die Hymne der selbstgefälligen Privilegierten.

Der Triumph von Kandasamys Buch ist, dass es einen fesselt und selbst mit auf die Achterbahnfahrt nimmt, sodass man aus jedem möglichen Mitleid oder Spott herausgerissen und so erschüttert wird, dass man ehrliches Mitgefühl spürt. Jede dumme, entsetzliche Frage wie »Warum hast du nicht?« und »Warum hast du?« wird wirkungsvoll selbst gestellt und umfassend zerlegt und Feminismus als ein Weg angeführt, angesichts patriarchalischer Entmenschlichung weiterzuleben. Im Gegensatz zu den Blogbeiträgen und lustigen GIFs, die Sie möglicherweise auf eigene Gefahr ignoriert haben, zeigt dieses Buch weit mehr, als es erzählt. Nach der Lektüre haben Sie wirklich keine Ausrede mehr, es nicht zu kapieren.

II.
Literaturprofessoren und Kritiker

Eine wahre Geschichte: Marlon Brando missbrauchte seine Schauspielkollegin mit begeisterter Zustimmung von Regisseur Bernardo Bertolucci, weil sie eine echte Reaktion auf Zelluloid haben wollten. Frauen, das müssen Sie verstehen, kann man keine Kunst zutrauen: geprägt durch ihre Erlebnisse zu spielen, schreiben oder malen, ohne die Kontrolle über ihre Geschichten aus der Hand zu geben. Das Patriarchat wird Ihnen erzählen, F. Scott Fitzgerald habe Kunst geschaffen, obwohl er eben diese Worte, die er aus den Tagebüchern und Gesprächen seiner Frau plagiierte, als Ehemann als »verrückt« bezeichnet hatte und systematisch plante, sie einweisen zu lassen. Wenn Frauen schreiben, theoretisieren sie, dann fließt ihr Schreiben spontan auf die Seite wie unkontrollierbare Menstruation, eine schreckliche Begleiterscheinung des Traumas, das uns ereilt. Kunstfertig ist daran nichts.

Wenn Sie dieses Buch lesen, achten Sie auf die reine Kunstfertigkeit, die hier am Werk ist. Nicht nur auf die Schönheit der Prosa – ebenso ein von Autorinnen gefordertes Eintrittsgeld wie wohlgeformte Brüste bei Schauspielerinnen –, sondern auch auf die aufwendige Struktur. Kandasamy vollführt keine Taschenspielertricks, es gibt keine überraschenden Wendungen; sie sagt Ihnen direkt, wie sie diese Geschichte erzählen wird und warum, und dann tut sie es (manchmal wird die Erzählreihenfolge umgekehrt).

Und so haben Sie Kandasamy als Kamerafrau, die an Zimmerdecken flüchtet, um zu demonstrieren, wie Abspaltung als Überlebenstechnik funktioniert. Kandasamy als Humoristin, mit einer Liste von elterlichen Reaktionen, die im ersten Kapitel als Komödie beginnt, als Tragödie zurückkehrt und als Posse endet, dass der einzige Weg oft ist, die Sünden derer zu vergeben, die einen lieben und verletzen. Kandasamy als sokratische Dialogistin, die Liebhaber und Missbrauchstäter so geschickt handhabt, dass sie daraus Meditationen über die Natur zerbrechlicher, gewalttätiger Männlichkeit konstruiert. Dr. Kandasamy die Soziolinguistin, die Wissenschaft in eine Spitzhacke verwandelt, um die Etymologie verbaler Gewalt freizulegen. Kandasamy, die Dramaturgin, die das Framing ehelichen Missbrauchs zerlegt und die Frage, wen dieses Framing freispricht und wen es in die Falle lockt.

Vor allem haben Sie Kandasamy die Autorin, die männliche Charaktere mit der betörenden Kunstfertigkeit einer Konditorin erschafft. Einen Moment lang ist der Ehemann noch eine lächerliche Made, im nächsten schon ein faszinierender Duellant, und selbst wenn sie ihn auf den Platz verweist, auf den langweilige Archetypen stinknormaler Gewalt gehören, schraubt sie nie die Lautstärke der Gewalt selbst herunter. Männliche Autoren, die ausziehen, um die Frauen zu porträtieren, die sie geliebt haben und von denen sie verletzt wurden, scheitern an dieser Aufgabe so durchgängig, dass es ganze Bibliotheken mit Abschlussarbeiten von Frauen zu diesem Thema gibt. Doch Kandasamy stellt sich in die Reihe derer, die ein klarsichtiges, lebendiges Porträt moderner Männlichkeit zeichnen können und dabei als Frau schreiben. (Haben Sie bemerkt, dass die Zitate vor jedem Kapitel fast alle von Frauen stammen, die über Gewalt geschrieben haben? Achten Sie bitte darauf.)

III.
Frauen, die entkommen sind, oder solche, die erfahren sollten, dass sie ein Recht auf Flucht haben

Dieses Buch ist so nett zu uns. Kandasamys liebevolle Sorge um ihre Mitüberlebenden triumphiert über sämtliche redaktionellen Forderungen nach expliziter Effekthascherei. Zu Beginn werden vorsichtig Triggerwarnungen eingearbeitet: Ich war mit einem Vergewaltiger verheiratet, er hat mich geschlagen, ich bin gegangen, und ich lebe noch. Dies ist nicht die Art von schwarz-weiß-malerischer Geschichte, die behauptet, das einzige akzeptable Überleben sei Flucht oder Tod – jede winzige Rebellion, jeder pragmatische Kompromiss wird sorgfältig als Sieg dokumentiert, und es sind Siege. Kandasamy versteht, dass Gewinnen manchmal nur nach Klarkommen aussieht. Gedanklichen Gesprächen mit imaginären Liebhabern wird mehr Zeit gewidmet als der Aufzählung der genauen Ausmaße und Farbtöne der Blutergüsse für Voyeure. Wie bei jedem guten Monster ist die Gewalt des Ehemannes weniger feindlich als vielmehr eine Hürde; seine Rolle dient wie die eines Drachen oder eines Unwetters lediglich dazu, die Reise der Heldin zu befördern. Und Kandasamys Heldin macht ihre Reise nicht in einem aufgeräumten Handlungsschema in drei Akten, an dessen Ende sie klebrig dasteht, während das Blut des Bösewichts aus ihm heraussprudelt wie triumphierendes Sperma. Nein, ihr Weg ist ein Finden ihres eigenen Wesens, ein

Verweben von Erinnerung und Denken, Strategie und Gefühl, um ihren Körper zu einem Behältnis zu machen, in dem sie ihre innere Kraft sammeln kann, wie es Ursula Le Guin beschreibt.

IV.
Angehende Schreibende

Kandasamy ist so scharfsinnig und spielerisch, dass Sie ihr dabei zusehen können, wie sie sich von Satire zu Pathos schwingt wie eine Akrobatin, ohne Ihre Hand loszulassen. Sie besitzt die Gabe, Theorie in lebendigen, bleibenden Bildern zu übermitteln. Es macht solchen Spaß, ihre komplexen Gedanken nachzuvollziehen, die sie wie Geschenke in die Einfachheit von Sprachbildern verpackt.

Über das altsprachliche Tamilische: »Vergiss nicht, dass dies eine Sprache ist, in der das Wort für Eigensinn dasselbe ist wie das für Geschlechtsverkehr.«

Über kulinarische Entscheidungen: »Jeden Tag serviere ich ihm Essen, als wäre es eine Keuschheitserklärung.«

Über Freundschaften: »Es ist die ungezwungene Art, wie Frauen sich voreinander an- und ausziehen, unsere Kleidung ist für die Hände unserer Freundinnen gemacht, der Reißverschluss, der über die ganze Länge des Kleides geht, der Haken des BHs, die Sarifalten am Rücken, als wären wir erst vollständig, wenn wir uns gegenseitig beim Anziehen helfen.«

Über ungebundene Politiker: »Dieses Etikett besagt, dass er seinen Samen ernst nimmt.«

Über Liebhaber (in der *Desi*-Version): »Manche Männer verlassen mich, noch während sie mit mir zusammen sind, weil sie wissen, dass ich sie nie werde lieben können, wie ihre Mutter sie geliebt hat, und dass sie mich nie werden lieben können, wie sie sich selbst lieben.«

Über Liebhaber (in der Fremdenversion): »Hier habe ich keinen Liebhaber, für den ich Gedichte über den Regen schreiben kann. Hier ist selbst der Regen ein freundlicher Fremder, den ich nicht kennenlernen möchte, kein intimer Monsunregen wie zu Hause, der mit grollendem Donner gegen mein Fenster peitscht.«

V.
Junge Mädchen, die über Liebe und Ehe nachdenken

Es wird wahrscheinlich ein paar langweilige Onkel geben, die der Meinung sind, dieses Buch könne als warnendes Beispiel für die Gefahren der Liebesheirat herhalten, aber wenn ihr Missverständnis dazu dient, dass dieses Buch in die Hände junger Damen gelangt, die Liebesromane wegen der Pornoszenen lesen, dann nur zu. Denn dies ist genauso ein Buch über Liebe und Sex wie darüber, dass Männer beides zweckentfremden können, um Missbrauch zu verüben, und wir haben großes Glück, dass es so ist. Denn Kandasamy kann über die Möse nicht nur als das tragische Opfer einer boshaften Beleidigung sprechen, sondern auch als den feuchten, sehnsüchtigen Sitz des *Mathanapeetam* (die Yonilingam, die Klitoris). Sie kann über Männerkörper als Objekte der Lust schreiben, nicht nur als Waffen. Sehr viel von Männern geschriebene Literatur stellt sich Frieden für eine Frau als Freiheit von Sex vor. Kandasamys Buch weiß es besser. Männer sind Hindernisse oder Helfer auf dem

Weg zum sexuellen Spiel, aber Frieden heißt, das sexuelle Ich selbst wählen zu können, wieder und wieder. Sie weiß, dass eine Geschichte nicht nur dann gut ausgeht, wenn an ihrem Ende ein Liebhaber steht (wenn Sie unbedingt ein Happy End brauchen, können Sie sich aber auch die Widmung anschauen), sondern die Freiheit zu lieben. Es liegt eine brutale Ehrlichkeit in der Dokumentation ihrer Liebhaber und der eigenen Kompromisse und Fehltritte in ihrer Interaktion mit ihnen, aber es ist kein Erzählen der Wahrheit mit dem Spott der frisch Konvertierten über ihren einstigen Hedonismus. Indem sie einen Ort schafft, an dem sie zerbrechlich sein kann, zeigt Kandasamy Stärke in einer Choreografie ähnlich einem *Padam*, wo der Liebhaber vom Anfang bis zum Ende nicht gewechselt hat, aber wir haben etwas ganz Besonderes über eine verliebte Frau erfahren.

VI.
Eltern, Mentoren, Klatschmäuler und allerlei Torwächter der Moral

Die feministischen Bewegungen haben um Worte gerungen, haben Klassifizierungslehren des Missbrauchs geschaffen, weil etwas zu benennen und einzuordnen den Weg zum Widerstand ebnet. Sie können prägnante und aufschlussreiche Blogbeiträge und Abhandlungen über die Themen in diesem Buch finden, Gaslighting, Missbrauchskreisläufe, Victim-Blaming, Gefangensein in Angst-, Pflicht- oder Schuldgefühlen und emotionale Erpressung, Slutshaming, reproduktive Gewalt, toxische Männlichkeit (ich könnte noch eine ganze Weile weitermachen). Aber die Menschheit hat aus gutem Grund Geschichten erfunden, denn eine Geschichte macht Bildung anschaulicher als ein Vortrag.

»Aber ist die Geschichte fiktiv?«, fragen Sie.

Ach, seien Sie still.

Sie erklärt Ihnen die Gründe, warum man es einen Roman nennen muss.

Lesen Sie sorgfältig.

Strukturell gesehen: Es ist vollkommen logisch, eine gewalttätige Nervensäge von einem Mann auf eine Geschichte zu reduzieren, auf Fiktion, die es der Autorin erlaubt, ihn im chronologischen Versmaß der Dichtung zu fangen, die sie selbst auswählt. Außerdem bleibt uns dann allen der Unsinn erspart mit: »Aber ich habe sie nicht mit einem Mac-Ladekabel geschlagen, es war von einem PC!«

Pragmatisch gesehen: Es ist juristisch heikel, öffentlich über noch anhängige Gerichtsverfahren zu sprechen.

Philosophisch gesehen: »Geschichten zu erzählen mag eine Katharsis sein, aber für sie ist es eine zweite, noch raffiniertere Strafe. Ich bin die Frau, die an ihrer Stelle übernimmt.«

VII.
Männer, die möglicherweise ihre Frauen schlagen

Ich denke, Sie können das Buch Männern, die Sie im Verdacht haben, Missbrauchstäter zu sein, als Warnung schenken, als eine »Ich habe dich im Auge«-Botschaft. Es könnte funktionieren; Angst vor gesellschaftlicher Ächtung ist eine bekannte Möglichkeit, häusliche Gewalt zu verhindern. Doch es ist nicht Aufgabe des Buches, Täter zu läutern; wer so furchtbar ist, einer zu sein, wird behaupten: »Na ja, ich trete ja nicht auf ihr Gesicht, also bin ich überhaupt nicht so wie er« oder »Ich habe nie all ihre E-Mails gelöscht, das betrifft mich also nicht«.

Nein, die Aufgabe des Buches ist es, Männer daran zu erinnern, dass sie ihren Platz kennen sollten, und in der angespannten, gefährlichen Welt der häuslichen Gewalt ist ihrer drittrangig. Die Geschichte des Missbrauchs in der Ehe gehört den Frauen, die ihn überleben, den Familien und Freunden, die sie unterstützen und den Schattierungen und der Komplexität der Persönlichkeiten, die sich von diesem Trauma erholen. Kandasamy schafft eine männliche Figur, die jede Mimosenvergangenheit für sich beanspruchen kann und es auch tut: Missbrauch in der Kindheit, staatliche Verfolgung, militärisches Trauma, die Sensibilität eines Dichters. Und am Ende ist das kein bisschen wichtig, denn er zerfällt zu Staub wie jeder austauschbare Unterdrücker, der beschlossen hat, sich daran zu beteiligen, jemanden zu entmenschlichen. Es mögen seine Schläge aus dem Titel des Buches sein, aber es ist ihre Geschichte, und sie hat ihn zusammengestrichen, weggekürzt und vervielfältigt, sich seine Gewalttätigkeiten für ihren Beruf als Autorin angeeignet. Das Buch hält, was es verspricht, wie es so schön heißt.

Kapiert?

Nein? Noch nicht?

Dann setzen Sie noch eins auf die Liste ...

VIII.
Sie (weil Sie es brauchen oder weil Sie sichergehen müssen, dass jemand anders es liest)

Wie der Klimawandel ist auch häusliche Gewalt allgegenwärtig, unentrinnbar und universell. Entweder Sie wissen, wie es ist, ein Zuhause zu haben, in dem Sie nicht mehr sicher sind, oder Sie kennen jemanden, dem es so geht, oder

Sie sind es mit Ihrer Ignoranz selbst, die andere davon abhält, sich Ihnen anzuvertrauen, und damit Teil des Problems. Falls Letzteres zutrifft, können Sie mit diesem Buch etwas lernen, und das ohne den Schmerz, den Sie auslösen würden, wenn Sie eine Überlebende selbst bitten würden, vor dem Gericht Ihrer uninformierten Meinung auszusagen.

Wenn es Ersteres ist ... Sie müssen es nicht lesen, ganz sicher nicht, und tun Sie, was Sie tun müssen, um nicht getriggert zu werden. Aber ich habe den Verdacht, Sie werden es lesen wollen. Die Schwesternschaft der Überlebenden kann einsam sein. Es ist gut, von einer von uns zu hören, deren Worte stark genug waren, sie in die Freiheit zu tragen.

Zitate

Die Nachweise sind nach bestem Wissen und Gewissen erstellt. Der Verlag ist dankbar, wenn er über eventuelle Ergänzungen oder Berichtigungen informiert wird.

Kapitel I: Pilar Quintana: »Coleccionistas de polvos raros«, © Norma 2007.
Kapitel II: Wisława Szymborska: Leben im Handumdrehen (Life While-You-Wait). Gedicht aus »Hundert Freuden« (Sto pociech, 1967). Übersetzt von Karl Dedecius. © Suhrkamp 1986.
Kapitel IV: Marge Piercy: Song of the Fucked Duck. In Robin Morgan (Ed.): »Sisterhood Is Powerful: An Anthology of Writings from The Women's Liberation Movement«. © Random House 1970.
Kapitel V: Elfriede Jelinek: »Die Klavierspielerin«. © Rowohlt 1983.
Kapitel VII: Margaret Atwood: »Katzenauge« (Cat's Eye, 1988). Übersetzt von Charlotte Frank. © 2017 Piper Verlag GmbH, München.
Kapitel VIII: Gabriel García Márquez: »Die Liebe in Zeiten der Cholera« (El amor en los tiempos del cólera, 1985). Übersetzt von Dagmar Ploetz. © Kiepenheuer & Witsch 1987.
Kapitel IX: Anne Sexton: Admonitions to a Special Person, 1974.
Kapitel XII: Zora Neale Hurston: »Vor ihren Augen sahen sie Gott« (Their Eyes Were Watching God, 1927). Deutsch von Hans-Ulrich Möhring. © Edition fünf 2011.
Kapitel XIII: Ntozake Shange: »For Colored Girls Who Have Considered Suicide / When The Rainbow Is Enuf«, 1976.
Kapitel XIV: Sandra Cisneros: Loose Woman. Gedicht aus »Loose Woman«, © Knopf 1994.

Die Autorin

Meena Kandasamy ist Autorin, Übersetzerin und Aktivistin. Sie ist in Chennai geboren und lebt in London. Sie hat zwei Gedichtsammlungen sowie die beiden von der Kritik hochgelobten Romane »The Gypsy Goddess« (dt. *Reis & Asche;* nominiert für den Dylan-Thomas-Preis und den DSC-Preis) und »When I Hit You« (dt. *Schläge*) geschrieben, der 2018 unter anderem auf der Shortlist für den Women's Prize of Fiction und dem The Hindu Literary Prize stand.

Die Übersetzerin

Karen Gerwig studierte Angewandte Sprach- und Kulturwissenschaften in Germersheim und Rennes (Frankreich). Seit 2004 arbeitet sie hauptberuflich als Literaturübersetzerin für Französisch, Englisch und Portugiesisch und hat inzwischen mehr als hundert Bücher verschiedener Genres übersetzt, für CulturBooks übersetzte sie zuletzt für die Anthologie »Paris Noir«.

LESLEY NNEKA ARIMAH

Was es bedeutet, wenn ein Mann aus dem Himmel fällt

Storys. Aus dem Englischen von Zoë Beck. Hardcover.
CulturBooks Verlag. 240 Seiten. 20,00 Euro. ISBN 978-3-95988-105-0

Bewegend, menschlich und voller Energie: Arimahs herausragendes Debüt erforscht mit großer literarischer Bandbreite die Beziehungen, die Eltern und Kinder, Liebende oder Freunde miteinander verbinden.

Im Mittelpunkt ihrer Geschichten stehen oft Mütter und Töchter, die konfrontiert sind mit Erwartungen an Mutterschaft und Weiblichkeit, an soziale Rollen, denen sie nicht gerecht werden wollen.

Die Autorin Lesley Nneka Arimah ist in England geboren, in Nigeria aufgewachsen und lebt in den USA. Sie gewann zahlreiche Preise, zuletzt den Caine Prize for African Writing, und stand auf Platz 1 der Litprom-Bestenliste »Weltempfänger«.

»Dunkle, lodernde Geschichten ...
Eine aufregende Stimme der globalen Weltliteratur.«
Claudia Kramatschek, SWR2

CulturBooks Verlag

HELEN OYEYEMI

Was du nicht hast, das brauchst du nicht

Storys. Aus dem Englischen von Zoë Beck. Hardcover.
CulturBooks Verlag. 288 Seiten. 20,00 Euro. ISBN 978-3-95988-103-6.

Alles beginnt mit einem ausgesetzten Baby, das einen goldenen Schlüssel zu einem verwunschenen Garten um den Hals trägt …

Helen Oyeyemi trägt uns mit ihrer unvergleichlichen Fantasie durch Zeiten und Länder, verwischt die Grenzen gleichzeitig existierender Wirklichkeiten, verbindet dabei leichtfüßig den Erzählreigen durch immer wiederkehrende Figuren, Schauplätze und vor allem – Schlüssel. Schlüssel zu Orten, Herzen und Geheimnissen. Und immer wieder stellt sich die Frage, ob ein Schlüssel wirklich gedreht werden soll oder ob es besser ist, dem Unbekannten seine Magie zu lassen.

Wilde, bunte Geschichten für wilde, bunte Zeiten.

»Überragend.«
The New York Times Book Review

CulturBooks Verlag

PIPPA GOLDSCHMIDT

Von der Notwendigkeit, den Weltraum zu ordnen

Storys. Aus dem Englischen von Zoë Beck. Hardcover.
CulturBooks Verlag. 224 Seiten. 20,00 Euro. ISBN 978-3-95988-098-5.

Goldschmidts geistreiche und berührende Erzählungen bieten faszinierende Einsichten in die menschliche Natur. Sie erzählt von der Rolle der Frauen in der Forschung, von Wendepunkten im Leben berühmter Wissenschaftler und Künstler, vom jüdischen Überleben nach dem Zweiten Weltkrieg, von Liebe und Sex und der immer aktuellen Suche nach Erkenntnis.

»Astrophysik schlägt längst auch Laien in ihren Bann, so anspruchsvoll sie als Wissenschaft sein mag. Wenn nun eine Astrophysikerin ihr Wissen in kluge und gelegentlich schräge Storys umsetzt, trifft sie einen Nerv der Zeit.«
Michael Schmitt, NZZ

CulturBooks Verlag